Bernhard Kreutner

Der Preis des Lebens

Bernhard Kreutner

DER PREIS DES LEBENS

Kriminalroman

BENEVENTO

1. Auflage 2019

Medieninhaber, Verleger und Herausgeber:
Red Bull Media House GmbH
Oberst-Lepperdinger-Straße 11–15
5071 Wals bei Salzburg, Österreich

Lektorat: Antje Steinhäuser, München
Satz: MEDIA DESIGN: RIZNER.AT
Gesetzt aus der Palatino, Avenier Next
Umschlaggestaltung: ZeroMedia GmbH, München, unter Verwendung von Motiven von Stocksy / Vera Lair; Getty images / Photolibrary / A. & F. Michler; FinePic®, München
Printed in Germany

ISBN: 978-3-7109-0084-6

Dienstag, 9.10 Uhr, Hotel Kempinski, Istrien

»André, wir haben einen Treffer für das Herz. Weiblich, 43 Jahre alt, sportlich, Nichtraucherin, geringes Extraktionsrisiko. Die Zielperson lebt alleine und hat keine nahen Verwandten in der Stadt. Ich habe mir auch ihre privaten Profile angesehen und den Outlook-Terminplan gehackt: kein Urlaub, keine Geschäftsreise.«

»Sehr schön, Eva. Wie sieht der Extraktionsplan aus?«

»Wir nehmen die Headhunter-Masche. Die Zielperson steckt karrieretechnisch fest und wird sich gerne mit uns treffen.«

»Gut. Bitte sende mir die Daten zu dem Herz per Mail. Ich spreche sofort mit der Empfängerin, aber ich bin sicher, sie wird mit allem einverstanden sein. Du kannst mit den Vorbereitungen beginnen. Wäre doch zu schade, wenn wir Zeit verlieren und uns die Empfängerin jetzt noch verstirbt.«

Dr. med. André Keller, ein distinguierter Herr Anfang fünfzig, beendete das Gespräch, und ein paar Minuten später zeigte ein dezentes Signal den Eingang der Mail. Alles war wie erwartet. Das Herz der Zielperson passte optimal zur Empfängerin. Zeit, diese über ihr Glück zu informieren.

Nach dem dritten Läuten meldete sich eine leise, aber feste Stimme.

»Herr Dr. Keller, ich nehme an, diesmal haben Sie gute Nachrichten für mich.«

»Ja, Frau Duval, wir sind fündig geworden. Wie ich Ihnen bei unseren vorhergehenden Gesprächen bereits erklärt habe, verwenden wir ausschließlich Organe, die mit jenen der Empfänger nahezu identisch sind. Wir nennen dieses Qualitätskriterium Faktor-95-plus. Dadurch ist die Gefahr einer Abstoßung minimiert und die Immunsuppression kann wesentlich moderater ausfallen. Die Überlebensrate nach fünf Jahren liegt mit einem Faktor-95-plus Herz bei über 90 Prozent, bei einem gewöhnlichen Spenderherz bei 70, höchstens 80 Prozent.«

»Nehmen wir an, ich bin einverstanden, Herr Dr. Keller. Wie sehen die weiteren Schritte aus?«

»Nachdem der finanzielle Teil geregelt ist, kommen Sie zu mir in die Klinik. Hier machen wir die letzten Untersuchungen und bereiten Sie für die Operation vor. Parallel dazu bringen wir Ihr neues Organ in die Schweiz. Wenn Sie sich für ein Ja entscheiden, haben Sie in einer Woche ein neues Herz und in einem Monat sind Sie wieder zu Hause.«

»Zwei Millionen Euro für ein neues Herz ohne weitere Fragen?«

»Exakt, Frau Duval. Wie Sie wissen, leiden Sie an einer Herzinsuffizienz der Stufe IV. Ihre Wartezeit auf ein reguläres, oder wie ich es vorziehe zu sagen, gewöhnliches Spenderherz beträgt derzeit rund drei Jahre. Aber so lange hält Ihr altes Herz nicht mehr durch. Bei mir bekommen Sie ein neues Herz und, wenn Sie so wollen, ein neues Leben.«

»Herr Dr. Keller, reden wir nicht um den heißen Brei herum. Da draußen gibt es ein passendes Herz, aber eben nur eines. Entweder es schlägt zukünftig in meiner Brust und ich überlebe, oder es schlägt weiter in der Brust der derzeitigen Besitzerin und ich sterbe.«

»So könnte man es ausdrücken, Frau Duval, ja. Ein Mensch stirbt, damit ein anderer lebt. Die Entscheidung liegt bei Ihnen, alles andere nehme ich Ihnen ab.«

Nach einer kurzen Pause kam die Antwort.

»Einverstanden. Es ist mein Leben, das lasse ich mir nicht nehmen. Die Überweisung tätige ich sofort und morgen komme ich zu Ihnen.«

Damit war das Gespräch grußlos beendet. Dr. Keller legte die Duval-Unterlagen beiseite und richtete gedankenverloren seine Krawatte. »Jekyll-and-Hyde-Effekt«, so nannte er diesen Selbstrechtfertigungsprozess der Patienten. Vor die Entscheidung gestellt, war die Angst vor dem eigenen Tod immer größer als eventuelle moralische Skrupel gegenüber unbekannten Dritten. Ab einem gewissen Punkt betrachtete jeder von ihnen das fremde Herz als sein eigenes und den Tod eines anderen als einen Akt der Notwehr oder als zwar traurigen, aber leider erforderlichen Kollateralschaden.

Interessant waren für ihn die begleitenden Fragen. Die Politiker, mit denen er es bisher zu tun hatte, fragten immer nach der Vertraulichkeit und wollten alles über die Geheimhaltung wissen, während sich die Geschäftsleute primär um die praktischen Aspekte kümmerten, abgesehen vom Risiko und den Erfolgsaussichten. Ein Milliardär wollte alles über die Methode sowie die wissenschaftlichen Grundlagen wissen und in die Firma einsteigen, natürlich mit mehr als 50 Prozent, starb aber kurz vor der Transplantation. Ähnliche Erfahrungen hatte er mit einem Kunden aus China gemacht. Herr

Xiahou wollte zwar nicht selbst ins Transplantationsgeschäft einsteigen, verfügte aber über beste Kontakte zur Kommunistischen Partei Chinas und dachte mehr an eine Art Joint Venture. Herr Xiahou bekam zwar seine neue First-Class-Niere, aber nachdem seine Geschäftspartner in Peking überraschend verhaftet wurden, zog er es vor, nicht mehr nach China zurückzukehren.

Dr. Keller richtete lächelnd seine Brille und rief Dr. Eva Vekete zurück.

»Eva, wir haben grünes Licht. Die Empfängerin wird morgen in der Klinik eintreffen und dürfte binnen 48 Stunden transplantationsbereit sein.«

»Zwei Tage, gut. Das Zürich-Team ist auf dem Weg nach München und die telefonische Kontaktaufnahme mit der Zielperson ist positiv verlaufen. Beginn der Extraktion übermorgen um 18.00 Uhr, 19.00 bis 19.30 Uhr Stabilisierung und Verladung, Zielankunft Lausanne 1.00 Uhr. Du kannst also gleich in der Nacht operieren.«

Diese kalte Effizienz seiner Mitarbeiterin und Partnerin erstaunte ihn immer wieder. Eva hatte bei ihm seinerzeit als ungarische Gaststudentin Medizin studiert und war für ihn damals nur eine von vielen gewesen. Bis zu ihrem ersten Praktikum in der Klinik. Erst dort fiel ihm auf, dass diese zierliche junge Frau mit der strengen Kurzhaarfrisur den meisten anderen Studenten fachlich weit überlegen war und bereits nach nur zwei Semestern ihr Französisch perfektioniert und zudem Schweizerdeutsch gelernt hatte. Ab diesem Zeitpunkt hatten sich zuerst ihre beruflichen und später auch ihre privaten Wege nicht mehr getrennt. Heute war Eva die zentrale Schnittstelle bei der Auffindung und Extraktion der Zielpersonen. Zwischendurch arbeitete sie zwar an der Weiterentwicklung des Faktor-95-Systems, aber im Grunde war Eva seine organisatorische sowie ausführende rechte Hand. Ohne sie wäre er heute noch ein zwar angesehener, aber, zumindest nach jetzigen Maßstäben, vergleichsweise ärmlicher Professor für Transplantationschirurgie. Wie sich die Welt ändert, wenn zwei einander ergänzende Seelen zueinander finden. Dieser Gedanke faszinierte ihn immer wieder aufs Neue. Er hatte für ihn nahezu etwas Mystisches.

Dienstag, 14.00 Uhr, Bundesministerium für Inneres, Herrengasse, Wien

»Michael, deinen Bericht nehme ich so nicht an. Wenn der offiziell wird, kannst du deine Karriere vollends vergessen. Schreibe ihn um Himmels willen neu. Ich brauche etwas, mit dem ich dir bei Ministerin Mannlicher und der Disziplinarkommission helfen kann. Schreib, es war eine stressbedingte Überreaktion, du hättest dich bereits in psychologische Betreuung wegen akutem Burnout begeben und es täte dir unsagbar leid. Glaube mir, die wollen deinen Kopf, und wenn du nicht mitspielst, dann werden sie ihn kriegen!«

Major Michael Lenhart, Sonderermittler für Wirtschaftskriminalität, sah seinen langjährigen Freund und Vorgesetzten, Oberst Helmut Schober schweigend an, zog den Bericht zu sich herüber und unterschrieb.

»So, Helmut, jetzt ist er offiziell, und ich bin nicht bereit, auch nur einen einzigen Buchstaben zu ändern. Ich weiß, was ich getan habe, und würde es wieder tun, mein Wort darauf!«

Oberst Schober stand auf und ging, die Hände in die Hosentaschen gestemmt, zum Fenster. Er hatte genau diese Reaktion befürchtet. Gleichzeitig bewunderte er seinen Freund für dessen Geradlinigkeit. Vor fast zwanzig Jahren hatten sie beide nach ihrem Studium nahezu zeitgleich bei der Polizei angefangen. Er als frischgebackener Jurist nach seinem Gerichtsjahr, Michael Lenhart aufgrund eines Formalfehlers. Als Doktor der Philosophie hätte er damals keinen Zugang zum höheren Polizeidienst gehabt, doch der zuständige Verwaltungsbeamte hatte Michael, wahrscheinlich aus purer Gewohnheit, als Dr. jur. registriert. Michael Lenhart seinerseits hatte keinen Gedanken an irgendwelche Regeln verschwendet, sondern einfach den Entschluss gefasst, Polizist zu werden. Der Fehler wurde Jahre später entdeckt und zwischen zwei Aktendeckeln begraben. Eine österreichische Lösung mit Tradition.

Die Zeit verflog. Während er durchaus karrierebewusst vorging, war sein Freund geradezu apolitisch und ausschließlich an der Sache, der jeweiligen Ermittlung orientiert. Die Zusammenarbeit mit Michael war daher mitunter schwierig und über die Jahre verstärkte sich dessen Einzelgängertum immer mehr. Anderseits sprachen seine Erfolge für sich, und man ließ ihm, trotz seiner manchmal unorthodoxen Vorgehensweise, weitgehend freie Hand. Im Ministerium sowie dem Bundeskriminalamt begegnete man Michael zwar mit Respekt, aber auch mit professioneller Distanz. Echte Freundschaften hatte er hier kaum geschlossen. Wahrscheinlich lag es auch daran, dass er seine jeweiligen Kollegen mit der größten Selbstverständlichkeit zu jeder Tages- und Nachtzeit anrief, um aktuelle Entwicklungen zu besprechen, und privat mit Vorliebe über Aristoteles, den seiner Meinung nach einzigen ernst zu nehmenden westlichen Philosophen, diskutierte.

Wie auch immer, für Oberst Schober war die Attacke seines Freundes nach wie vor unverständlich. Sie passte einfach nicht zu dessen ruhiger und zielorientierter Art.

»Michael, persönlich teile ich deine Meinung über den Kabinettschef, aber er ist nun mal die rechte Hand der Ministerin, und wenn dieser Bericht mein Büro verlässt, dann hat er gewonnen. Er bleibt und du kannst als Privatschnüffler Scheidungen bearbeiten.«

Michael Lenhart stand ebenfalls auf, trat neben seinen Vorgesetzten an das Fenster im ersten Stock und beide sahen den unter ihnen die Wiener Herrengasse entlangflanierenden Touristen zu.

»Helmut, dieses karrieregeile Subjekt hat vertrauliche Informationen ausgeplaudert, die Arbeit eines ganzen Jahres vernichtet und es klebt Blut an seinen Händen. Mein Zeuge starb, weil der feine Herr Kabinettschef in Gegenwart von Journalisten zur verbalen Diarrhö neigt, und ich soll mich entschuldigen? Nie im Leben!«

»Aber du kannst es nicht beweisen, verdammt noch mal! Der Redakteur beruft sich auf das Redaktionsgeheimnis, und der Artikel ist gerade so vage formuliert, dass sich die Juristen die Zähne daran ausbeißen. Tja, und die Ministerin, ach was, die wird sich sicher nicht die Presse zum Feind machen. Aber was sage ich, das weißt du ohnehin alles.«

Lächelnd ging Michael Lenhart zurück zum Schreibtisch, während Oberst Schober am Fenster stehen blieb.

»Ja, ich habe es bedacht, und nein, der Schleimer wird nicht gewinnen. Gewinnen würde er, wenn ich lüge, wenn ich mich opportunistisch verbiege. Genau das werde ich nicht tun!«

»Glaubst du wirklich, du kommst mit einem Vermerk in der Dienstakte und einem zeitweiligen Abstellgleis davon? Himmel Herrgott, du hast den Kabinettschef der Ministerin in aller Öffentlichkeit geohrfeigt und dem Innenressortleiter einer der wichtigsten Zeitungen des Landes seinen Wein in den Schritt geleert.«

»Ja, das habe ich! Ob man mich unehrenhaft entlässt, degradiert oder ins hinterste Archiv versetzt, ist für mich nebensächlich. Ich will mir beim Zähneputzen in den Spiegel schauen können und stehe zu meiner Tat.«

Oberst Schober schüttelte den Kopf und nahm den unterschriebenen Bericht.

»Der Philosoph als brillanter Ermittler. Manchmal, so auch heute, wünsche ich mir, du wärst nach dem Studium an der Universität geblieben. Aber nein, du musstest ausgerechnet zur Polizei gehen und mir über den Weg laufen. Aber was sage ich, du bist mein Freund und einer der besten Mitarbeiter, den dieses Ministerium je hatte. Also, auf in den Kampf! Spätestens nach der morgigen Sitzung wissen wir mehr!«

Mittwoch, 15.30 Uhr, Bundesministerium für Inneres, Herrengasse, Wien

Nach fast zwei Stunden forderte der Assistent von Frau Dr. Verena Vogel, der Leiterin der Disziplinarkommission, Michael Lenhart auf einzutreten. Die frostige Stimmung im Raum war fast mit Händen zu greifen. Ministerin Mannlicher sprach im Hintergrund leise in ihr Mobiltelefon, die Leiterin der Disziplinarkommission blätterte in ihren Akten, und einzig Helmut Schober stand auf, um seinen Freund demonstrativ herzlich zu begrüßen.

Nachdem die Ministerin das Telefonat beendet und wieder Platz genommen hatte, ergriff die Leiterin der Disziplinarkommission das Wort.

»Herr Major Lenhart, wie Sie sich denken können, haben wir die Tragweite Ihres tätlichen Angriffes sowie die Kaltschnäuzigkeit Ihres Berichtes ausführlich diskutiert. Den Bestimmungen folgend, haben Sie das Recht, selbst Stellung zu beziehen, obwohl ich mir nicht vorstellen kann, wie uns Ihre Ausführungen weiterbringen könnten. Also, Herr Major, Sie haben das Wort.«

Michael Lenhart stand auf und sah der Ministerin kurz in die Augen.

»Frau Ministerin, Frau Vogel, Helmut, im Grunde habe ich meinem Bericht nichts hinzuzufügen. Ich bin meinem Gewissen gefolgt und stehe dazu. Ja, die Weitergabe der Informationen durch den Kabinettschef kann ich nicht beweisen, aber die Kausalität ist eindeutig. Die Indizien sprechen für sich. Es gibt in diesem Fall nur einen Bericht und der lag zusammen mit den versiegelten Ermittlungsergebnissen im Tresor von Oberst Schober. Da wir jedoch kurz vor dem Abschluss standen, bekam der Kabinettschef mit den laufenden Statusmeldungen Wind von der Sache und siehe da, ein informelles Pressegespräch später erscheint ein reißerischer Artikel. Frau Ministerin, meiner Meinung nach verdient Ihr Kabinettschef wesentlich mehr als nur zwei Ohrfeigen.«

Während sich Helmut Schober resignierend durch die Haare fuhr, ergriff die Leiterin der Disziplinarkommission die Initiative.

»Major Lenhart, Ihr Bekenntnis zur Selbstjustiz ist erschreckend und erleichtert mir meine Empfehlung ungemein. Einen tätlichen Angriff auf einen Vorgesetzten hat es, zumindest in dieser Art, meines Wissens in der Zweiten Republik noch nie gegeben. Das Fehlen jeglicher Reue sowie die öffentliche Propagierung eben dieser Selbstjustiz bringt jedoch das sprichwörtliche Fass zum Überlaufen. Es lässt sogar Ihre bisherige Arbeit in einem ganz anderen Licht erscheinen.«

Nun war es Oberst Schober, der aufsprang und energisch das Wort ergriff.

»Frau Dr. Vogel, jetzt gehen Sie entschieden zu weit! Major Lenhart hat fast zwanzig Jahre lang exzellente Arbeit geleistet! Wenn Sie sich die Mühe gemacht hätten, seine Personalakte zu lesen, wüssten Sie das. Seine gesamte Arbeit wegen dieses einen Vorfalles infrage zu stellen, ist eine Frechheit!«

Bevor Frau Dr. Vogel antworten und der Streit eskalieren konnte, schaltete sich Ministerin Mannlicher ein.

»Schluss jetzt! Herr Major Lenhart, ich habe mir Ihre Akte genau angesehen. Freiwillig Streifendienst, dann Mordkommission gefolgt von Wirtschaftskriminalität. Sowohl Ihre Erfolgsbilanz als auch Ihre Einsatzbereitschaft sind bemerkenswert. Sie haben mehrfach persönlich großen Mut bewiesen und einem Kollegen wahrscheinlich das Leben gerettet, wohlgemerkt unter Gefährdung Ihres eigenen. Der psychologische Dienst beschreibt Sie als ausgezeichneten Analytiker mit einem ausgeprägten Gerechtigkeitssinn sowie einer schon an Verbissenheit grenzenden Selbstdisziplin. Gut, vielleicht in einem Anfall von Selbsterkenntnis merken die Psychologen an, dass bei einem Mann Ihrer Intelligenz derartige Einschätzungen größeren Schwankungen unterliegen können. Mit anderen Worten, Sie sind sich nicht ganz sicher. Nun frage ich Sie, Herr Major Lenhart: Warum, verdammt noch mal, riskieren oder ruinieren Sie Ihre Karriere und ohrfeigen meinen Kabinettschef?«

Derart offene, fast schon persönliche Worte hatte Michael Lenhart von der Ministerin zwar erhofft, aber nicht unbedingt erwartet. Jetzt galt es, diese Frau Dr. Vogel ein wenig zu provozieren. Die war durch die letzte Bemerkung der Ministerin ins Hintertreffen geraten und wartete nur darauf, ihre Autorität unter Beweis zu stellen.

»Frau Ministerin, ich habe mir die Fakten nochmals vor Augen geführt. Gut ein Jahr lang habe ich in einem Fall von internationaler Geldwäsche ermittelt, und ich rede hier nicht von ein paar Scheinen unter der Hand, sondern von Millionenbeträgen, namhaften Wirtschaftskanzleien, Verbindungen zur Crème de la Crème der

Steueroasen wie London, Delaware, Brüssel, Isle of Man oder Dubai sowie zig Stiftungen und international tätigen Firmen. Nach Monaten mühsamer Arbeit hatte ich das Vertrauen eines Informanten gewonnen und genügend Beweise für eine Anklage. Doch bevor wir zuschlagen konnten, plauderte Ihr Kabinettschef und mein Informant und Zeuge starb. Frau Ministerin, ich bin nach wie vor der Überzeugung, dass ein paar Ohrfeigen hier in Wahrheit nicht genügen.«

Für einen Augenblick herrschte betretenes Schweigen. Frau Dr. Vogel nahm die vor ihr liegenden Akten, schob sie demonstrativ zusammen und tappte in die Falle.

»Frau Ministerin, die Sachlage ist eindeutig. Major Lenhart hat sich mehrfach zum tätlichen Angriff auf Ihren Kabinettschef bekannt, aber anstatt Reue zu zeigen, outet er sich als Anhänger der Selbstjustiz. Es kommt zwar äußert selten vor, aber in diesem Fall kann ich nur die sofortige unehrenhafte Entlassung aus dem Staatsdienst empfehlen. Die Erklärungen von Major Lenhart scheinen mir weder ausreichend noch stichhaltig. Sie sind vielmehr emotional geprägt und erinnern stark an Theaterdonner. Bis hin zum Tod seines angeblichen Zeugen. Ein Mann wurde aus der Donau gefischt und Major Lenhart macht daraus seinen sagenumwobenen Zeugen. Major Lenhart, Sie haben hoch gepokert und verloren. Das Spiel ist aus.«

In der darauffolgenden Stille waren alle Augen auf die Ministerin gerichtet. Streng betrachtet, konnte die Vorsitzende der Disziplinarkommission nur Empfehlungen aussprechen, allerdings wurden diese in der Regel befolgt. Im Fall eines höheren Offiziers und mehrfach ausgezeichneten Beamten war die Situation jedoch komplizierter. Hier hatte die Politik das letzte Wort.

»Frau Dr. Vogel, ich nehme Ihre Einschätzung zur Kenntnis, aber ich teile sie nicht. Oberst Schober hat mich über die von Major Lenhart durchgeführten Ermittlungen ausführlich informiert, und jener Mann, von dem Sie meinten, er sei womöglich schlicht ins Wasser gegangen, hatte zwei Kugeln Kaliber 45 ACP im Hinterkopf, abgefeuert aus kurzer Distanz. Der Mann wurde hingerichtet, bevor man ihn in die Donau warf, und hinterlässt eine Frau sowie drei minderjährige Kinder. Was auch immer mein Kabinettschef getan oder nicht getan hat, werde ich persönlich mit ihm klären.

Zu Ihnen, Lenhart: Selbstjustiz will und kann ich nicht dulden. Das wäre politisch untragbar und ein vollkommen falsches Signal, sowohl nach innen als auch nach außen. Gleichzeitig habe ich große Hochachtung vor Ihrer bisherigen Arbeit und will auch in Zukunft nicht auf Sie verzichten. Oberst Schober, Sie werden sich eine entsprechende Formulierung für die Personalakte überlegen, und Sie, Frau Vogel, werden dieser zustimmen. Des Weiteren werden Sie, Major Lenhart, mit sofortiger Wirkung aus der Abteilung von Oberst Schober abgezogen, schließlich weiß man, dass Sie befreundet sind, und stellen sich als Hauptmann für eine andere Verwendung zur Verfügung. Welche das sein wird, werden Sie noch erfahren. Bis dahin sind Sie weiterhin vom Dienst freigestellt. Frau Vogel, meine Herren, ich verlasse mich darauf, dass die Umsetzung dieses einstimmigen Beschlusses reibungslos vonstattengeht.«

An der Tür wandte sich die Ministerin nochmals um: »Nur um das unmissverständlich klarzustellen: Ich betrachte die Sache damit als endgültig erledigt. Und wenn Sie sich fragen, ob vonseiten des Journalisten noch etwas kommt, lautet die Antwort: nein. Ich hatte ein sehr offenes Gespräch mit dem Herausgeber der Zeitung, in dem ich ihm in deutlichen Worten mitteilte, was ich von dem eiligen Geschreibsel halte. Ich bin überzeugt, er hat mich verstanden. Auf Wiedersehen.«

Frau Dr. Vogel samt ihrem Assistent folgten der Ministerin grußlos.

Während Oberst Schober die Erleichterung anzusehen war, wirkte Hauptmann Lenhart ruhig und überlegt wie immer.

»Ich habe ja mit vielem gerechnet, aber nicht mit einem derartigen Auftritt. Michael, anscheinend hast du in der Ministerin einen heimlichen Fan. Um die Formulierung des Vermerkes in deiner Personalakte kümmere ich mich mit Vergnügen, und die Degradierung zum Hauptmann ist zwar unangenehm, wird aber nicht von Dauer sein. Du bist mit einem blauen Auge davongekommen, wer hätte das gedacht.«

Ganz entspannt, als wäre es in den letzten Stunden nicht um seine berufliche Zukunft, sondern um die Qualität des Kaffees gegangen, erwiderte Michael Lenhart: »Um ehrlich zu sein, ich bin nicht wirklich überrascht. Als Minister kann man sich nur halten, wenn man lernt, auf die Zusammenhänge zu achten und zwischendurch mit aller Konsequenz deutlich macht, wer das Sagen hat. Nein, Helmut, ich bin nicht überrascht, sondern freue mich, dass die Bestrafung des Kabinettschefs bald kommen wird. Du siehst, die Ohrfeigen waren genau richtig, von meiner Psychohygiene ganz zu schweigen.«

Ungläubig fuhr sich Oberst Schober durch die Haare.

»Willst du damit sagen, die Ohrfeigen für den Kabinettschef waren Kalkül, um die Aufmerksamkeit der

Ministerin in die richtige Richtung zu lenken und sie zum Handeln zu zwingen? Das gibt es doch nicht! Um Himmels willen, wie viele Züge planst du voraus? Ganz abgesehen davon: deine Rechnung hätte sich auch als falsch erweisen können.«

Hauptmann Lenhart antwortete lächelnd: »Ja, die Ohrfeigen, ausgerechnet beim Mittagstisch im feinen Fabios, waren Kalkül, und die Rechnung, von der du sprichst, war im Grunde ganz simpel. Im Rahmen des Dienstweges konnte ich ihm unmöglich das Handwerk legen. Also musste ich etwas tun, das die Aufmerksamkeit der Ministerin weckt. Etwas, was sie als erfahrene Politikerin zwingt, tiefer zu graben. Sie hat tiefer gegraben und auch dank deines Einsatzes gesehen, welchen Schaden ihr Kabinettschef angerichtet hat und welche Gefahrenquelle er in dieser Funktion darstellt, auch für sie als Ministerin. Wie du siehst, im Grunde war es in der Tat eine ganz simple Rechnung mit überschaubarem Risiko.«

Michael Lenhart stand auf, klopfte seinem Freund auf die Schulter und wandte sich zur Tür.

»Kommst du mit? Mittwoch ist Trainingstag, zwei Stände sind reserviert. Ich schätze, das Trefferbild wird heute über meinem persönlichen Schnitt liegen.«

Und der persönliche Schnitt von Michael Lenhart war, wie Oberst Schober wusste, beeindruckend. Während er selbst nur noch gelegentlich auf den Schießstand ging und nach Dienstschluss lieber zu Frau und Familie nach Währing fuhr, war Michael Lenhart seit Jahren einmal pro Woche am Schießstand. Genauso wie er zumindest zweimal wöchentlich die Trainingshalle aufsuchte und nach einer unglücklichen Beziehung nie mehr mit einer Frau gesehen worden war. Dabei war er ein groß gewachsener, sportlicher Mann und, wenn er wollte, ein überaus charmanter Gesprächspartner.

Donnerstag, 17.45 Uhr, Tank&Rast-Station nahe München

Dr. Eva Vekete, in ein exklusives Businessoutfit gekleidet, saß an einem Fensterplatz der Tank&Rast-Station nahe München. Vor ihr auf dem Tisch eine lederne Aktenmappe im typischen Rot der Firma Egon Zehender.

Pünktlich um 17.55 Uhr bog der silberfarbene Audi A4 von Frau Hartmann auf den Parkplatz der Raststation ein. Während ihr Dr. Vekete entgegenging, hielt ein Krankentransporter unmittelbar neben dem Wagen der Zielperson.

Nachdem beide Platz genommen hatten, bot Dr. Vekete der Zielperson ein Glas Wasser an, während sie sich nochmals freundlich für ihr Kommen bedankte.

»Frau Hartmann, wir wissen es sehr zu schätzen, dass Sie dieser ungewöhnlichen Kontaktaufnahme zugestimmt haben, aber wie Sie sich sicherlich denken können, legen wir größten Wert auf Diskretion.«

Während Frau Hartmann langsam einen Schluck Wasser trank, fuhr Dr. Vekete fort.

»Bevor ich Ihnen erkläre, welche Option wir Ihnen gerne unterbreiten möchten, bitte ich Sie, diese Vertraulichkeitsvereinbarung zu unterschreiben. Sie werden im Laufe unserer Gespräche einige Interna von einem in seinem Bereich führenden deutschen Unternehmen erfahren, und in diesem Zusammenhang sind wir um größte Umsicht bemüht. Gleichzeitig werden Sie bei der Durchsicht der Vereinbarung sehen, dass die Verschwiegenheitsklausel beidseitig gilt, also auch Ihre Interessen umfassend geschützt sind.«

Frau Hartmann überflog die Vereinbarung und unterschrieb.

»Hier, bitte, ich habe mir bereits gedacht, dass Sie auf Vertraulichkeit Wert legen, muss aber zugeben, über den Ort unseres Treffens und den hohen Zeitdruck habe ich mich doch ein wenig gewundert. Wie auch immer, jetzt bin ich hier.«

Dr. Vekete lächelte der Zielperson freundlich nickend zu.

»Liebe Frau Hartmann, Sie haben recht, speziell was den Zeitdruck anbelangt. Aber lassen Sie mich zuerst ein wenig die Hintergründe beleuchten. Unser Auftraggeber muss aus unglücklichen, um nicht zu sagen tragischen Umständen eine Position möglichst rasch nachbesetzen. Nachdem keine hausinterne Lösung angedacht wurde, hat man sich an uns gewandt. Darum sitzen wir hier und darum wird dieses Gespräch auch ein wenig beschleunigt verlaufen. Ich hoffe, Sie sind mit diesem Vorgehen einverstanden.«

Frau Hartmann griff nochmals zu ihrem Wasserglas. Nach einem Schluck erwiderte sie gut gelaunt: »Ja, ich bin einverstanden. Manchmal kommen die Dinge eben anders, als man es gewohnt ist. In diesem Sinne, ich habe die Vereinbarung unterschrieben, also legen Sie die Karten auf den Tisch.«

Dr. Vekete warf, weiterhin professionell lächelnd, einen Blick auf ihre Uhr und strich dabei unbewusst mit dem Daumen über den zarten Ring an ihrem kleinen linken Finger, der einzigen persönlichen Note in ihrem sonst durchwegs geschäftsmäßigen Äußeren.

»Frau Hartmann, es geht um eine Geschäftsführungsposition mit dem Verantwortungsbereich Marketing/Vertrieb eines europaweit agierenden Konsumgüterherstellers aus dem Raum München. Ihr Vorgänger ist vor einigen Tagen bei einem Sportunfall verunglückt und die Eigentümerfamilien möchten wie gesagt keine interne Nachbesetzung. Sie würden sich die Geschäftsführung mit zwei Kollegen teilen und eine Abteilung mit rund 200 Mitarbeitern leiten. Bei Egon Zehender ist man sich durchaus des Umstands bewusst, dass Sie damit auf Ihrer persönlichen Karriereleiter gleich zwei Stufen auf einmal nehmen würden. Aber wir haben Ihren Werdegang genau verfolgt und sind uns sicher, dass Sie dieser Aufgabe gewachsen sind. Die finanzielle Vergütung liegt bei 400 000 Euro plus einer Erfolgskomponente von rund 150 000 bis 300 000 Euro pro Jahr. Natürlich zuzüglich eines zur Position passenden Dienstwagens sowie dem wirklich großzügigen Sozial- und Pensionsmodell.«

Während sie sprach, beobachtete Dr. Vekete die Zielperson. Sie hatte bisher zweimal von ihrem Wasser getrunken. Das geschmack- und geruchlose Sedativum sollte langsam Wirkung zeigen.

»Selbstverständlich liegt die Entscheidung bei den Eigentümern, und zum Auswahlprozess gehört auch die Zusammenstellung eines Ideenpapiers sowie eine kurze Präsentation Ihrerseits. Doch ich bin überzeugt, Sie sind von unseren drei Vorschlägen die Persönlichkeit mit den besten Chancen. Noch ein Wort zum Zeithorizont: Uns ist bewusst, dass Sie in einem aufrechten Vertragsverhältnis mit Ihrem derzeitigen Arbeitgeber stehen, gehen aber davon aus, dass Sie im Falle einer Einigung binnen zwölf Wochen Ihre Tätigkeit als Geschäftsführerin antreten könnten.«

Da waren sie, die ersten Anzeichen. Der Lidschlag war verlangsamt und die Haltung der Zielperson hatte leicht an Spannung verloren. Jetzt war es nur noch eine Frage von ein paar Minuten, Zeit für das Finale.

»Liebe Frau Hartmann, glauben Sie mir, ich kann mir gut vorstellen, was jetzt in Ihrem Kopf vorgeht. Die Chance auf einen Karriereschritt, die neue Herausforderung und nicht zuletzt die schlagartig geänderten finanziellen Rahmenbedingungen. Daher schlage ich vor, wir belassen es für heute bei diesen Informationen. Wenn Sie einverstanden sind, bringt Ihnen morgen ein Bote nähere Unterlagen sowie die Vorgaben für das angesprochene Ideenpapier in einem neutralen Paket. Sie schauen sich die Papiere in Ruhe durch und wir sehen uns dann in zwei Tagen um 18.30 Uhr in unserem Büro in München.«

Frau Hartmann strich sich über die Schläfen und antwortete schon etwas schwerfällig: »Sie haben recht. Das ist irgendwie wie Weihnachten und Geburtstag zugleich. Ich weiß nicht, wo mir der Kopf steht. Alleine schon in den Dreiervorschlag für so eine Position zu kommen ist fantastisch. Aber jetzt muss ich das alles erst einmal gedanklich verarbeiten.«

Dr. Vekete stand auf, nahm ihre Mappe und gab damit das Zeichen zum Aufbruch.

»Liebe Frau Hartmann, ich freue mich mit Ihnen. Kommen Sie, ich begleite Sie zu Ihrem Auto.«

Beim Wagen angekommen, kramte Frau Hartmann mit unsicheren Händen nach dem Schlüssel, als plötzlich die Schiebetür des daneben abgestellten Krankentransporters aufging und ein Arm ihren Oberkörper umschloss, während ihr eine behandschuhte Hand ein unangenehm riechendes Tuch auf Mund und Nase presste. Sekunden später lag sie auf der Trage des Krankentransporters. Den Einstich in der Armbeuge nahm sie kaum noch wahr.

Unterstützt von den beiden schweigenden Helfern kontrollierte Dr. Vekete die Vitalfunktionen der Zielperson und reicherte die Infusion mit einem hochwirksamen Medikamentencocktail an. Minuten später lag die Zielperson in einem Patientenhemd und intubiert auf der Trage.

Während ihre beiden Helfer wortlos die Kleidung nach persönlichen Gegenständen absuchten, entnahm Dr. Vekete ihrer Mappe Transportbescheinigungen des Klinikums Schwabing, die auf eine Frau Julie Martin, wohnhaft in Paudex, Kanton Waadt, Schweiz, ausgestellt waren. Sollte der unwahrscheinliche Fall eintreten und der Krankentransport unterwegs kontrolliert werden, war eine nicht ansprechbare Schweizer Staatsbürgerin zur Weiterbehandlung unterwegs in ihre Heimat.

Abschließend gab Dr. Vekete ihren Helfern noch letzte Anweisungen für die Dosierung der Medikamente, nahm die Handtasche der Zielperson an sich und kontrollierte, ob Autopapiere, Zulassung, Schlüssel sowie Mobiltelefon vorhanden waren. Nach einem letzten Blick auf die Vitaldaten der Zielperson nickte sie ihren Mitarbeitern zu, zog dünne Lederhandschuhe an, schloss den Audi der Zielperson auf und ließ sich vom Navigationssystem ins Zentrum von München leiten. Ihre erste Station war die Parkgarage in der Alfons-Goppel-Straße beim Bayerischen

Nationaltheater. Dort löste sie das Einfahrtsticket mit einer Kreditkarte der Zielperson und ging Richtung Platzl. Der dünne Sitzüberzug wanderte mit eventuellen Spuren in einen der zahlreichen Papierkörbe. In Schuhbecks Orlando trank sie ein kleines Bier und setzte in der Toilette das Mobiltelefon der Zielperson unter Wasser. Damit endete die digitale Spur. Mit einem Taxi ließ sie sich zum Büropark Obersendling bringen, bestieg ihren Mietwagen und rief in Lausanne an.

»André, das Herz sollte pünktlich eintreffen und ich bin unterwegs zu Tamás.«

Dr. Keller trank, leicht den Kopf schüttelnd, einen Schluck Darjeeling. Seine gute Fee, zielsicher, effizient und auf das Nötigste konzentriert.

»Sehr gut! Die Empfängerin ist vorbereitet, und ich gehe davon aus, dass die Operation heute Nacht wie geplant stattfindet. Wie immer kann ich deine überaus präzise Vorgehensweise nur bewundern. Ich könnte jetzt sagen, fahr vorsichtig und mach zwischendurch eine Pause, aber das klingt bei dir geradezu grotesk.«

»Danke für das Kompliment. Ich übernachte in Linz und treffe Tamás um 13.00 Uhr, nächste Kontaktaufnahme morgen, 16.00 Uhr.«

Damit war das Telefonat beendet.

5.30 Uhr, Krematorium Nähe Bourg-en-Bresse, Frankreich

Noch zwölf Minuten, dann war von der Zielperson nur noch Asche übrig. Für diesen letzten Abschnitt ihres Auftrages hatten sie sich getrennt. Während sein Kollege den Krankentransporter gründlich reinigte und anschließend desinfizierte, war er mit den sterblichen Überresten über die Grenze nach Frankreich in ein zur Firmengruppe gehörendes Krematorium gefahren. Diese Arbeitsteilung hatte sich bei ihnen mit der Zeit so ergeben. Er selbst hatte kein Problem mit langen Autofahrten, umgekehrt aber eine Abneigung gegen die jeweils fällige Generalreinigung des Wagens. Bei seinem Partner war es umgekehrt. Dieser verfügte nicht nur über ein nahezu lexikalisches Wissen Autos und Motorräder betreffend, ihm schien es Spaß zu machen, die halbe Innenausstattung des Krankenwagens zu zerlegen, zu reinigen und anschließend wieder zusammenzubauen.

Auf der Fahrt zurück nach Lausanne ließ er die Asche aus dem Fenster rieseln und ging den gesamten Auftrag erneut in Gedanken durch, konnte aber keine Fehler oder Schwachpunkte finden. Dieses ständige Check- und Re-Check-Verfahren war ihm bei der Fremdenlegion eingetrichtert worden und er hatte es beibehalten. Sieben Jahre lang war er bei der Legion geblieben. Lange genug, um auf mehreren Kontinenten zu kämpfen, ohne Fragen zu stellen, zu kurz, um die Legion als Vaterland zu betrachten oder eine Pension zu bekommen.

Der Weg zurück ins Zivilleben war ihm ebenso wenig gelungen wie seinem Partner. Das gesparte Geld war schnell aufgebraucht und andere Jobs als Türsteher oder Rausschmeißer waren nicht zu bekommen. Ironie des Schicksals, da investiert der Steuerzahler Unsummen in die Ausbildung der Soldaten, damit diese ihre Gegner in jedem Winkel der Welt auf alle nur mögliche Arten ins Jenseits befördern, aber im Zivilbereich gibt es für das Jobprofil Killer, Überlebenskünstler und Sanitäter keine Verwendung. Auch eine Art von Überqualifikation.

Der gesellschaftliche Abstieg nach einem etwas zu energischen Eingreifen als Security sowie der daraus folgenden Vorstrafe schien unausweichlich. Bis ihn ein alter Kamerad auf eine Initiative zur Wiedereingliederung ehemaliger Soldaten in die Gesellschaft aufmerksam machte. Er meldete sich, nahm an einem Assessment Center teil und landete nach mehreren Stufen in seinem derzeitigen Job.

Illegal, ja, aber wie es schien, bewegte sich sein Arbeitgeber in einer Art rechtsfreiem Raum, ähnlich modernen Söldnern. Von der Politik geduldet, ließ man ihn gewähren, solange keine Spuren zurückblieben, und in der Beseitigung von Spuren war sein Team wirklich gut.

Mag sein, dass er sich nach wie vor die Hände schmutzig machte, aber die Frage, warum jemand lebt oder stirbt, hatte er sich in Afrika, Afghanistan und im Irak gründlich abgewöhnt. Dort hatte er auf Befehl Bomben gelegt, für blutiges Chaos gesorgt und getötet, während sich die Mitglieder seiner Regierung als Menschenfreunde und Friedensfürsten der westlichen Wertegemeinschaft präsentierten.

Mit Moral und Politik hatte er abgeschlossen. In seinen Augen war dieser Job besser als alles, was er bisher gemacht hatte. Keine verlogenen Politiker, keine Sandflöhe, keine Gewaltmärsche, keine Sprengfallen und kein Trockenfutter, dafür ein weit überdurchschnittliches Gehalt, vergleichsweise leichte Arbeit und keine Kugeln, die einem aus dem Hinterhalt um die Ohren pfiffen.

Freitag, 16.00 Uhr, Infopark, Budapest

Statt im strengen Businessoutfit einer Headhunterin saß Dr. Vekete in Jeans und Pullover in einem Büro des Infopark Geschäftscenters. Die vergangenen drei Stunden hatte sie sich über die Faktor-95-Updates informieren lassen. Mit einigen Punkten war sie zwar noch nicht ganz zufrieden, doch insgesamt stellte diese neue Stufe einen echten Gewinn dar, vor allem in quantitativer Hinsicht. An der modernen Fensterfront mit Blick auf die Donau stehend, rief sie in Lausanne an.

»Eva, schön, von dir zu hören! Hat sich deine Reise nach Budapest gelohnt?«

»Ja, André, ich denke schon. Wie war die Operation?«

»Danke der Nachfrage, der Patientin geht es gut. Ich konnte mich vor der Vormittagsvisite sogar noch ein wenig ausruhen. Aber erzähl mal, wie stehen die Dinge in Budapest?«

»In Summe bin ich zufrieden. Wir sind zwar in qualitativer Hinsicht noch nicht bei Faktor-98 angekommen, aber in quantitativer Hinsicht ist das Update ein großer Schritt.

Mit dieser neuen Stufe können wir unser Reservoir potenzieller Zielpersonen in Zentral- und Mitteleuropa um circa viereinhalb Millionen Stück erweitern.«

»Viereinhalb Millionen, das ist ja ausgezeichnet! Aber bist du dir auch sicher, dass wir hier nicht alleine schon aufgrund der nochmals gewachsenen Datenmengen auffallen?«

Die Angst vor der digitalen Überwachung. Bei Dr. Keller war das fast schon eine Art Reflex. »André, nein, wir fallen nicht auf. Schließlich betreiben wir ganz offiziell eine erfolgreiche Cloud-Firma und verwalten in unseren Serverfarmen Millionen Kundendaten. Glaube mir, da fallen unsere medizinisch-logistischen Analysen nicht ins Gewicht. Außerdem, aber das haben wir schon mehrfach diskutiert, unsere Rohstoffsuche passiert nicht irgendwo im Web, sondern bei uns im Haus, auf unseren Servern. Um deinen nächsten Einwand gleich vorwegzunehmen: Es gibt keine Verbindung in die Schweiz. Bist du jetzt beruhigt?«

Dr. Keller räusperte sich pikiert. Die schiere Menge an Daten, die in Budapest sowie den anderen Standorten verarbeitet wurde, war für ihn einfach unvorstellbar. Er war es zwar seit seiner Studentenzeit gewohnt, mit Computern zu arbeiten, hatte aber nie eine Zeile programmiert. Selbst seine Mobiltelefone wurden von Eva eingerichtet.

»Eva, du hast natürlich recht. Meine Sorge ist kein Ausdruck des Misstrauens dir oder Tamás gegenüber, sondern nur meiner technischen Unkenntnis geschuldet. Bitte verzeih mir und lass uns zu den quantitativen Fortschritten kommen.«

Dr. Vekete war froh, dass Dr. Keller nicht wieder auf einer Diskussion der Sicherheitsmaßnahmen bestand.

»Die Erweiterung unseres Organreservoirs um rund viereinhalb Millionen Stück ergibt sich aus neuen Verträgen zur Datenverwaltung mit Gesundheitseinrichtungen und Krankenkassen sowie ironischerweise aus einem Auftrag zur Datensicherheit des deutschen Verteidigungsministeriums, abgesehen von der Weiterentwicklung unserer Algorithmen.«

Auf diesem Terrain fühlte sich Dr. Keller wieder sicher.

»Das klingt äußerst vielversprechend, Eva! Handelt es sich bei den viereinhalb Millionen um Nettodaten oder müssen wir hier erst nach den allgemeinen Kriterien aussortieren?«

»Es sind ausschließlich Nettodaten. Das unbrauchbare Rohmaterial ist bereits ausgeschieden.«

Viereinhalb Millionen potenzielle Organlieferanten, das war ein gewaltiger Fortschritt. Auch wenn die nordeuropäischen Länder noch weitgehend fehlten und der Süden des Kontinents erst in kleinen Teilbereichen erfasst war, waren ihre abrufbaren Rohstoffressourcen die mit Abstand größten der Welt. Selbst China konnte hier mit seinen Hinrichtungsprogrammen nicht mithalten. Ebenso wenig wie Indien oder Südafrika. Sie waren unbestritten die Nummer eins, und dieses Update, wie es Eva nüchtern nannte, hatte ihre Stellung weiter ausgebaut, von der Qualität des Faktor-95-plus-Programmes ganz zu schweigen.

»Eva, ich bin wirklich stolz auf dich, glaube mir! Gleichzeitig tut es mir sehr leid, dass ich dich mit einer neuen Anfrage konfrontieren muss, aber ein Kunde braucht eine neue Leber, wieder einmal, wie ich nicht umhinkomme zu sagen. Ich würde dir nur zu gerne ein paar ruhige Tage gönnen, aber dieser Herr ist es nicht gewohnt zu warten.«

Die ruhige Art, in der Eva antwortete, hätte ihn bei jedem anderen Menschen nach dem hohen Arbeitspensum der letzten Wochen überrascht, nicht aber bei seiner Eva. Die antwortete geschäftsmäßig wie immer.

»Kein Problem, ich kümmere mich gleich darum. Ich nehme an, die Transplantation wird nicht von uns durchgeführt?«

»Danke, Eva! Deine Einschätzung ist wie immer richtig. Wir sollen nur das Organ liefern.«

»Der entwickelt sich anscheinend zum Stammkunden. Soweit ich weiß, ist dies bereits die dritte Leber in nur zwei Jahren. Hat es beim letzten Organ Probleme gegeben?«

»Wie du dir denken kannst, erfahre ich keine Einzelheiten. Angesichts der übermittelten Daten gehe ich jedoch davon aus, dass der Empfänger weiterhin dem Alkohol großzügig zuspricht. Auch die anderen Blutwerte lassen auf einen nicht gerade gesunden Lebenswandel und eine eher willkürliche Einnahme der Medikamente schließen. Doch das ist nicht unser Problem. Noch etwas: Der Spender besteht wie immer darauf, dass es sich beim Lieferanten um keinen Angehörigen seines Glaubens handelt.«

»Ja, ich kann mich erinnern, die religiöse Masche. Als hätten Leberzellen etwas mit Religion zu tun. Der Herr will einen Kuffar als Rohstoffquelle. Gut, ich werde darauf achten, der Kunde ist König. Gedanklich mache ich mir aber eine Notiz, dass wir zukünftig für Sonderwünsche eine Art Aufgeld verrechnen sollten.«

»Eva, du bist einmalig! Aber zurück zur Leber: Wann können wir liefern?«

»Datenanalyse, Auswahl der Zielperson und grobe Extraktionsplanung bis Montag 18.00 Uhr. Bis Mittwoch stehen die Details, je nach Aufenthaltsort der Zielperson kann die Lieferung frühestens Freitag, spätestens Dienstag nächste Woche erfolgen. Sag dem Kunden, er soll sich ab Freitag 8.00 Uhr bereithalten.«

Sachlich, präzise und ohne überflüssige Bemerkungen, das war seine Eva.

»Danke, du bist einfach großartig! Sollte es vonseiten des Kunden unerwartete Verzögerungen geben, melde ich mich umgehend bei dir. Auf jeden Fall freue ich mich, wenn du endlich wieder einmal zu mir nach Lausanne kommst. Ciao.«

Montag, 5.05 Uhr, Währing, Wien

Das Telefon riss Oberst Schober aus dem Schlaf. Im ersten Moment dachte er: Ich habe keine Bereitschaft, also lass ich es läuten, es wird schon aufhören. Aber dann stand er doch auf, bevor seine Frau auch noch aufwachte. Wer um Himmels willen ruft um diese Zeit an? Das letzte Mal war es Andrea, seine Tochter, mit der Bitte, sie von einem Ball abzuholen. Doch seine neunzehnjährige Tochter schlief zwei Türen weiter. Auch sonst fiel ihm niemand ein, der auf die Idee kam, um diese Zeit bei ihm anzurufen. Oder doch? Eine Ahnung beschlich ihn.

»Michael, ich warne dich, wenn du keinen wirklich triftigen Grund für diesen Anruf hast, kündige ich dir die Freundschaft!«

»Servus, Helmut, guten Morgen und gute Nachrichten! Ich habe dich doch nicht geweckt?«

»Natürlich hast du mich geweckt, was denn sonst! Wer, vielleicht Bäcker und Nachtwächter, um nicht zu sagen, Armleuchter ausgenommen, ist um diese Zeit auf?«

»Ich, zum Beispiel. Ich stehe, wie du weißt, um 5.00 Uhr auf. Das ist im Grunde nichts Besonderes. Wie auch immer, ich habe interessante Neuigkeiten. Es ist schneller gegangen als gedacht. Die Entscheidung dürfte noch am Sonntag gefallen sein und ist als Pressemeldung rausgegangen.«

Noch immer verschlafen und schlecht gelaunt antwortete Oberst Schober schroff: »Um Himmels willen, Michael! Was auch immer schneller gegangen ist. Du bringst mich um meinen Schlaf. Also lass mich in Ruhe und sag es mir ab 9.00 Uhr im Büro.«

»Aber du bist ja schon auf und so schlecht gelaunt, da kannst du ohnehin nicht mehr einschlafen. Also beruhige dich, mach dir einen Kaffee und hör mir zu.«

Schon etwas ruhiger griff Oberst Schober zum Morgenmantel und ging in die Küche.

»Sag schon, was ist so wichtig. Und bitte: Tue nicht so, also wüsste ich ohnehin, worum es geht.«

Mit hörbarer Genugtuung berichtete ihm Michael Lenhart: »Der Kabinettschef ist weg vom Fenster! Laut Pressemitteilung hat er der Ministerin Mannlicher sein Amt zur Verfügung gestellt. Die Rede ist von persönlichen Gründen sowie einem Wechsel in die Privatwirtschaft. Der Herr Ex-Kabinettschef wird sich seine Brötchen in Zukunft angeblich als Politik- und Strategieberater verdienen. Kein Wechsel zu einem Konzern, einem staatseigenen Betrieb oder einer der hiesigen Banken. Ganz im Gegenteil! Der Mann wurde gefeuert! Genau das hatte die Ministerin gemeint, als sie sagte, sie würde die Sache persönlich mit ihm klären. Wie du siehst, das Teflon-Männchen ist die Karriereleiter nicht nach oben gefallen, sondern ganz tief nach unten. Ich schätze, er wird den einen oder anderen kleineren Beratungsauftrag auf Bürgermeister- oder Landesebene bekommen, mehr aber nicht.«

Das musste man ihr lassen, die Ministerin hatte nicht lange gefackelt, Respekt. Was die Zukunftschancen des Herrn Ex-Kabinettschefs betraf, teilte Oberst Schober die Einschätzung seines Freundes. Wer in Ungnade aus einem derartigen Job gefeuert wird, für den gibt es nur noch Brosamen.

»Okay, Michael, ich freue mich, dass der Typ weg ist und ja, du hattest mit deiner Einschätzung recht. Aber bitte, beim nächsten Mal, sag es mir im Büro oder ruf an, aber nicht vor 7.00 Uhr, danke.«

»Ich werde mich bemühen, daran zu denken, falls ich gerade daran denke. Aber jetzt genieße deinen Kaffee. Im Laufe des Tages schaue ich eventuell einen Sprung bei dir im Büro vorbei, bevor ich mich in die Arbeit stürze.«

Oberst Schober runzelte die Stirn. Wieso in die Arbeit stürzen? Michael war doch nach wie vor vom Dienst freigestellt? Aber sein alter Freund ahnte die Frage bereits und kam ihr zuvor: »Mein geistiger Ziehvater meinte zwar, die Glückseligkeit scheint in der Muße zu bestehen, aber ich erlaube mir, ihm zu widersprechen und ziehe die Arbeit vor, zumindest im Moment. Nachdem der Kabinettschef weg ist, gehe ich davon aus, dass noch heute eine Aufforderung zum Dienstantritt bei mir hereinflattern wird. Also kann ich dieser Aufforderung in gewisser Weise entgegenflattern.

In diesem Sinne, gib deiner Gudrun einen Guten-Morgen-Kuss und grüß deinen Nachwuchs von mir.«

Michael hatte zu beiden Kindern ein sehr inniges Verhältnis. Speziell bei Thomas, seinem pubertierenden Sohn, zeigten klärende Männergespräche, wie sie es nannten und von denen er als Vater ausgeschlossen war, mitunter erstaunliche Wirkung.

Andrea führte derartige Gespräche mit ihrer Mutter sowie ihrer besten Freundin. Für sie war Michael mehr eine Mischung aus Onkel und väterlichem Freund, wobei sich bei ihm mitunter ein Gefühl von Eifersucht meldete, wenn sie Michael freudestrahlend umarmte, mitunter küsste und mit einer Herzlichkeit behandelte, die ihm als Vater manchmal schmerzlich abging.

Wie auch immer, nachdem er nun mal auf war, kümmerte er sich um das Frühstück. Die Erste, die noch verschlafen gähnend in die Küche kam, war seine Frau, die ihm einen Kuss auf die Wange drückte und fragte: »Hat da nicht vorhin jemand angerufen, mitten in der Nacht?«

Noch immer schlecht gelaunt, antwortete Oberst Schober: »Ja, Michael, wer sonst.«

Lächelnd erwiderte seine Frau: »Ach, wie schön, Michael, dann ist ja alles gut.« Und entschwand ins Bad.

Ach, wie schön, Michael, äffte Oberst Schober im Stillen seine Frau nach. Sobald der Name Michael fiel, war in der Welt seiner Frau anscheinend alles ganz wunderbar. Na, der Tag fing ja gut an!

Montag, 8.40 Uhr,
Hotel Imperial, Wien

Es gab in Wien, speziell im ersten Bezirk, eine Vielzahl von ausgezeichneten Hotels, doch das Imperial hatte es ihr angetan. Wann immer sie in Wien war, versuchte sie, eine Suite im Imperial zu bekommen. Das Hotel im Stile der italienischen Neorenaissance war ursprünglich als Privatresidenz des Herzogs von Württemberg erbaut worden, aber nachdem sich der Herzog und dessen Gemahlin dort nicht wohl fühlten, angeblich, weil der neu gebaute Musikverein ihnen die Sicht verstellte, wurde es zur Weltausstellung 1873 in ein Luxushotel umgewandelt.

Vielleicht lag es an dieser Geschichte, die ihr das Hotel so sympathisch machte. Oder es war dessen imperialer Prunk, der sie anzog und in so krassem Gegensatz zur Armut ihrer Kindheit stand.

Nach einem ausgiebigen Frühstück hatte sie in den vergangenen zwei Stunden die Daten der Zielperson überprüft und den Plan für die Extraktion ausgearbeitet.

Aus Erfahrung zog Dr. Vekete Zielpersonen vor, die in größeren Städten und nach Möglichkeit als Single beziehungsweise getrennt von ihren Partnern lebten. Dass sich alleinstehende Menschen leichter extrahieren ließen als jene, die in einem engen Familienverband lebten, lag auf der Hand. Aber ihrer Meinung nach mindestens ebenso wichtig waren das städtische Umfeld sowie die sozioökonomischen Faktoren.

Die Armen hatten viel Zeit, um soziale Kontakte zu pflegen, und waren daher schwerer zu extrahieren, von den schlechteren gesundheitlichen Parametern, die sie als Zielpersonen oft ausschlossen, ganz zu schweigen. Die Oberschicht wiederum pflegte ihrer Erfahrung nach ebenfalls mehr Sozialkontakte und verursachte schon allein aufgrund eines erhöhten Sicherheitsbedürfnisses ein ebenso erhöhtes Extraktionsrisiko.

Bei ihrer aktuellen Zielperson bestand diese Gefahr nicht. Sie hatte alles mehrfach überprüft.

»Hallo. André, wir sind früher fündig geworden.«

»Eva, du übertriffst dich wie immer selbst. Wo bist du?«

»In Wien, ich bin im Imperial. Wir haben vier Treffer. Zwei davon habe ich aufgrund der zu komplexen Extraktionsparameter ausgeschlossen, und beim Dritten zeigten mir die Internetprotokolle, dass er derzeit unterwegs ist und voraussichtlich erst in einer Woche wieder zu Hause in Prag sein wird, zu spät für unseren Zeitplan. Blieb noch die Zielperson in Wien.«

»Sehr gut, dann konntest du wenigstens in deinem Lieblingshotel absteigen. Erzähl mir mehr über unsere Zielpersonen.«

»Männlich, 87 Kilogramm, also ungefähr das gleiche Gewicht wie unser Kunde, auch wenn die Zielperson deutlich mehr Muskeln und weniger Fett haben dürfte. Er ist Student der Sportwissenschaften, 24 Jahre alt, katholisch getauft, aber ohne Bekenntnis.«

»Wird nicht seine große Liebe alle zehn Minuten anrufen oder eine SMS schreiben, um zu fragen, wie es ihm geht, und dann misstrauisch, wenn er nicht antwortet?«

So brillant Dr. Keller als Chirurg und Wissenschaftler war, so mühsam war seine Fragerei. Trotzdem blieb Dr. Vekete ruhig und antwortete gewohnt nüchtern: »André, diese Generation telefoniert nicht, sie benutzt für gewöhnlich WhatsApp, was unsere Zielperson jedoch ablehnt. Aber das ist hier nebensächlich. Seine Freundin arbeitet als Stewardess, ist unterwegs nach Sydney, Australien, und kommt erst am Freitag um 23.40 Uhr zurück. Vor Samstag dürfte also niemand von Bedeutung unsere Zielperson vermissen. Die medizinischen Parameter der Zielperson habe ich dir wie gewohnt per Mail geschickt.«

Dr. Keller war froh, dass ihn Eva in diesem Moment nicht sehen konnte. Er war ein wenig rot geworden, als ihm wieder einmal bewusst wurde, wie peinlich seine naive Fragerei wirken musste.

»Du hast natürlich recht, und ich benehme mich wie ein dummer Tölpel, bitte verzeih. Vonseiten des Kunden gibt es keine Probleme. Die Zahlung ist erfolgt und die aktuellen gesundheitlichen Parameter erlauben jederzeit eine Transplantation. Der Jet steht in München bereit. Wir müssen nur mitteilen, wann das Organ wo abzuholen ist. Nachdem sich die Zielperson in Wien befindet, nehme ich an, du wirst den dortigen Flughafen bevorzugen.«

»Das hatte ich ursprünglich vor, habe dann aber umdisponiert. Wir nehmen Bratislava. Die haben in den für uns wichtigen Bereichen eine geringere Fluktuation als die Wiener. Das erleichtert die Sache und senkt das Risiko. Ich weiß immer gerne, mit wem ich es zu tun habe. Der Jet soll in Bratislava landen.«

Dr. Keller hatte inzwischen die Datei geöffnet und die Werte der Zielperson überflogen. In diesem Fall ärgerte er sich ein wenig, dass sie dessen andere Organe wie Nieren, Herz, Lunge oder Bauchspeicheldrüse nicht ebenfalls verwerten konnten. Das galt auch für die Augen, Knochen, Knorpel und Blutgefäße. Im Grunde eine ungeheure Vergeudung von ausnehmend hochwertigem Material. Aber so war nun mal ihr Geschäftsmodell aufgebaut, funktionierte ausgezeichnet und war überaus lukrativ.

»Sehr schön, Eva. Wenn du diese Extraktion erledigt hast, müssen wir uns unbedingt in Ruhe bei mir in Lausanne unterhalten. Es kommen immer mehr Anfragen herein, und nachdem wir, dank der herausragenden Arbeit von dir und Tamás, über stetig wachsende Ressourcen verfügen, können wir diese Nachfrage ohne Qualitätsverluste befriedigen. Obwohl ich vorhin, ich gestehe es, kurz an die Materialvergeudung, gerade bei deinem aktuellen Fall, denken musste.«

Für ihre Verhältnisse überaus freundlich antwortete Dr. Vekete: »Material gibt es genug und eine Mehrfachverwertung würde unser Just-in-time-Modell auf den Kopf stellen. Abgesehen vom exponentiell gestiegenen Risiko. Aber ich finde dein Eingeständnis mir gegenüber entzückend, zumal ich weiß, wie akribisch du in allen Dingen bist.«

Dann änderte sich plötzlich ihre Stimme. Nicht mehr kühl und sachlich, sondern geradezu zärtlich fuhr sie fort: »André, lass uns am Wochenende durch die Esplanade de Montbenon spazieren. Ich liebe diesen Park. So wie Lausanne verkörpert er alles, was ich mir als kleines Mädchen in der kargen Puszta erträumt habe. Du machst die Augen auf und siehst Berge, einen tiefblauen See, schöne Villen, saubere Straßen, gute

Restaurants, exquisite Boutiquen und all die anderen Dinge, die ich als kleines Kind nie hatte. Ja, lass uns durch die Esplanade de Montbenon spazieren, hier hatten wir schon immer die besten Ideen.«

Dr. Keller war von diesen unerwartet persönlichen Worten gerührt. Natürlich würde er zustimmen! Die gemeinsamen Spaziergänge in der Esplanade de Montbenon waren auch für ihn etwas Besonderes, wenngleich aus anderen Gründen. Geldsorgen oder gar Armut hatte er als Sohn eines Schweizer Beamten des gehobenen Dienstes und einer Gymnasiallehrerin nie gekannt. Für ihn waren diese gemeinsamen Spaziergänge Ausdruck ihrer gewandelten Beziehung. Den ersten Ausflug in den Park hatten sie vor rund zehn Jahren gemacht, als ihm seine damals schüchterne Studentin ihr Dissertationsthema darlegen und er sich einfach nur die Füße an der frischen Luft vertreten wollte. Er willigte in das Thema ein, und aus dieser spontanen Idee des Spaziergangs entwickelte sich ein zuerst monatliches und dann wöchentliches Treffen. Wie schlecht das Wetter auch sein mochte, sie trafen sich stets am Freitag um 11.00 Uhr, diskutierten den Fortschritt ihrer Arbeit und genossen die prachtvolle Aussicht. Nach Evas Promotion zum Dr. med. behielten sie diese Treffen bei, auch als sie eine Stelle als Ausbildungs- und Assistenzärztin bei ihm antrat und ihr Talent als Forscherin erst richtig zur Geltung kam. Selbst die ersten Ideen zu den Faktor-95-plus-Organen entstanden im Park. Ebenso wie der Entschluss, diese Idee weiterzuverfolgen und in die Tat umzusetzen.

Bei der Promotionsfeier hatte er ihr das Du angeboten, an das sie sich zunächst nur langsam gewöhnen wollte. Der Entschluss, ihre beiden klassischen Medizinerkarrieren zu beenden und eine Privatklinik als Basis für die Faktor-95-plus-Idee zu übernehmen, war ebenfalls beim Spazieren im Park besiegelt worden. Allerdings mit einem Kuss, den sie ihm anbot und den er nur zu gerne annahm.

Montag, 8.45 Uhr, Café Landtmann, Universitätsring, Wien

Michael Lenhart saß im Cafe und gönnte sich ein Wiener Gabelfrühstück. Zuerst wollte er nur einen raschen Vormittagskaffee trinken, doch dann drängte sich, wenn auch nur bruchstückhaft, ein Gedicht von Josef Weinheber in seine Zeitungslektüre.

> Zum Gabelfrühstück gönn' ich mir
> ein Tellerfleisch, ein Krügerl Bier,
> schieb' ab und zu ein Gollasch ein
> (kann freilich auch ein Bruckfleisch sein),
> ein saftiges Beinfleisch, nicht zu fett,
> sonst hat man zu Mittag sein Gfrett.

Michael Lenhart nahm diesen Gedanken als Wink des Schicksals und aß in seinem Lieblingscafé das erste Gabelfrühstück seines Lebens, allerdings ohne Bier, schließlich war er wieder im Dienst, zumindest fast.

Wie erwartet, kam kurz nach 9.00 Uhr die Aufforderung, seinen Dienst mit sofortiger Wirkung, gemeint war damit wohl morgen, wieder anzutreten und sich bei Brigadier Konrad Fritsch einzufinden. Sein erster Gedanke war: ausgerechnet der Berufspessimist und Leider-noch-nicht-General Fritsch, das konnte ja heiter werden. Andererseits war diese tiefe Aversion eine gegenseitige und würde die Arbeit erleichtern. Wen man nicht mag, dem geht man aus dem Weg.

Brigadier Fritsch war der stellvertretende Leiter des Bundeskriminalamtes, zuständig für die allgemeine Verwaltung, das Personalwesen sowie die Kooperation mit der EU und in vielerlei Hinsicht das genaue Gegenteil von ihm. Mitte fünfzig, unglücklich geschieden, eher kleinwüchsig mit inzwischen unverkennbarem Bauchansatz, von aufbrausendem Temperament, Gewerkschaftsmitglied und ein Freund strenger Formalismen. Für Brigadier Fritsch war der Dienstweg der einzige Weg der Erleuchtung.

Während er seit seiner Ausbildung im Grunde immer klassische Polizeiarbeit gemacht hatte, war Brigadier Fritsch als Jurist ins Ministerium gekommen und verfügte über keine polizeiliche Grundausbildung. Seine Dienstwaffe war der Kugelschreiber, und diesen beherrschte er virtuos.

Beim letzten Bissen dachte Michael Lenhart: Warum auf morgen warten? Allein sein vorzeitiger Dienstantritt würde Brigadier Fritsch ärgern, unvorbereitet treffen und ihm damit künftig vielleicht noch ein wenig mehr Freiraum einräumen. Mit diesem Gedanken im Hinterkopf, ging er vom Universitätsring in die Herrengasse.

Seine erste Hürde war die berühmte Frau Wolf, hinter vorgehaltener Hand Zerberus genannt. Siglinde Wolf war seit Menschengedenken im Ministerium und die rechte Hand des Brigadiers. Sie hatte in ihrer langen Dienstzeit Minister kommen und gehen gesehen und so manchen Besucher oder Bittsteller nach Gutdünken warten lassen. Wen sie mochte, der hatte in ihr eine mächtige Verbündete, alle anderen mussten sich an den Dienstweg halten oder auf diesen hoffen. Michael Lenhart rechnete damit, selbst zur Kategorie »Hoffnung« zu gehören.

Als er die Tür öffnete und zu einem freundlichen Gruß ansetzen wollte, schallte es ihm bereits in unverkennbarem Wienerisch entgegen: »Na da schau her, der neue Herr Hauptmann! Was verschafft uns die Ehre? Wissen's mit Ihra Freizeit nix anzfangn?«

»Ganz im Gegenteil, Frau Wolf. Ich bekam den Befehl, mich beim Brigadier einzufinden. Die Dienstfreistellung ist aufgehoben, da bin ich.«

»Dann san's schneller als da Chef. Der Herr Brigadier is bei da Ministerin. Gehn's ins Café, der Brigadier wird Sie anrufn, wenn er weiß, was er mit Ihna anfangen soll.«

In diesem Moment traf Brigadier Fritsch, eine dicke Aktenmappe unter dem Arm, ein. Als er Michael Lenhart sah, schüttelte er nur kurz den Kopf.

»Kommen Sie mit, dann habe ich es gleich hinter mir!« Und an Frau Wolf gewandt: »Rufen Sie die Preiss, sie soll draußen warten.«

In seinem Büro ließ er die Aktenmappe auf seinen Schreibtisch fallen und wies Hauptmann Lenhart an, ebenfalls Platz zu nehmen.

»Sie können es wohl nicht erwarten, Lenhart? Wie auch immer. Wir wissen beide, dass sich unsere gegenseitige Sympathie in sehr engen Grenzen hält. Wenn es nach mir ginge, hätte ich Sie am liebsten nach Vorarlberg versetzt, doch das haben die dortigen Kollegen nicht verdient, und die Frau Ministerin ist anderer Meinung, also machen wir das Beste daraus.

Nur damit Sie Bescheid wissen, es gab Stimmen, die meinten, Sie wären beim Vereinswesen oder beim zentralen Melderegister bestens aufgehoben, aber angeblich schlug man dort die Hände über dem Kopf zusammen, als Ihr Name fiel.

Aber wir wollen nicht übertreiben. Ich habe Ihre Akte gelesen, das mache ich immer und zwar gründlich. Ihre Erfolge sind beachtlich und insofern musste ich der Ministerin leider recht geben. Aber Sie sind kein Teamplayer und halten sich nur in Ausnahmefällen oder wenn es Ihnen gerade passt an den Dienstweg. Damit sind Sie für meine Abteilung ungeeignet.

Doch wie es der Zufall will, haben wir aus Brüssel eine neue Vorgabe bekommen. Die dortigen Schlauberger hatten anscheinend eine Eingebung und jetzt werden EU-weit Abteilungen für ungeklärte sowie ungewöhnliche Gewaltverbrechen gegründet. Das scheint so eine Art Mischung aus Cold Case und Akte X zu werden und Sie werden diese Abteilung leiten, oder vielmehr, Sie werden diese Abteilung sein. Sie haben jahrelang in allen möglichen Bereichen inklusive Mord ermittelt und das empfiehlt Sie geradezu für diese Arbeit.«

Ungeklärte bzw. ungewöhnliche Gewaltverbrechen klang in Michael Lenharts Ohren nach genau jenen Fällen, die alle anderen nicht haben wollten, und Brüssel bedeutete Bürokratie sowie noch längere Dienstwege, zumindest auf den ersten Blick. Aber Brigadier Fritsch war noch nicht fertig.

»Ich persönlich schätze, dass die dortigen Eierköpfe in spätestens einem halben Jahr mit einer neuen bahnbrechenden Idee kommen und wieder alles umkrempeln, aber bis dahin ist das Ihre Spielwiese, Lenhart. Und damit wir uns gleich von Anfang an richtig verstehen: Sie bekommen die Fälle zugeteilt, berichten ausschließlich mir und ausnahmslos schriftlich. Zusätzliche Ressourcen gibt es keine, der Herr Finanzminister meint, wir müssen sparen. Sie werden sich also auf das Aktenstudium konzentrieren müssen, aber lesen sollte Ihnen als Philosoph ja nicht schwerfallen. Frau Wolf wird Ihnen die Schlüssel für den D-Trakt geben. Der D-Trakt ist keine Schikane meinerseits, sondern einzig der Raumnot geschuldet. Gleichzeitig laufen wir uns so kaum über den Weg, und das ist sicherlich in unser beider Interesse. Haben Sie noch Fragen, Lenhart?«

»Nein, einzig Leutnant Preiss haben Sie nicht erwähnt.«

Brigadier Fritsch reichte ihm eine der Akten aus seiner Mappe.

»Sie werden nicht ganz alleine auf Gespensterjagd gehen, auch wenn Sie das wahrscheinlich vorziehen würden. Leutnant Preiss wird Sie begleiten. Die Frau ist zwar durchaus fähig, aber in meinen Augen eine echte Nervensäge. Sie ist Ihnen zugeteilt.«

Im Hinausgehen gab Brigadier Fritsch Frau Wolf noch Anweisungen betreffend der Schlüssel für den D-Trakt sowie der Passwörter und verabschiedete sich von Michael Lenhart mit einem flüchtigen Händedruck.

Vor dem Büro wartete eine Frau: Um die dreißig, sportlich, schlank, circa ein Meter siebzig groß, schulterlanges braunes Haar, kein Ehering. Ausgesprochen fesch, dachte Lenhart, doch am interessantesten waren für ihn ihre wachen und gleichzeitig unergründlichen Augen. Lenharts erster Gedanke: schön, athletisch, undurchschaubar, wachsam, zu dir würde der Name Wolf viel besser passen als zur Torwächterin des Brigadiers.

»Leutnant Preiss, ich bin Michael Lenhart.« Und an Frau Wolf gewandt: »Es war mir wie immer eine Freude, und wenn ich mir eine persönliche Bemerkung erlauben darf, diese Bluse steht Ihnen ganz ausgezeichnet, Frau Wolf, auf Wiedersehen.«

Und damit war er schon am Gang, gefolgt von einer schweigsamen Leutnant Preiss. Zurück blieb eine leicht verwirrte Frau Wolf, die sich verlegen über ihre Bluse strich.

Der Weg führte sie nicht in den D-Trakt zu den neuen Büros, sondern zurück ins Café Landtmann. Nachdem sie bestellt hatten, sah er die nach wie vor schweigende Leutnant Preiss freundlich an.

»Servus, ich bin der Michael, bekannt dafür, Dienstvorschriften flexibel zu interpretieren, das Tippen von unnötigen Berichten zu hassen und bei der Arbeit bevorzugt der Logik zu folgen.«

Nach einer kurzen Pause, in der Leutnant Preiss ihr Gegenüber ebenfalls musterte, erwiderte sie mit einem Lächeln: »Und dafür, bei Bedarf Ohrfeigen auszuteilen.«

»Wenn ich diese für notwendig erachte, ja. Bleibt noch das Geheimnis deines Vornamens.«

»Sabine, freut mich.«

Mit einem festen Händedruck über den Tisch hinweg wurde das Du besiegelt.

»Also, Sabine, so wie es aussieht, werden wir die nächste Zeit zusammenarbeiten. Dank der Ohrfeigen scheine ich in der Kollegenschaft ja in aller Munde zu sein. Aber was ist mit dir? Wie kommst du zu dieser Strafversetzung?«

»Ich habe niemanden geohrfeigt, falls du das meinst. Ich habe meiner bisherigen Vorgesetzten nach einem von vorn bis hinten misslungenen Einsatz vor versammelter Mannschaft gesagt, dass ich sie für inkompetent und eine Gefahr für uns alle halte. Die Folge war ein Disziplinarverfahren und eine Strafversetzung, zu dir.«

Lachend erwiderte Michael Lenhart: »Wahrheiten, die niemanden verärgern, sind meist nur halbe. Schätze, du hast mit deiner Kritik ins Schwarze getroffen. Und wie bist du zur Polizei gekommen?«

»Die Kurzfassung: Meine Eltern wollten eigentlich immer einen Sohn. Sowohl mein Vater als auch mein Großvater waren Polizisten in Niederösterreich. Ich ging also auf die Höhere Technische Lehranstalt für Maschinenbau statt ins Gymnasium, trainierte Thai-Boxen statt Ballett und meldete mich nach der Matura gegen den Wunsch meiner Eltern freiwillig zum Bundesheer. Von dort ging es an die Universität. Der Liebe wegen für ein Semester zum Studium der Anthropologie und als Single dem Interesse nach zum Studium der Mathematik. Mit einem Master in der Tasche, aber ohne klare Jobvorstellung bewarb ich mich bei der Polizei und habe die letzten Jahre mit Mord und Totschlag in Wien verbracht. Aber sag: Warum hast du dem Vorzimmerdrachen vom Brigadier ein Kompliment zu dieser unsagbaren Bluse gemacht?«

Michael Lenhart trank seinen Kaffee aus und beglückwünschte sich im Stillen zu seiner neuen Mitarbeiterin. Die Frau wirkte nicht nur überaus intelligent, sie hatte auch ein Auge für Details und sich seine Bemerkung von vorhin gemerkt.

»Aus zwei Überlegungen. Ich schätze, die gute Frau Wolf ist so kratzbürstig, weil sie niemand beachtet, niemand ihr Komplimente macht. Also habe ich ihr eine Freude gemacht. Das tut nicht weh und versüßt sowohl ihr als auch mir den Tag. Die zweite Überlegung folgt aus der ersten: Dank des Dienstweges werde ich in nächster Zeit öfter mit ihr zu tun haben, und ich schätze, ich bin mit diesem Kompliment in ihrer Wertschätzung ein paar Stufen nach oben gestiegen. Ja, neben dem menschlichen Aspekt war auch Kalkül dabei, aber das ist ja im Grunde auch nur menschlich. Aber jetzt lass uns gehen. Wir müssen unsere neuen Büros beziehen, und so wie ich den Brigadier kenne, hat er uns bereits die ersten Fälle zugewiesen. Freue dich auf ungeklärte Morde aus der Römerzeit und Berichte über die Sichtung unbekannter Flugobjekte in der Walpurgisnacht.«

Der D-Trakt war eigentlich kein Trakt, sondern eine für Bürozwecke adaptierte Wohnung im Dachgeschoss der Herrengasse. Ursprünglich als Dienstwohnung für hohe Beamte oder in Wien tätige Führungskräfte der EU gedacht, hatten die Architekten vergessen, dass es, nicht zuletzt aufgrund der Richtung Innenhof großzügig verbauten Glasflächen, spätestens ab Mitte April unerträglich heiß wurde. Niemand wollte in diesem Backofen arbeiten und so blieb der D-Trakt unbenutzt, bis jetzt. Der einzige Vorteil, den der D-Trakt bot, war der eigene Eingang inklusive Aufzug sowie die Trennung von den anderen Räumlichkeiten des Ministeriums. Ein Vorteil, der in den Augen von Michael Lenhart alle Nachteile bei Weitem überwog. Außerdem hatten sie beide nun nicht nur rund zweihundert Quadratmeter zur Verfügung, sondern auch eine voll ausgestattete Küche, ein großzügiges Bad, ein Wohnzimmer mit offenem Kamin und eine Terrasse.

Nach einer kurzen Besichtigung wählte sich jeder ein Arbeitszimmer, und während Sabine Preiss für das

Mittagessen sorgte, überprüfte Michael Lenhart den Posteingang. Sein Gefühl hatte ihn nicht getäuscht.

Die erste war eine mit dem Vermerk »zur Info« weitergeleitete Mail eines Julian Lambert aus Brüssel mit einem Manual für die Bearbeitung, Klassifizierung und Vernetzung ungeklärter Fälle. Michael Lenhart speicherte die Datei und drückte auf Print.

Die zweite Mail war der Hinweis, dass demnächst ein Bote des Ministeriums ihm die offenen Akten sowie neue Dienstausweise bringen würde und die Wiederholung von Fritschs mündlich erteilter Weisung, künftig mit ihm ausschließlich SCHRIFTLICH zu kommunizieren. Sieht so aus, als wollte der Herr Brigadier nicht nur jeden persönlichen Kontakt vermeiden, sondern auch für allfällige Probleme vorbauen. Schließlich gibt es auf dem Papierweg keine Schleichwege, zumindest fast keine.

Anschließend warf Michael Lenhart einen Blick auf die Nachrichten und überprüfte seinen privaten Mail-Account, als er plötzlich stutzig wurde und innehielt. Der Drucker schien eine Fehlfunktion zu haben, denn er spuckte unablässig Seite um Seite aus. Doch die Fehlfunktion war keine technische, sondern in den Augen von Michael Lenhart eine eindeutig mentale. Die Kollegen in Brüssel hatten doch tatsächlich ein 327-seitiges Manual für die Bearbeitung, Klassifizierung und Vernetzung ungeklärter Fälle erstellt.

Montag, 15.20 Uhr, Hotel Imperial, Wien

»André, der Kunde kann die Leber, wenn er will, noch heute Nacht haben.«

So schnell? Dr. Keller war zwar ein hohes Tempo gewohnt, aber eine derartige Blitzaktion kam selbst für ihn überraschend.

»Eva, das ist wahrscheinlich zu früh. Vor allem wenn ich an den Lebensstil des Empfängers und die Operationsvorbereitung denke. Aber wie kommt es, dass du schon diese Nacht liefern könntest?«

»Die Zielperson muss die beiden kommenden Tage für einen Kollegen als Tutor einspringen, also habe ich ein Treffen für heute 18.30 Uhr vorgeschlagen. Ich habe mich als Koordinatorin einer Outdoor- und Eventagentur ausgegeben und mir eine für die Extraktion passende Örtlichkeit ausgesucht. Ich treffe die Zielperson in Kirchbach am Ende der Hagenbachklamm im Wienerwald.«

»Eva, wenn du die Extraktion bereits heute durchführst, musst du die Zielperson für schätzungsweise zwölf Stunden stabilisieren. Die Entnahme kann frühestens morgen am Vormittag erfolgen. So lange wird der Empfänger für die Operationsvorbereitungen sicherlich brauchen.«

»Damit habe ich gerechnet, André. Ich muss nur wissen, wann die Transplantation erfolgen soll und der

Jet in Bratislava abflugbereit ist, dann rechne ich von da aus zurück und entnehme die Leber.«

Dr. Vekete hatte wie immer alles bedacht. Nach einem kurzen Gespräch mit dem Kunden rief Dr. Keller zurück. Die Transplantation konnte morgen ab 15.00 Uhr beginnen.

Um 18.41 Uhr wurde die Zielperson von einem Mitglied des örtlichen Teams außer Gefecht gesetzt. Sieben Minuten später lag sie intubiert und stabilisiert im Notarztwagen.

Am Dienstag um 8.05 Uhr setzte Dr. Vekete das Skalpell an und um 10.48 Uhr startete der Privatjet mit der Leber Richtung Riad.

Montag, 19.15 Uhr, Währing, Wien

Oberst Schober schloss mit einer Mischung aus Stolz und angenehmer Müdigkeit die Haustüre in der Bastiengasse auf. Nach dem morgendlichen Anruf von Michael Lenhart war er missmutig im Badezimmer zum wöchentlichen Wiegen geschritten, woraufhin sich seine Laune schlagartig weiter verschlechtert hatte: über neunzig Kilogramm. Die magische Zahl war überschritten, und so ging es heute nach Dienstschluss nicht sofort nach Hause, sondern ins Fitnessstudio.

Kaum hatte er die Wohnung betreten, kam ihm freudestrahlend seine Frau entgegen, küsste ihn gut gelaunt und meinte: »Michael ist mit einem wahrhaft frugalen Abendessen vorbeigekommen, ist das nicht schön?«

Noch ehe er etwas entgegnen konnte, tauchte Michael aus der Küche auf: »Servus, Helmut, ich dachte mir schon, dass du heute noch trainieren gehst, also habe ich wunderbar zarte Steaks beim Josef Bauer am Gersthofer Markt gekauft. Genau das Richtige für einen figurbewussten Sportler.«

Das gibt es doch nicht! Woher zum Teufel wusste Michael das?

»Stimmt, aber woher hast du gewusst, dass ich ausgerechnet heute trainieren gehe?«

Nach einem Schluck erwiderte Michael Lenhart sachlich: »Im Grunde eine simple Schlussfolgerung. Seit einiger Zeit überprüfst du immer wieder kritisch den Sitz deines Gürtels, am Mittwoch, nach unserer Sitzung mit Ministerin Mannlicher, hast du bei der Einladung für den Schießstand ein wenig selbstkritisch, um nicht zu sagen geradezu schuldbewusst ausgesehen und dann das Wochenende, die Kochkünste von Gudrun, das montägliche Wiegen, wie du siehst, ich habe einfach nur eins und eins zusammengezählt.«

Während Helmut Schober seinen Freund ungläubig ansah, erwiderte dieser lachend: »Ach was, du hast nicht abgehoben, also habe ich Gudrun angerufen. Sie hat mir gesagt, du würdest trainingsbedingt später kommen.«

Lachend klopften sich die beiden auf die Schulter und gingen in die Küche, aus der sie jedoch umgehend von Gudrun verwiesen wurden.

»Hier, nehmt den Champagner mit, um das Essen kümmere ich mich. Ihr habt sicher einiges zu besprechen.«

Im Wohnzimmer warf Helmut Schober einen prüfenden Blick auf die Flasche.

»Paillard Première Cuvée Extra Brut, bei so einem Aperitif bin ich gespannt, was du zu den Steaks mitgebracht hast.«

»Eine Magnumflasche Schloss Gobelsburg, Pinot Noir Reserve 2013, Gudrun konnte mir nicht sagen, ob dein Nachwuchs auch da ist, also habe ich mengenmäßig vorgesorgt. Wie du siehst, haben unsere Kollegen Geschmack und den weiten Weg von der Herrengasse auf den Stephansplatz nicht gescheut. Bevor du fragst, die beiden Flaschen sind anonyme Sympathiekundgebungen anlässlich der kabinettschen Ohrfeigen, und auf den Rückseiten klebt das Etikett der Weinhandlung St. Stephan, die ich im Übrigen nur empfehlen kann.«

Nachdem sie sich nachgeschenkt hatten, fragte Helmut Schober, wie das Treffen mit Brigadier Fritsch verlaufen ist.

»Im Grunde wie erwartet. Seine Frau hat ihn zugunsten eines Jüngeren verlassen und die heiß ersehnte Beförderung zum General lässt auf sich warten. Der Mann genießt seine formale Machtposition und ist frustriert. Das lässt er dich spüren. Aber zu seiner Ehrenrettung muss ich sagen: Er war nicht wirklich unfair oder unsachlich, nur frustbedingt eine Spur zynisch.«

»Danke für die tiefenpsychologische Diagnose unseres geschätzten Kollegen und ganz alltäglich-praktisch: Wohin haben sie dich denn nun tatsächlich versetzt?«

»Du wirst es nicht glauben, in den D-Trakt. Die Seufzerbrücke Wiens ist seit heute belegt. Aber das ist mir nur recht. Im Moment ist es noch nicht so heiß, und bis es so weit ist, habe ich eine Lösung gefunden. Außerdem besteht auf diese Weise kaum die Gefahr, dass ich dem Fritsch ständig über den Weg laufe. Ich werde ungeklärte Gewaltverbrechen bearbeiten. Das Ganze ist Teil eines EU-Projekts und ich bin die Österreich-Abteilung. Gleich fällt's mir ein, wie der Brigadier diese neue Aufgabe genannt hatte. Genau, eine Mischung aus Cold Case und Akte X.«

Helmut Schober teilte die Einschätzung seines Freundes. Das klang nach einem langweiligen Abstellgleis, zumal die Zusammenarbeit mit Brüssel alleine schon aufgrund der Distanz sowie der verschiedenen Sprachen mitunter mühsam war.

»Helmut, eines muss ich dir noch erzählen und dich dazu um Rat bitten. Der Brigadier hat mir eine Mail aus Brüssel weitergeleitet. Ich habe den Fehler gemacht und den Anhang ausgedruckt. Ein 327-seitiges Kompendium über den richtigen Umgang mit ungeklärten Fällen. Nach 21 Seiten voller Selbstbeweihräucherung sowie allgemeinem Blabla ist darin unter anderem auch eine Tabelle mit sage und schreibe 132 unterschiedlichen Zeilen, die man doch bitte online ausfüllen möge, angeführt. Helmut, eine Tabelle mit 132 Zeilen, vom Geschlecht und dem Alter des jeweiligen Opfers, das verstehe ich ja noch, bis hin zum, kein Scherz, Sternzeichen und Aszendenten. Die scheinen dort unter einer Art Excel-Sucht zu leiden. Nun meine Frage: Was soll ich deiner Meinung nach tun?«

Helmut Schober schenkte ihnen beiden nochmals nach und stellte bedauernd fest, dass die Champagnerflasche damit leer war.

»Eine Frage, Michael: Der Fritsch hat dir die Brüssel-Mail weitergeleitet, gut, aber mit welchem Auftrag?«

»In der Original-Mail von diesem Lambert stand im Betreff: Workingpaper, und der Fritsch hat nur grußlos geschrieben: zur Info.«

»Dann, mein lieber Freund, ist die Antwort ganz einfach: nicht einmal ignorieren, streng nach Vorschrift. Schließlich ist von einem Workingpaper die Rede, das dir dein Vorgesetzter zur Information weitergeleitet hat. Mit anderen Worten: Er hat dich darüber informiert, dass die Kollegen in der EU an einem Papier arbeiten, und du hast diese Information zur Kenntnis genommen. Du kannst es dabei belassen, zumindest für den Moment.«

»Danke, Helmut. Ignoriert hätte ich es vorerst ohnehin, aber es offiziell ignorieren zu dürfen verschafft mir eine zusätzliche Befriedigung.«

»Übrigens, wie ist deine neue Kollegin? Soweit ich weiß, ist sie ebenfalls strafversetzt?«

»Sabine Preiss, ich glaube, die ist in Ordnung. Ich bin noch nicht ganz schlau aus ihr geworden, aber ich mag sie. Sie ist direkt, achtet auf Details, ist studierte Mathematikerin und geht einer Konfrontation nicht aus dem Weg.«

Ein Ruf aus der Küche ließ das Gespräch blitzartig verstummen. Die Steaks waren fertig.

Mittwoch, 7.15 Uhr, Hotel Steigenberger Frankfurter Hof, Frankfurt

Dr. Vekete hatte wie immer zeitig gefrühstückt und spazierte den Main entlang Richtung Holbeinsteg. Den ganzen Dienstagnachmittag hatte sie mit der Extraktionsplanung der neuen Zielperson verbracht. Dieser Fall war komplizierter als die Leber in Wien, aber ihr Team hatte alles vorbereitet.

Dr. Vekete arbeitete gerne mit ehemaligen Berufssoldaten. Die Idee, Ex-Militärs für die Extraktionen einzusetzen, war ihr eines Abends beim Fernsehen gekommen. Sie wollte schon den Sender wechseln, als das Gesicht des noch jungen Sylvester Stallone, alias Rambo auftauchte. Warum nicht Kriegsveteranen anheuern? Nach ein wenig Literaturrecherche nahm diese Idee immer konkretere Formen an, bis hin zum Assessment Center, das sie mithilfe eines ehemaligen Polizeipsychologen erstellt hatte.

Jahre der Ausbildung, des Drills sowie die Kampfeinsätze – Dr. Vekete arbeitete ausschließlich mit fronterfahrenen Soldaten – hatten ihrer Meinung nach ein ideales Profil geschaffen, wenn man die psychischen Wracks, Alkoholiker, Moralisier, Krüppel und anderweitig gestrauchelten Exemplare aussortierte.

Die ausgewählten Männer waren alle schweigsam, stellten ihre Befehle nicht infrage, waren über moralische Skrupel hinweg und hatten eine fundierte Ausbildung als Sanitäter. Die klassischen militärischen Fähigkeiten ihrer Mitarbeiter hatte sie bisher noch nie in Anspruch nehmen müssen. Der Tod selbst war ihr Job oder der von André. Ihre Mitarbeiter mussten nur dafür sorgen, dass die Zielpersonen entnahmebereit zur richtigen Zeit am richtigen Ort waren, sowie die Reste entsorgen.

Auf Höhe der Credit Europe Bank N.V. läutete ihr Mobiltelefon.

»Hier Wien 1, wir haben eine Auferstehung.«

Der Zentralfriedhof, dabei hatte der Wiener Leberauftrag doch reibungslos funktioniert.

»Was ist passiert?«

»Ich bin als Beobachter vor Ort geblieben. Die Bestatter haben die beiden für heute vorgesehenen Särge auf einen Elektrokarren gestapelt. Derjenige mit der Zielperson ist beim Umladen auf den Boden gefallen und zu Bruch gegangen. In Kürze dürfte es hier vor Polizei wimmeln.«

»Können Sie ungesehen vor Ort bleiben?«

»Positiv.«

»Gibt es irgendwelche Hinweise auf uns?«

»Negativ, der Auftrag lief genau nach Plan. Wir haben alles überprüft.«

»Gut, bleiben Sie vor Ort, aber gehen Sie kein Risiko ein. Finden Sie Näheres heraus, aber ohne Staub aufzuwirbeln. Wer leitet die Ermittlungen, wer obduziert die Leiche, je mehr wir wissen, desto besser.«

»Verstanden, Abmarsch?«

»Bleiben Sie heute noch vor Ort und fahren Sie dann zurück nach Deutschland.«

»Verstanden. Out.«

Mittwoch, 8.40 Uhr, D-Trakt, Herrengasse, Wien

Michael Lenharts erster Eindruck hatte sich bewahrheitet. Sabine Preiss war von einer angenehmen Geradlinigkeit, arbeitete rasch und zeigte angesichts der mitunter lächerlichen Probleme des gestrigen Tages Humor. Dieser war nicht wie erwartet vom Studium verstaubter Akten geprägt, die lagen vorerst noch unberührt auf dem Wohnzimmertisch, sondern von bürokratischer Mühsal.

Jene Stelle im Ministerium musste ausfindig gemacht werden, die dafür sorgte, dass nicht nur ihre Computer funktionierten, sondern auch die Festnetztelefone. Die Putzfirma war zu informieren, dass der D-Trakt nun in Betrieb und in den Reinigungsplan zu integrieren war. Die allgemeine Verwaltung wollte ohne Anweisung kein Druckerpapier herausrücken, und die Haustechnik bedurfte einiger Überzeugungsarbeit, damit sie die automatische Netzfreischaltung deaktivierte und der D-Trakt auch außerhalb der Dienstzeiten mit Strom versorgt wurde.

Als sich die EDV weigerte, ohne schriftlichen Befehl des Brigadiers – dieser weilte auf einer ganztägigen Konferenz außer Haus – die neu gegründete Abteilung zur Kenntnis zu nehmen und in das allgemeine Verzeichnis zu integrieren, verzweifelte Michael Lenhart für einen Augenblick, bevor er eine Eingebung hatte.

Hier konnte nur noch Siglinde Wolf helfen, und er wagte einen Versuch, mit Erfolg. Sein Kompliment vom Montag war auf fruchtbaren Boden gefallen. Mit einem »Gehn's, Herr Hauptmann, des werdn ma glei habn« antwortete sie auf seine Bitte um Unterstützung. Eine halbe Stunde später war die neue Abteilung unter der Bezeichnung »Sonderfälle« in das EDV-System des Innenministeriums integriert, und ein Bürobote brachte gleich mehrere Kartons Papier, je ein Set Ersatzkartuschen für ihre Drucker, Reserveflaschen für den Seifenspender, Toilettenpapier für die nächsten Jahre, eine Kaffeemaschine plus Kaffee für eine ganze Kompanie und, zu guter Letzt, einen nagelneuen Farbkopierer. Den hatte er zwar genauso wenig erbeten wie die Kaffeemaschine, nahm aber beides gerne. So viel zum Thema Dienstweg. Ja, die Frau Wolf war ein echter Schatz und hatte sich einen Strauß Blumen verdient.

Heute früh hatten sie den überschaubaren Aktenstapel nach dem Zufallsprinzip geteilt und begonnen, sich in längst vergangene, aber noch immer ungeklärte Fälle einzulesen, als das Telefon läutete.

»Lenhart, lassen Sie die alten Akten, Sie haben einen aktuellen Fall. Am Zentralfriedhof ist eine übel zugerichtete Leiche in einem Sarg gefunden worden und die Mordkommission hat um Unterstützung gebeten. Keine Ahnung, was da wirklich los ist, angeblich sollen es sogar zwei Leichen sein, aber das übernehmen Sie. Die Kollegen von der Mordkommission sind mit anderen Fällen ausgelastet und die aktuelle Grippewelle hat deren Reihen stark gelichtet. Gehen Sie zur Wolf, die gibt Ihnen die Schlüssel für einen Wagen. Und damit das klar ist: Den Wagen bekommen Sie nur vorübergehend, wir müssen sparen.«

Gut gelaunt holte er seinen Mantel und ging ins Nebenzimmer: »Sabine, der Fritsch hat uns einen aktuellen Fall gegeben. Eine, vielleicht auch zwei Leichen am Zentralfriedhof. Näheres wusste er selbst nicht. Ich hole mir bei der Wolf die Schlüssel für einen Wagen. Wir treffen uns unten im Hof.«

Wie schnell sich doch alles ändern kann! Im Büro von Siglinde Wolf bedankte er sich nochmals für die Unterstützung und erspähte aus dem Augenwinkel jenen Blumenstrauß, den er ihr in seinem und im Namen von Sabine Preiss via Fleurop hatte zukommen lassen. Im Gegensatz zu früher wurde er überaus freundlich empfangen und mit einem Lächeln drückte ihm Frau Wolf einen Autoschlüssel in die Hand.

»Des is da 5er-BMW. Oder wollns den altn Golf, Herr Hauptmann?«

Mit einem »Sie sind ein Schatz, Frau Wolf!« nahm Michael Lenhart den Schlüssel des BMW.

Am Haupteingang des Zentralfriedhofs ließen sie sich von einem uniformierten Kollegen den Weg beschreiben und fanden im Bereich der Armengräber das gesamte Aufgebot aus Spurensicherung, Amtsarzt, einem Vertreter der Mordkommission sowie einigen uniformierten Beamten, die sich um die Absicherung des Bereiches kümmerten.

Der Vertreter der Mordkommission erkannte seine ehemalige Kollegin und ging ihnen entgegen.

»Servus, Sabine, ich habe schon gehört, Abteilung für Sonderfälle.« Und an Michael Lenhart gewandt: »Und Sie sind der legendäre Lenhart. Ihre Ohrfeigen für den Kabinettschef werden unter den Kollegen nach wie vor heiß diskutiert. Ich schätze, fast alle stehen auf Ihrer Seite, aber zumindest die höheren Ränge getrauen sich nicht, es zuzugeben. Wie auch immer. Wir sind im Moment unterbesetzt und stecken mit anderen Fällen bis über beide Ohren in Arbeit. Die Leiche gehört also euch. Die Bestatter, die die Leiche gefunden haben, sind da drüben, die Spurensicherung ist noch bei der Arbeit, ebenso der Amtsarzt.«

Im Gehen wandte er sich nochmals um und meinte: »Schaut euch die Leiche oder vielmehr die Leichen an, dazu noch hier am Zentralfriedhof. Ich finde, das ist doch ein passender Einstand für die Abteilung Sonderfälle.«

Ihre erste Anlaufstelle war der Amtsarzt, Dr. Hans-Peter Kraus, ein alter Bekannter.

»Na, wenn das keine Überraschung ist, Bonnie and Clyde, oder wie soll ich euch beide nennen?! Sabine, Michael, ich habe schon gehört, Abteilung für Sonderfälle. Ich weiß nicht, ob ich euch dazu gratulieren soll oder ob Mitleid angebrachter wäre. Die Kollegen haben euch intern auf jeden Fall schon einmal umbenannt, in Abteilung für Abfälle.«

»Servus, Hans-Peter, danke für die neueste Latrinenparole. In gewisser Weise war diese Namensgebung ja naheliegend. Also, was hast du für uns?«

»Es ist zwar makaber und in mancher Hinsicht beängstigend, aber ich bin sicher, ihr werdet diesen Fall mögen.«

Nachdem sich Michael Lenhart und Sabine Preiss ebenfalls Einweghandschuhe und Plastiküberzieher für die Schuhe angezogen hatten, zeigte ihnen Dr. Kraus die beiden Leichen.

»Wie ihr seht, handelt es sich um eine über 90 Jahre alte Dame sowie einen rund 25-jährigen Mann, die sich aus unerfindlichen Gründen einen Sarg teilten. Die Frau sollte heute beigesetzt werden. Name, Anschrift sowie die anderen Daten kann euch das Bestattungsunternehmen geben. Ganz anders sieht es bei dem jungen Herrn aus. Der wurde fachmännisch aufgeschnitten, warum, kann ich euch erst nach der Obduktion sagen, und hier eingeschmuggelt.«

Das Bild, das sich den beiden bot, war in der Tat ungewöhnlich. Die Spurensicherung hatte nach ihrer Vermessungsarbeit und Fotodokumentation einige Teile des kaputten Sarges beiseite geräumt und so den Blick auf die beiden ungleichen Leichen frei gemacht. Unter dem Leichnam des Mannes fast nicht zu sehen, lagen die sterblichen Überreste einer alten Dame. Der Leichnam des Mannes war nackt und wies einen langen, nur mit ein paar Klammern verschlossenen Schnitt unterhalb des Rippenbogens auf. Während Michael Lenhart langsam um die beiden Leichen herumging, drehte sich Sabine Preiss nach einem Blick auf die beiden Leichen zu Dr. Kraus um und fragte ihn direkt: »Hans-Peter, was war dein erster Gedanke, als du den Schnitt gesehen hast?«

Dr. Kraus gab ihr mit einem Wink zu verstehen, ihm zu folgen. Ein wenig abseits zog er die Handschuhe aus und zündete sich einen Zigarillo an. Die Zigaretten hatte er, ganz Arzt, aus gesundheitlichen Gründen aufgegeben.

»Mein erster Gedanke war: Dem wurde etwas entnommen. Was genau, kann ich euch erst nach der Obduktion sagen. Aber schau dir den Leichnam an, das ist ja fast ein Musterexemplar von einem ehemals gesunden Menschen. Dazu ein Einstich in der linken Armbeuge, Spuren von Heftpflaster sowohl in der Armbeuge als auch rund um den Mund, obendrein Anzeichen einer Schwellung im Rachenraum. Da wurde allem Anschein nach einem gesunden Mann zumindest ein Organ entnommen, und das hat er nicht überlebt. Mehr kann ich dir im Moment nicht sagen. Aber dieser Fall ist auch für den Stand der Ärzteschaft von Bedeutung. Das waren keine Laien, da waren offensichtlich Kollegen am Werk, und alleine diese Vorstellung lässt mich schaudern. Ich sorge dafür, dass hier umgehend eine Obduktion vorgenommen wird, alles andere muss warten. Wenn ihr am Nachmittag in die Gerichtsmedizin kommt, kann ich euch sicher schon mehr sagen.«

Inzwischen hatte sich auch Michael Lenhart zu ihnen gesellt.

»Hans-Peter, schaut nach Organraub aus. Was meinst du?«

»Ich habe es Sabine schon gesagt, ja, es sieht so aus. Jetzt muss ich aber zurück und mich um die Obduktion kümmern. Der Fall ist schlimm! Wenn das in die Medien kommt, ich will gar nicht daran denken.«

»Ich glaube, da kann ich helfen. Wir sind die Abteilung für Sonderfälle, die sich um alte ungeklärte sowie ungewöhnliche Gewaltdelikte kümmert. Das klingt auf den ersten Blick nicht gerade nach Aktualität. Sollte jemand nachfragen: Wir haben kein Sekretariat, und wenn bei uns niemand ans Telefon geht, werden die Anrufe zu Frau Wolf weitergeleitet. Glaub mir, an der Wolf beißt sich jeder Journalist die Zähne aus. Den Mitarbeitern der Bestattung sowie der Friedhofsverwaltung werden wir eindringlich klarmachen, dass die Weitergabe von Informationen ernste berufliche beziehungsweise juristische Konsequenzen haben würde. Die werden den Mund halten, alleine schon, weil die ganze Sache ein schlechtes Licht auf sie wirft.«

Nachdem der Amtsarzt gegangen war, widmeten sie sich der Spurensicherung, die ihnen aber vorerst nichts Neues mitteilen konnte. Aufschlussreicher dürften die Aussagen der Bestatter sein.

Die standen in einer kleinen Gruppe zusammen und wirkten ziemlich verunsichert. Michael Lenhart beschloss, diesen Umstand zu nutzen.

»Ich bin Hauptmann Lenhart, das ist Leutnant Preiss. Damit wir uns von Anfang an richtig verstehen: Dies ist ein erstes allgemeines Gespräch. Jeder von Ihnen wird noch gesondert einvernommen. Sollten wir dabei den Eindruck gewinnen, dass Sie uns etwas verheimlichen, sich intern abgesprochen haben oder uns sonst in irgendeiner Form hinters Licht führen wollen, dann gnade Ihnen Gott, habe ich mich klar und deutlich ausgedrückt?«

Nachdem die Bestatter nur mit einem leichten Kopfnicken reagierten, wiederholte Michael Lenhart die Frage nochmals deutlich schärfer: »Habe ich mich klar und deutlich ausgedrückt?!«

Angesichts dieses Befehlstones ging ein Ruck durch die Gruppe und alle antworteten mit einem vernehmbaren »Ja!«.

Deutlich freundlicher fuhr Michael Lenhart fort: »Gut, meine Herren, nachdem das geklärt ist, möchte ich gerne von Ihnen wissen, was hier passiert ist, wenn möglich, schön der Reihe nach.«

Ein stämmiger Mann, schätzungsweise Anfang vierzig, ergriff das Wort.

»Eigentlich war es ein ganz normales Armenbegräbnis. Sie müssen wissen, wenn niemand für die Kosten aufkommen will, übernimmt das der Steuerzahler und nach einer kurzen Zeremonie erfolgt die Beisetzung. Solche Armenbegräbnisse haben wir hier fast jeden Tag in der Früh, bevor der normale Betrieb losgeht. Heute ist uns allerdings einer von den elektrischen Wagen, mit denen wir die Särge transportieren und in das Gab senken, ausgefallen. Also haben wir den zweiten Sarg auf den ersten gestellt. Das ist zwar nicht ganz nach Vorschrift, aber es sieht ja keiner. Außer uns ist da kein Mensch. Dann wollten wir den oberen Sarg herunterheben, damit wir den unteren ins Grab absenken können, und da ist er uns weggerutscht und auf dem kleinen Grabstein aufgeschlagen. In dem Moment haben wir gesehen, dass etwas nicht stimmt. Es sollte ja nur eine alte Frau drin sein, aber da war die Hand von einem Mann.«

Ein anderer Bestatter hatte in der Zwischenzeit ebenfalls Mut geschöpft und berichtete: »Wie wir den Sarg in der Leichenhalle auf den Wagen gehoben haben, habe ich mir noch gedacht: Der ist aber verdammt schwer und ziemlich groß für eine ältere Dame. Das sind ja in der Regel eher Fliegengewichtler. Mit der Zeit bekommt man ein Gefühl dafür, mit der Erfahrung, meine ich. Aber dann haben wir gesehen, warum der so schwer war.«

Einer Intuition folgend, mischte sich Sabine Preiss in das Gespräch ein.

»Sie sind ja routiniert im Umgang mit Särgen. Insofern wundert es mich, dass Ihnen als Profis so ein Missgeschick passiert. Hauptmann Lenhart, es ist zwar noch sehr früh, aber wir sollten einen Alkoholtest machen, nur um sicherzugehen.«

Den betretenen Gesichtern der Bestatter nach zu urteilen, hatte sie ins Schwarze getroffen. Michael Lenhart übernahm diese Vorlage seiner Kollegin.

»Sehr gut. Die Kollegen sollen mit einem Alkomat kommen, und am besten rufst du den Amtsarzt zurück, der hat die nötigen Utensilien für die Blutabnahme immer im Auto.«

Der Anführer der Bestatter meldete sich, mit leichter Panik in der Stimme, zu Wort.

»Muss das sein? Ich meine, wir hatten gestern eine Geburtstagsfeier. Der Heinzi, das ist der dort, hat seinen Vierzigsten gefeiert, und ja, es hat etwas länger gedauert und wir sind keine Kostverächter. Aber ich bitte Sie, was hat das mit der Sache hier zu tun? Ich meine, dass uns der Sarg runtergerutscht ist, stimmt. Unser Fehler, aber wir haben niemanden umgebracht.«

Nach diesem Eingeständnis hatten Lenhart und Preiss leichtes Spiel.

»Das wollen wir hoffen. Aber Sie haben recht, im Moment gelten Sie alle als Zeugen, nicht als Verdächtige. Und ganz ehrlich, ich halte das alles für nichts weiter als ein blödes Missgeschick. Vergessen wir also die Alkoholkontrolle. Im Gegenzug müssen Sie uns aber eines versprechen: kein Wort, zu niemanden. Weder eine Andeutung am Telefon, noch eine Bemerkung in der Sauna oder im Stammbeisl, nichts.«

Wie in einer eingespielten Doppelconférence übernahm Sabine Preiss: »Meine Herren, ich glaube, damit sind wir uns einig. Wie gesagt, Sie müssen alle noch zur Einvernahme kommen, aber wenn Sie bei der Wahrheit bleiben und uns helfen, indem Sie ansonsten den Mund halten, werden wir Ihnen keine Steine in den Weg legen und Ihren Vorgesetzten gegenüber betonen, wie überaus kooperativ Sie sich verhalten haben. Herr Hauptmann Lenhart, was meinen Sie?«

Innerlich lachend, aber mit nach außen ernster Miene erwiderte Michael Lenhart: »Damit lehnen wir uns zwar weit aus dem Fenster, aber ich glaube, wir können den Herren vertrauen. Eines hätte ich aber gerne noch gewusst: Wenn Sie hier eine Leiche einschmuggeln wollten, wie würden Sie das machen?«

Die Erleichterung in den Gesichtern der Bestatter war unübersehbar. Diesmal war es der Heinzi, das Geburtstagskind, der als Erster antwortete: »Ganz ehrlich, ich würde es genauso machen. Schauen Sie, der Zentralfriedhof ist riesig. Hier haben über drei Millionen Menschen ihre letzte Ruhestätte gefunden. Sie können sich also vorstellen, was da für ein Kommen und Gehen herrscht, von den Touristen ganz zu schweigen. Auf dem Friedhof gibt es im Grunde ja auch nichts zu holen. Da gibt es keine ausgeklügelten Sicherheitssysteme, die man überwinden müsste, wie im Film oder so. Wozu auch? Mit ein wenig, wie soll ich sagen, kriminellen Grundkenntnissen wäre es kein Problem, hier in der Nacht eine Leiche verschwinden zu lassen.«

Michael Lenhart hatte genug gehört.

»Gut, meine Herren, das war es vorerst.«

Damit verabschiedeten sie sich und statteten der Friedhofsleitung einen Besuch ab.

Nachdem sie von einem Mann, ganz in Schwarz gekleidet und von undefinierbarem Alter, mit der Bemerkung, die »Frau Chef« würde gleich kommen, aufgefordert wurden, Platz zu nehmen, geschah eine Viertelstunde lang nichts. Für Sabine Preiss waren das zumindest zehn Minuten zu viel. Nach einem Blick zu Michael Lenhart ging sie zum Schreibtisch des Friedhofmitarbeiters, eines Herrn Navratil, und fragte diesen mit engelsgleicher Stimme: »Herr Navratil, vor fünfzehn Minuten sagten Sie, gleich. Wer weiß, vielleicht ist es nur eine Art polizeilicher Reflex, der sich bei Mordermittlungen manchmal einstellt, aber jetzt frage ich mich: Ist der Herr Navratil ein Polizistenhasser, hat er selbst etwas zu verbergen oder deckt er, aus welchen Gründen auch immer, seine Chefin?«

Panisch sprang Herr Navratil auf, während Michael Lenhart seine Kollegin bewundernd ansah.

»Aber nein! Ich weiß ja gar nichts. Ich bin hier nur für den Empfang zuständig. Die ›Frau Chef‹ wird gleich kommen. Sie sollte eigentlich schon hier sein, aber heute ist Mittwoch, und da hat sie für gewöhnlich Termine außer Haus, und ich habe die Anweisung, wenn jemand nach ihr fragt, dann mögen diese Herrschaften doch einen Augenblick warten. Ich habe mit der Sache nichts zu tun, ich habe mit gar nichts etwas zu tun, ehrlich!«

Weiterhin engelhaft lächelnd, nahm Sabine Preiss ein Blatt Papier, notierte die Adresse des D-Trakts und reichte es Herrn Navratil.

»Herr Navratil, Ihre Chefin erscheint morgen um Punkt 7.30 Uhr bei uns zur Einvernahme. Sollte sie sich verspäten, unter einem plötzlichen Anfall von Migräne leider oder im Stau stecken, lassen wir sie von den Kollegen in Uniform abholen und zwangsweise vorführen. Haben Sie das verstanden?«

Mehr als ein panisches Nicken war dem verunsicherten Herrn Navratil nicht zu entlocken.

»Sehr schön, Herr Navratil. Im Namen der Abteilung für Sonderfälle danke ich Ihnen für Ihre Kooperation, auf Wiedersehen.«

Mittwoch, 16.30 Uhr, Institut für Gerichtsmedizin, Sensengasse, Wien

Nachdem sie sich mit dem Amtsarzt und der Leiterin der Gerichtsmedizin, Frau Professor Dr. Elfriede Lorenz, den Leichnam nochmals angesehen hatten, saßen Michael Lenhart und Sabine Preiss mit ihnen im Besprechungsraum der Gerichtsmedizin. Der Verdacht hatte sich bestätigt, dem Leichnam war die Leber entnommen worden. Die Kaltblütigkeit der Tat setzte den beiden sichtlich zu.

»Die Vorstellung, dass Ärzte zu so etwas fähig sind, ist schwer zu akzeptieren. Das ist ein Schlag ins Gesicht des gesamten Berufsstandes.«

»Frau Professor Lorenz, sind Sie sicher, dass die Tat von einem Kollegen begangen wurde? Könnte nicht auch ein talentierter Sanitäter oder ein auf Abwege geratener Veterinärmediziner infrage kommen?«

»Nein. Es ist nicht nur die professionelle Schnittführung, es sind die vielen kleinen Details, die eine andere Tätergruppe ausschließen. Das war das Werk eines geübten Chirurgen. Wer immer dieses Verbrechen begangen hat, hat einschlägige Erfahrung.«

»Das führt uns zu den nächsten Punkten. Abgesehen von der Identität des Opfers, ist die für uns wichtigste Frage jene nach dem Motiv: Warum wurde gerade dieser

Mann als Opfer ausgewählt? Bei einem Organraub kann man ja nicht wahllos Menschen ausweiden, oder?«

»Herr Lenhart, zur Identität kann ich Ihnen noch nichts sagen. Zu Ihrer Frage nach der Auswahl: Da haben Sie recht. Das Opfer muss gezielt ausgewählt worden sein. Jeder Organverpflanzung geht eine Vielzahl an Tests voraus, aber das ist nicht mein Fachgebiet. Wenn Sie Näheres zur Transplantationsmedizin wissen möchten, kann ich gerne den Kontakt zum Kollegen Pauli herstellen, er leitet unsere Abteilung für Transplantation.«

»Danke, das Angebot nehmen wir gerne an. Wenn es möglich ist, begeben wir uns gleich im Anschluss an unser Gespräch zu ihm.«

Während Professor Lorenz versuchte, ihren Kollegen am Institut für Transplantation zu erreichen, wandte sich Michael Lenhart an den Amtsarzt.

»Hans-Peter, noch eine andere Frage: Das Opfer bekam eine Vollnarkose. Kannst du uns sagen, wie lange diese gedauert hat und ob uns die eingesetzten Medikamente weiterhelfen?«

»Ich würde sagen, zwölf, vielleicht achtzehn Stunden. Wenn wir die restlichen Laborwerte haben, kann ich euch Genaueres sagen. Zu den Medikamenten: Hier haben wir einen klassischen Cocktail aus drei verschiedenen Wirkstoffgruppen: Schlafmittel, Schmerzmittel und Muskelrelaxans, verabreicht über eine TIVA, eine total intravenöse Anästhesie. Die verwendeten Medikamente sind Standard, tut mir leid.«

»Wie sieht es mit dem Todeszeitpunkt aus?«

»Einen genauen Zeitpunkt kann ich euch ebenfalls nicht nennen. Der Leichnam hat zumindest einen halben Tag, wahrscheinlich länger, in einer Kühlkammer gelegen, daher sind die normalen Zerfallsprozesse verzögert. Aber ich gehe davon aus, dass der Tod gestern zwischen 6.00 und 10.00 Uhr früh eintrat. Ob wir das Zeitfenster noch einengen können, hängt ebenfalls von den Laborergebnissen ab.«

Sabine Preiss hatte sich bisher nicht am Gespräch beteiligt, sondern die Unterlagen und Fotos des vorläufigen Autopsieberichtes studiert.

»Eines ist mir noch nicht klar. Das Opfer war ein kräftiger junger Mann, weist aber keinerlei äußere Verletzungen oder Spuren eines Kampfes auf. Die Vorstellung, dass er freiwillig seine Leber und sein Leben opferte, schließe ich vorerst aus. Daraus ergibt sich die Frage: Wie haben die oder der Täter das gemacht?«

»Die Detailaufnahmen sind noch nicht im Bericht, aber das Opfer wurde mittels eines Tasers kampfunfähig gemacht, wobei der Angriff von hinten erfolgte. Ihr müsst also von mindestens zwei Tätern ausgehen. Einer, der das Opfer ablenkte, und ein anderer, der mit dem Taser angriff. Überhaupt, das gesamte Handling bedingt zumindest zwei Täter. Einer alleine kann das kaum schaffen.«

»Bleibt noch die Frage nach dem Wie und Wo. Welche Ausrüstung braucht man, um einen Menschen über Stunden in Narkose zu halten und anschließend seine Leber zu entnehmen? Wir können ja schlecht sämtliche Krankenhäuser und Arztpraxen unter Generalverdacht stellen.«

»Es ist noch schlimmer. Vorausgesetzt, es sind erfahrene Chirurgen am Werk, ist die Entnahme eines Organs im Gegensatz zu seiner Einsetzung materialtechnisch simpel. Du brauchst nur eine Art Basisausrüstung wie beispielsweise Intubations- und Operationsbesteck. Dazu einen Beatmungsautomaten, sofern du das Opfer einige Zeit am Leben erhalten willst. Jeder bessere Notarztwagen ist damit ausgestattet. Für den anschließenden Organtransport genügt eine sterile Verpackung und eine Kühlbox, zumindest für kurze Distanzen. Ein guter Reinigungsdienst wäre ebenfalls von Vorteil. Organentnahmen sind eine ziemlich blutige Angelegenheit.«

»Das war zu befürchten. Angenommen, die Täter haben das Organ entnommen, wie würden die weiteren Schritte aussehen? Wie lange dauert es, bevor die Leber irreparabel geschädigt ist?«

»Genau kann ich das nicht sagen, bei einer Leber zwölf Stunden, vielleicht auch etwas länger.«

Zwölf Stunden, in dieser Zeit konnte die Leber weiß Gott wo sein. Die schlechten Nachrichten wurden noch schlechter, als das Telefon von Michael Lenhart läutete.

»Lenhart, Fritsch hier. Verdammt, was machen Sie? Innerhalb der letzten halben Stunde hatte ich sehr engagiert geführte Anrufe vom Präsidenten der Ärztekammer sowie einem Sektionschef des Gesundheitsministeriums. Wie schaffen Sie es, innerhalb von Stunden die halbe Republik auf die Barrikaden zu treiben?«

»Herr Brigadier, beim Zentralfriedhof haben wir es mit einem Fall von Mord und Organraub zu tun. Dem bis jetzt unbekannten Opfer wurde die Leber entnommen.«

»Dann stimmt es also. Die beiden Herren wussten keine Details, machten aber sehr deutlich, dass es hier um das Ansehen der gesamten Ärzteschaft ginge und falls diese Nachricht an die Öffentlichkeit dringt, die Auswirkungen auf die Transplantationsmedizin und die Bereitschaft, Organe zu spenden, dramatisch wären.«

»Herr Brigadier, dann sollten Sie die beiden Anrufer fragen, woher sie ihre Informationen beziehen. Meine Einstellung zur Weitergabe vertraulicher Daten dürfte ja hinlänglich bekannt sein.«

Wie aus einem Reflex antwortete Brigadier Fritsch barsch: »Wollen Sie damit andeuten, dass es bei mir undichte Stellen gibt?«

»Nicht bei Ihnen, Herr Brigadier. Aber jemand hat geredet, und wenn die Nachricht vom Leichenfund und der Organentnahme in so kurzer Zeit bis in die höchsten Beamten- und Funktionärskreise gelangen konnte, dann will ich nicht wissen, wer sonst noch davon weiß. Wenn Sie wollen, kann ich mit den Herren sprechen, gerne auch mit dem entsprechenden nonverbalen Nachdruck.«

»Um Himmels willen, sind Sie wahnsinnig!« und dann wieder deutlich sachlicher: »Ich rede selbst mit den beiden. Von Ihnen erwarte ich, dass Sie mir täglich Bericht erstatten, am besten mündlich, sicher ist sicher.«

»Habe ich Sie richtig verstanden, Herr Brigadier, mündlich?«

»Ja, Lenhart, Sie haben schon verstanden. Die Sache ist zu heikel. Lassen Sie Ihren Laptop nie aus den Augen und verwahren Sie ihn sowie sämtliche Unterlagen jeden Abend im Tresor. Sie kennen sich mit so einer Vorgehensweise ja aus. Außerdem kommen Sie, wann immer es Neuigkeiten gibt, zu mir ins Büro. Auf jeden Fall erwarte ich einen täglichen Bericht in der Früh oder am Abend. Die Wolf sorgt dafür, dass Sie stets Vorrang haben.«

»Verstanden, Herr Brigadier, allerdings verfügen wir über keinen Tresor.«

»Darum wird sich ebenfalls die Wolf kümmern. Treiben Sie die Ermittlungen voran und wenn Ihnen jemand

Prügel in den Weg wirft, lassen Sie es mich wissen. Die Sache hat höchste Priorität. Das wäre alles. Jetzt muss ich nochmals mit den beiden Herren telefonieren, und diesmal, das garantiere ich Ihnen, bin ich der Engagierte!«

Damit waren sie auf der Gerichtsmedizin vorerst fertig. Dr. Pauli war in den nächsten Stunden damit beschäftigt, eine Niere zu transplantieren. Von einem Lebendspender, wie Frau Dr. Lorenz anmerkte. Das Gespräch mit dem Leiter der Transplantation musste also bis morgen warten.

Zurück im D-Trakt durchforsteten Michael Lenhart und Sabine Preiss die Vermisstendatenbank.

Mittwoch, 21.30 Uhr, Hotel Steigenberger Frankfurter Hof, Frankfurt

Die Auferstehung in Wien war ärgerlich, mehr aber nicht. Sie hatte nochmals alle denkbaren Szenarien durchdacht. Es gab keine Spur, die zu ihnen führte.

Im Fokus stand nun der aktuelle Extraktionsauftrag. Ursprünglich hatte sie eine Zielperson in Belgien im Visier, aber nachdem diese wegen eines kranken Kindes Pflegeurlaub genommen hatte, musste Dr. Vekete umdisponieren. Die Extraktion einer besorgten Mutter, die ihr Mehrparteienhaus nur kurz für einen Einkauf oder einen Gang zur Apotheke verlässt und schnell vermisst wird, wäre zu komplex, ein unnötiges Risiko.

Also Frankfurt. Die Zielperson lebte zusammen mit ihrem Mann sowie den beiden Kindern in einer der besseren Gegenden im Süden Frankfurts und auf ihre Tagesplanung war Verlass. Jeweils montags und donnerstags um 8.30 Uhr startete die Zielperson, von einer Pulsuhr überwacht, ihre 8,8 Kilometer lange Laufrunde durch den Oberwald. Wie ihr Online-Trainingstagebuch zeigt, ließ sie in den vergangenen zwölf Monaten keinen einzigen Lauf aus, abgesehen von den urlaubsbedingten Ersatzläufen auf Mallorca und in Kitzbühel. Eine sportliche Frau, Durchschnittsgeschwindigkeit auf der Hausrunde elfeinhalb Stundenkilometer bei einem mittleren

Puls von 148. Diese Art der freiwilligen Selbstoffenbarung im Web erleichterte Dr. Veketes Arbeit ungemein.

»André, Frankfurt verläuft nach Plan. Du bekommst die Lunge morgen zwischen 15.00 und 16.00 Uhr, abhängig vom Verkehr.«

»Sehr gut, Eva. Nur interessehalber, wie wirst du die Extraktion durchführen?«

»Die Zielperson ist eine disziplinierte Läuferin. Wir holen sie uns von ihrer Hausstrecke in einem Waldstück. Ich spiele eine gestürzte Joggerin, die um Hilfe bittet. Zugriff und Transport erfolgt durch das Team München. Die Entsorgung passiert wieder in Bourg-en-Bresse.«

»Sehr schön. Und was ist mit Wien?«

»Wir hatten eine Auferstehung am Zentralfriedhof. Eine Petitesse. Kein Problem. Wir wissen inzwischen, dass die Ermittlungen nicht von der Mordkommission durchgeführt werden, sondern von einer aus nur zwei strafversetzten Polizisten bestehenden Sonderabteilung. Man will EU-weit ungeklärte und ungewöhnliche Fälle auf Gemeinsamkeiten hin untersuchen und die Standards vereinheitlichen.«

»Das klingt beruhigend.«

»Ja, trotzdem wird Tamás Wien sicherheitshalber im Auge behalten. Das wäre alles. Ich freue mich auf unser Wochenende!«

»Ich mich auch, Eva!«

Donnerstag, 7.10 Uhr, D-Trakt, Herrengasse, Wien

»Guten Morgen, Sabine. Wir brauchen einen EDV-Spezialisten, den besten, den wir kriegen können.«

»Guten Morgen, Michael. Eine nächtliche Erleuchtung?«

»Nein, nur ein Anflug aristotelischer Logik.«

»Das Was-würde-ich-an-ihrer-Stelle-tun-Spiel?«

»So ungefähr. Die Frage lautet: Wollte ich Menschen finden, deren Organe zu den jeweiligen Empfängern passen, was müsste ich tun? Die medizinischen Parameter bekommen wir von Dr. Pauli, jetzt brauchen wir noch einen EDV-Spezialisten. Wenn möglich, den besten Hacker der Welt, der uns die technische Seite der Datenbeschaffung erklärt.«

Ihre Unterhaltung wurde von einem wiederholten Klingeln unterbrochen.

»Sieh an, die ›Frau Chef‹ vom Zentralfriedhof ist da, überpünktlich. Ich mache es kurz. Oder willst du mit ihr reden?«

»Danke, nein. Die ›Frau Chef‹ gehört dir. Aber ich mache ihr die Türe auf.«

Herein kam aber nicht die ›Frau Chef‹, sondern Frau Wolf, gefolgt von zwei Mitarbeitern einer Sicherheitsfirma, die einen fast mannshohen Tresor auf einem Hubwagen hinter sich herzogen.

»Morgn, Herr Hauptmann. Wohin damit? Ka Sorge, der wiegt über 300 Kilo, dafür hab ich Stiegn steign müssn. Dem Lift war i zu schwer. So an Klotz braucht ma nicht einmal einmauern und elektronisch überwacht is er auch.«

»Am besten in das Arbeitszimmer rechts, neben den Schrank, danke. Liebe Frau Wolf, wie wäre es mit einem Kaffee?«

»Immer, gern! Schwarz, ohne alles.«

Nach einem ersten vorsichtigen und einem zweiten genussvollen Schluck fing Frau Wolf an, sich den D-Trakt näher anzusehen.

»Is ja ganz nett, aber im Sommer ein Brutofen. Die Klimakastln nutzen nix. Da gehören ordentliche Außenrollos hin, zusätzlich zur Klima. Und die Türschlösser müssn ma auch tauschn.« Und damit war sie schon bei den Mitarbeitern der Sicherheitsfirma.

»Wenn's mit dem Tresor fertig seid's, dann kommen da unten ordentliche Schlösser hin. Und a Alarmanlage mit ana Verbindung zum Verfassungsschutz und a Gegensprechanlage mit Kamera, aber ana, wo der Besucher net sieht, dass man ihn sieht und die Büda automatisch gespeichert werdn. Und sorgn's dafür, dass die Türen so sicher san wie die Schlösser.«

Michael Lenhart war in diesem Schauspiel nur Zuschauer, wenn auch ein zufriedener.

»Frau Wolf, sollte ich je auf die Idee kommen, die Cheopspyramiden abzutragen, darf ich Sie anrufen?«

»Danke für die Blumen, Sie san ja do einer von die Guten. Aber des Spiel is jetzt anders. Das alles bin net nur ich. Der Brigadier is nervös, Gott und die Welt ruft wegn der Gschicht am Zentralfriedhof an, und die Ministerin will ebenfalls immer am Laufenden sein. Herr Hauptmann, glaub's mir's, des is a Wespnnest.«

War das nur die Sorge der mächtigen Ärzteschaft, oder steckte mehr dahinter? Bevor Michael Lenhart antworten konnte, stand eine nervöse Frau, Mitte fünfzig, in der Türe.

»Verzeihen Sie, ich suche die Abteilung für Sonderfälle? Die Türe unten war offen, aber ich konnte kein Hinweisschild finden?«

»Sag ich ja, Herr Hauptmann, die Schlösser müss ma austauschn. Die Rollos übernehm i. Die sind von mir, wenn Sie's so wollen. Aber passn's auf sich auf und auf die Preiss. Is nur a Gefühl.«

Sabine Preiss nahm die Leiterin des Zentralfriedhofs in Empfang.

»Sie sind richtig. Ich bin Leutnant Preiss, kommen Sie.«

Noch bevor sie sich gesetzt hatten, fingen die Entschuldigungen an.

»Es tut mir furchtbar leid, dass Sie warten mussten. Das war nicht meine Absicht, aber ich war bei Terminen außer Haus, als diese furchtbare Geschichte passierte.«

Trocken erwiderte Sabine Preiss: »Nur für das Protokoll, Frau Nadja Jelinek, geboren am 10. Februar 1962, wohnhaft 1140 Wien, Rosentalgasse 6. Sie waren also gestern am Vormittag dienstlich bei Terminen außer Haus? Wo genau waren Sie wann bei wem?«

Der strenge Tonfall ihrer Fragen wirkte.

»Ja, das ist richtig, also der Name und die Daten. Aber ich war nicht dienstlich außer Haus. Also nicht direkt dienstlich, obwohl ich immer wieder öffentliche Termine wahrnehme, und da muss man ja auf sein Aussehen achten. Schließlich repräsentiert man den Zentralfriedhof, also die Stadt.«

»Sie waren beim Friseur?«

Nervös und gleichzeitig erleichtert über das Ende der Verstellung antwortete Frau Jelinek: »Ja, beim Friseur und bei der Maniküre. In meiner Position muss man schließlich auf sich schauen.«

Mit gerunzelter Stirn antwortete Sabine Preiss: »Also haben Sie einen halben Tag Urlaub genommen? Wir überprüfen so etwas routinemäßig.«

»Aber nein, ich meine …«

Sabine Preiss klappte ihren Laptop zu und sah die »Frau Chef« direkt an.

»Damit keine Missverständnisse aufkommen: Auf Ihrem Zentralfriedhof wird wegen Mordes ermittelt, und Sie lassen sich, in Ihrer Dienstzeit, Haare und Nägel richten. Frau Jelinek, das wird kein schöner Bericht.«

Die wandelnde Föhnfrisur mit den frisch lackierten Nägeln hatte sich in ein Häufchen Elend verwandelt.

»Leutnant Preiss, ich bitte Sie, das konnte ich doch nicht wissen!«

»Dass man in der Dienstzeit nicht zum Friseur geht? Vielleicht sollten wir Ihre Buchhaltung nach einschlägigen Belegen überprüfen?«

»Ich bitte Sie! Ich habe immer alles aus eigener Tasche bezahlt, ehrlich!«

»In der Dienstzeit, verstehe. Soll das eine Art Trost sein?«

Die Leiterin des Zentralfriedhofs war den Tränen nahe. Zeit, ihr ein wenig entgegenzukommen.

»Frau Jelinek, ich gehe davon aus, dass Sie Ihre Urlaubszeiten korrigieren. In diesem Fall wird davon auch nichts im Bericht stehen. Bleibt noch die Frage der weiteren Vorgehensweise.«

Die »Frau Chef« witterte Oberwasser: »Da werde ich rigoros durchgreifen und noch heute eine Evaluierung der gesamten Abläufe veranlassen. Bei mir fallen keine Särge auf den Boden, niemals!«

»Doch, Frau Jelinek. Das nennt man Schwerkraft. Sie werden die Mitarbeiter der Bestattung nicht schikanieren, ganz im Gegenteil. Ja, es ist ein Missgeschick passiert. Bedauerlich, sicher, aber die Männer haben ansonsten vorbildlich reagiert. Sie haben den kaputten Sarg samt Leichen nicht einfach verscharrt, sondern umgehend die Polizei verständigt und sich in jeder Hinsicht als hilfsbereit erwiesen. So wird es im Bericht der Abteilung für Sonderfälle stehen. Ich nehme an, Sie verstehen, was ich meine?«

Geistesgegenwärtig erwiderte Frau Jelinek: »Selbstverständlich. Ich hatte ursprünglich an eine interne Überprüfung gedacht, aber angesichts der von Ihnen vorgebrachten Fakten ist diese hinfällig. Ganz im Gegenteil! Ich werde gegenüber der Magistratsdirektion festhalten, wie überaus umsichtig und verantwortungsbewusst meine Mitarbeiter gehandelt haben.«

Lächelnd sah Sabine Preiss ihr Gegenüber an. Eines musste man ihr lassen, die Frau wusste sich blitzschnell anzupassen.

»Frau Jelinek, die Floskel ›meine Mitarbeiter‹ können Sie streichen. Sie werden bei der Wahrheit bleiben und schreiben, dass Sie sich den Vormittag freigenommen hatten und *die* Mitarbeiter aus *eigenem* Antrieb die Polizei verständigt haben. Mehr nicht. Keine langen Abhandlungen, sondern nur zwei Zeilen. Das ist der erste Punkt.

Der zweite betrifft die von Ihnen erwähnte Repräsentation. Ich nenne es Geltungssucht. In diesem Fall gibt es Ihrerseits keine. Auch keine SMS an Freunde wie ›Bei uns ist eine Leiche zu viel aufgetaucht‹ und keinen Facebook-Eintrag: ›War heute bei der Abteilung für Sonderfälle.‹ Nichts! Zu niemanden.«

Mit engelsgleicher Stimme ergänzte Sabine Preiss lächelnd: »Falls Sie trotzdem plaudern, und sei es auch nur eine klitzekleine Andeutung, behindern Sie eine Mordermittlung, und ich setze Ihren Hintern persönlich auf Grundeis. Liebe Frau Jelinek, haben wir uns verstanden?«

Fast panisch stieß die Friedhofsdirektorin hervor: »Sicher, selbstverständlich!«

»Sehr schön, Frau Jelinek. Im Namen der Abteilung für Sonderfälle danke ich Ihnen für Ihre Kooperation, auf Wiedersehen.«

Als Sabine Preiss die »Frau Chef« zur Tür begleitete, kam ihr Brigadier Fritsch entgegen.

»Guten Morgen, wie ich sehe, ist der Tresor schon geliefert, gut. Ich muss mit Ihnen und dem Lenhart sprechen, ist er da?«

»Ja, ich bin da, guten Morgen, Herr Brigadier.«

»Sehr gut. Gehen wir in Ihr Büro. Wir müssen ungestört reden.«

»Sabine, wir nehmen deines. Bei mir wird gerade der Tresor aufgestellt.«

Nachdem sie Platz genommen hatten und auch der Herr Brigadier mit Kaffee versorgt war, kamen sie zur Sache.

»Lenhart, das Leck ist gefunden. Ein Mitarbeiter der Gerichtsmedizin hat in seiner WhatsApp-Gruppe geplaudert. Von dort aus ging es dann weiter, verdammte Technik. Ab jetzt darf nichts mehr nach außen dringen, auch nicht in andere Abteilungen. Die Angehörigen übernehmen die Kollegen in der Steiermark. Wir wissen inzwischen, um wen es sich bei der Leiche handelt. Außerdem wird die Wiener Polizei in einer Verlautbarung nur von einem Leichenfund und laufenden Ermittlungen sprechen. Die Ministerin gibt kurzfristig eine Pressekonferenz zur sicherheitspolitischen Lage und nimmt dazu einen Einsatzleiter der COBRA sowie einen auf Radikalisierung spezialisierten Psychologen mit. Damit haben wir hoffentlich genügend Ablenkung für die Presse. Lenhart, Preiss, Sie beide müssen still und verdammt schnell arbeiten.«

»Herr Brigadier, das ist uns bewusst. Aber ohne Unterstützung wird es nicht gehen. Wir brauchen den besten EDV-Spezialisten, den Sie haben.«

»Verstehe, aber ich will im Ministerium keinen Staub aufwirbeln. Generalmajor Kollnig vom Kommando Führungsunterstützung & Cyber Defence ist mir noch einen Gefallen schuldig. Da soll sich das Bundesheer nützlich machen. Angeblich haben die die besten Hacker, und an so jemanden haben Sie gedacht, nehme ich an?«

»Ja, so in der Art. Bis wann lässt sich das organisieren?«

»Ich rede gleich mit dem Kollnig. Von der Stiftskaserne in die Herrengasse ist es nicht weit. Am Nachmittag sollten Sie Ihre Unterstützung haben. Brauchen Sie sonst noch etwas?«

»Danke, im Moment nicht. Ihre Frau Wolf hat uns bestens versorgt.«

»Gut, wenn es Probleme gibt, rufen Sie mich an. Ich komme nach Dienstschluss nochmals vorbei.«

Als der Brigadier und die Mitarbeiter der Sicherheitsfirma gegangen waren, sahen sich die beiden fragend an.

»Hast du so etwas jemals erlebt? Binnen Stunden wird der D-Trakt zur Festung ausgebaut und die menschgewordene Dienstvorschrift übergeht das eigene Ministerium und besorgt uns Unterstützung vom Bundesheer. Womit haben wir es hier in Wahrheit zu tun, Sabine?«

»Wir werden es herausfinden. In einer halben Stunde sind wir bei Dr. Pauli. Dann haben wir wenigstens eine erste Idee vom medizinischen Teil. Ansonsten halte ich mich an den Wahlspruch aus meiner Bundesheerzeit, *numquam perimus*.«

»Wir geben niemals auf, ich wusste gar nicht, dass du beim Jagdkommando warst.«

»Du hast mich nie gefragt und offensichtlich meine Personalakte nicht gelesen. Lass uns gehen. Ich erzähle es dir unterwegs.«

Im Auto erfuhr Michael Lenhart mehr von seiner Kollegin.

»Als ich aus Trotz und gegen den Willen meiner Eltern zum Bundesheer ging, wurden beim Jagdkommando die ersten Frauen zugelassen. Da wollte ich wissen, ob ich die Aufnahmeprüfung schaffe, und habe verbissen trainiert. Nach der Prüfung kam die Kommandogrundausbildung, danach der Grundkurs. Inzwischen war mein Vater stolz auf mich und ich hatte genug. Nach vier Jahren bin ich ausgeschieden.«

»Nun die fast obligatorische Frage: Wie ist es dir als Frau dort ergangen?«

»Eigentlich gut. Am Anfang testen sie dich, versuchen, dich ein wenig zu provozieren. Aber im Endeffekt zählt nur die Leistung sowie das Teamplay. Die Leistung habe ich erbracht, und die Kameraden haben gesehen, dass sie sich auf mich verlassen können. Ab da war es kein Thema mehr. Ich war eine von ihnen, Korpsgeist.«

»Und das Motto hast du behalten?«

»Ja. Es gibt auch noch das *numquam retro*, niemals zurück, aber das finde ich kontraproduktiv. Manchmal muss man einen Schritt zurückgehen, um zwei nach vorne zu kommen. Entscheidend ist in meinen Augen, nicht aufzugeben. Und du, warst du beim Heer?«

»Ja, aber ich habe nur den Grundwehrdienst absolviert.«

»Themenwechsel, unser Termin mit dem Dr. Pauli: Hast du dich ein wenig schlaugemacht?«

»Gestern am Abend in der Badewanne. Aber nur auf Google-Niveau und du?«

»Ebenfalls Google, in der Hängematte.«

»Du hast zu Hause eine Hängematte?«

»Ja, im Wohnzimmer, meist schlafe ich auch darin.«

»Erstaunlich, aber warum nicht.«

Dr. Pauli, der Leiter der Transplantation, ein sportlicher Herr Anfang sechzig mit Bürstenhaarschnitt, erwartete sie bereits.

»Meine Kollegin hat mir Ihren Fall geschildert, schlimme Sache. Wie kann ich Ihnen helfen?«

»Herr Dr. Pauli, wir benötigen eine Art Schnellkurs im medizinischen Einmaleins der Transplantationsmedizin. Im Bewusstsein, dass es diesen nicht gibt, bitten wir Sie, es trotzdem zu versuchen. Meine Kollegin, Leutnant Preiss, wird unser Gespräch als Gedächtnisstütze aufnehmen, wenn Sie einverstanden sind?«

»Kein Problem, das bin ich von meinen Studenten gewohnt. Ich schlage vor, Sie fragen und ich antworte.«

»Sehr gut, danke. Erste Frage: Was muss ich von einem Spender, oder in diesem Fall Opfer, wissen, damit es als Organspender infrage kommt?«

»Nun, möglichst viel. Zuallererst die Blutgruppe sowie andere Blutwerte. Dann müssen je nach Organ verschiedene Erkrankungen ausgeschlossen werden, beispielsweise Hepatitis oder Krebs. Dazu kommen noch Körpergröße und Gewicht. Sie können schlecht das Herz eines Erwachsenen einem Kind einsetzen. Wir haben dazu eine Tabelle, die können Sie gerne haben.«

»Danke. Wir wissen, dass für die Entnahme eine verhältnismäßig bescheidene Ausrüstung ausreicht, nicht aber fürs Einsetzen. Stellen Sie sich vor, Sie wären in der Situation der Täter, was bräuchten Sie dafür, mindestens?«

»Einen Operationssaal, ein möglichst erfahrenes Ärzteteam verschiedener Fachrichtungen, Chirurgie, Anästhesie, interne Medizin sowie eine Intensivstation für die Nachbetreuung. Mit anderen Worten, ein entsprechend ausgestattetes Krankenhaus. Wenn ich Sie richtig verstehe, sprechen Sie nicht nur von einer Lebertransplantation, sondern von Transplantationen im Allgemeinen?«

»Ja, leider. Wir gehen davon aus, dass es sich um keinen Einzelfall handelt.«

»Schrecklich! Bis jetzt wurde hinter vorgehaltener Hand unter Kollegen immer nur von einem Schwarzmarkt für Nieren gesprochen. Allenfalls noch von zweifelhaften Entnahmen in China. Das Szenario, das Sie hier ansprechen, ist von einer ganz anderen Dimension.«

»Unsere Vermutung ist, dass es irgendwo eine Art Bestellhotline für vermögende und skrupellose Empfänger gibt. Dieser Anbieter sucht gezielt die passenden

Organe für seine Kunden. Dass wir überhaupt hier sitzen und versuchen, eine erste Spur der Täter aufzunehmen, haben wir nur einem Zufall zu verdanken. Hätten die Bestatter nicht den Sarg fallen gelassen, wären wir vollkommen ahnungslos.«

»Dann schlage ich vor, wir lassen den medizinisch-operativen Teil vorerst beiseite und widmen uns dem medizinisch-logistischen. Der ist ähnlich komplex und beinhaltet, je nach Organ, ganz unterschiedliche Herausforderungen.«

»Sie meinen die Zeit zwischen der Entnahme und der Transplantation?«

»Unter anderem. Um Ihnen ein ungefähres Bild zu vermitteln: Vorausgesetzt, die Entnahme sowie der Transport sind fachgerecht durchgeführt worden, kann man eine Leber auch nach zwölf oder mehr Stunden transplantieren, bei einem Herz beträgt das Zeitfenster maximal vier Stunden.«

»Mit anderen Worten: Die Leber des Opfers könnte auf einem anderen Kontinent transplantiert worden sein, wäre es um das Herz gegangen, müssten wir in Europa suchen.«

»Ausgehend von Ihrem Opfer am Zentralfriedhof, ja.«

»Michael, das hilft uns im Moment nicht weiter. Lass uns einen Schritt zurückgehen. Wie groß ist der Bereich der Transplantationsmedizin? Von wie vielen Operationen sprechen wir hier?«

»Da gibt es nur Schätzungen, aber es sind Zigtausende. Im vergangenen Jahr wurden alleine über dreitausendfünfhundert Herzen verpflanzt, offiziell. Bei Nieren können Sie von einem Mehrfachen ausgehen. Die Transplantationschirurgie ist zwar ein junges Fach, wird aber weltweit durchgeführt. Allerdings gibt es leider viel mehr potenzielle Empfänger als Spender. Die Wartelisten, etwa bei Eurotransplant, sind lang, und viele Patienten sterben, bevor sie an die Reihe kommen.«

»Ich habe mich gestern am Abend ein wenig informiert und ein paar Berichte von wartenden Empfängern sowie Angehörigen gelesen. Die psychische Belastung der Patienten scheint mitunter sehr groß zu sein.«

»Ja, niemand möchte in der Haut eines wartenden Empfängers stecken. Der Leidensdruck und die Ungewissheit, ob man noch rechtzeitig ein Organ bekommt, ist enorm. Es ist oft genug ein Wettlauf mit dem Tod.«

»Sie haben vorhin den Schwarzmarkt für Nieren angesprochen. Wie funktioniert der?«

»Mittels Geld. Bei uns ist der Verkauf von Organen streng verboten. Es gibt aus vielerlei guten Gründen eine Barriere zwischen den Empfängern und den Angehörigen der Spender. Am Nierenschwarzmarkt ist es genau umgekehrt. Hier suchen die Empfänger über Mittelsmänner einen passenden Spender. Die Entnahme des Organs sowie die Transplantation erfolgen dann meist synchron. Beide treffen sich in einem Krankenhaus und die Niere kommt direkt vom Spender zum Empfänger.«

»Und der Preis? Was kostet eine Niere?«

»Ich kann Ihnen hier nur wiedergeben, was auf Kongressen abends an der Bar erzählt wird. Ein Komplettpaket, also Untersuchungen, Spenderniere, Krankenhausaufenthalt und Vermittlerentgelt liegt angeblich bei rund 100 000 Euro.«

»Für lateinamerikanische oder afrikanische Verhältnisse ist das viel Geld. Angenommen, man würde einen europäischen Anbieter für das von Ihnen erwähnte

Komplettpaket suchen, wie hoch wäre Ihrer Meinung nach der Preis?«

»Das kann ich Ihnen beim besten Willen nicht sagen. Ich habe auch noch nie von so einem Angebot gehört. Bei uns in Europa sind die Kontrollen sehr streng, im Grunde lückenlos. Außerdem muss man hier klar unterscheiden: Bei einer Nierenspende stirbt der Spender nicht. Wird ihm aber Leber, Lunge oder Herz entnommen, ist es Mord. Spätestens wenn Sie ein Rezept für Ihre Immunsuppressiva und andere Medikamente benötigen oder wegen einer Grippe zum Arzt gehen, würden Sie als Empfänger auffliegen.«

»Lassen Sie uns zur eingangs gestellten Frage nach den medizinischen Daten zurückkommen. Wie könnte sich der Täter diese Daten für die Opfersuche besorgen?«

»Da kann ich Ihnen nicht helfen. Nur so viel: Die Blutgruppe alleine ist zwar ein Anfang, reicht aber bei Weitem nicht. Die Ergebnisse umfassender Vorsorgeuntersuchungen wären schon aussagekräftiger, aber noch immer zu unspezifisch. Wenn Sie sich die vorhin erwähnte Tabelle mit all den verschiedenen Faktoren ansehen, werden Sie es verstehen. Ohne vorhergehende Untersuchung des Spenders, oder in diesem Fall des Opfers, kann ich mir nicht vorstellen, wie das funktionieren soll. Es sei denn, der Täter kalkuliert den raschen Tod seiner Kunden mit ein.«

»Ein Datendiebstahl bei der Krankenversicherung würde also nicht ausreichen?«

»Nein, sollten dort die für eine Transplantation benötigten Daten hinterlegt sein, braucht dieser Mensch wahrscheinlich selbst ein Organ und scheidet als Spender oder vielmehr Mordopfer aus.«

»Herr Dr. Pauli, vielen Dank, dass Sie sich Zeit genommen haben. Sie haben uns sehr geholfen.«

»Gerne, wenn Sie noch Fragen haben, Anruf genügt, das meine ich ernst. Wir kämpfen hier um jedes Leben, sehen tagtäglich diese Mischung aus Hoffnung und Verzweiflung in den Gesichtern der wartenden Patienten, und diese Verbrecher betrachten ihre Mitmenschen als lebende Rohstofflager. Ziehen Sie diese Bastarde aus dem Verkehr!«

»Das werden wir, Dr. Pauli. Verlassen Sie sich darauf.«

Auf der Rückfahrt in den D-Trakt herrschte zunächst Schweigen. Jeder war in seine eigenen Gedanken versunken.

»Zwei Denkfehler. Dr. Pauli macht zwei Denkfehler.«

»Was meinst du, Michael?«

»Fehler eins, er unterschätzt die kriminelle Energie. Ein lässlicher Fehler, das ist nicht sein Fachgebiet. Fehler zwei: Er geht bei den Daten gedanklich von seiner Position, seinen Methoden aus.«

»Du bist also überzeugt, dass die Täter einen Weg gefunden haben, wie sie aus illegal beschafften Gesundheitsdaten transplantationsrelevante machen?«

»Ja, es ist eine Frage der Logik. Wie immer im Leben ist Aristoteles eine große Hilfe.«

»Geht's ein wenig genauer?«

»Ohne vorhergehende Auswahl der Opfer funktioniert der Organraub nicht. Die Variante, dass der Täter seine Opfer mittels ungeeigneter Organe betrügt und ins Jenseits befördert, zieht nicht. Der logische Schluss: Nachdem es diese Art von Organraub gibt, muss es auch diese Form der Datenauswertung geben.«

»Darum deine Frage nach dem besten Hacker?«

»Ja, wie gesagt, Logik.«

»Einverstanden. Ich habe Hunger, du?«

»Ich auch, Kantine, Gasthaus oder selbst kochen?«

»Gasthaus, traditionell. Im Moment steht mir der Sinn nach etwas Bodenständigem.«

»Kern's Beisl, klassische Wiener Hausmannskost?«

»Einverstanden, aber ich kenne das Lokal nicht.«

»Fahr am besten in die Herrengasse, wir gehen die paar Schritte zu Fuß.«

An einer roten Ampel sah Sabine Preiss zu Lenhart und sagte ernst: »Michael, danke.«

»Wofür?«

»Du bist deutlich ranghöher, behandelst mich aber als Partnerin. Das ist angenehm, aber ungewöhnlich.«

»Für mich nicht. Ränge werden von Dritten verliehen, nach Kriterien, die meist nicht rational begründbar sind. Für mich sind sie nebensächlich. Entscheidend ist das Individuum, der einzelne Mensch. Ein Idiot bleibt ein Idiot, egal wie viel Lametta seine Uniform schmückt. Gleiches gilt für die Chromosomenverteilung. Wenn es hart auf hart geht, spielt all das keine Rolle.«

Lachend erwiderte Sabine Preiss: »Hast du das auch von deinem Aristoteles, Herr Philosoph?«

»Nein, der alte Herr kannte weder eine Sabine Preiss noch die Chromosomen, aber sein Denken hat mich geprägt. Wie auch immer, unser Mittagessen fällt ins Wasser.«

»Warum?«

»Ein weißer VW-Passat und ein schwarzer Skoda-Octavia-Kombi beide in der Sparefroh-Ausstattung und sauber geputzt, direkt vor unserer Einfahrt. Das Bundesheer ist da.«

»Dann begrüßen wir die Herren und zeigen ihnen den Weg zum D-Trakt.«

Der Gefallen, den das Bundesheer Brigadier Fritsch schuldete, war offensichtlich groß. Ein Oberst Hoyos war mit sechs Mann, alle in Zivil, und zwei Kofferräumen voll Ausrüstung gekommen.

»Hauptmann Lenhart, Leutnant Preiss, es freut mich, dass wir helfen dürfen. Wir sind allerdings nur der Voraustrupp. Unsere Kollegen kommen in zwei bis drei Stunden, je nachdem, wie schnell wir fertig werden.«

»Und was ist Ihre Aufgabe, Herr Oberst?«

»Michael, das ist der Putztrupp.«

»Wenn sich zwei Militärs unterhalten, wird es für einen Zivilisten unverständlich.«

»Wir kümmern uns um die fernmeldetechnische Analyse und Absicherung, so lautet der antiquierte Begriff. Wir suchen nach Richtmikrofonen, Lasern, Wanzen und all den anderen Plagegeistern. Wenn wir Ihre Büros gesäubert haben, kommen unsere offensiven Kameraden.«

»Sie gehen also davon aus, dass der bis vor einigen Tagen leer stehende D-Trakt verwanzt ist?«

»Das Beste hoffen, auf das Schlimmste vorbereitet sein. Wir sind hier einen Steinwurf entfernt von der Hofburg und dem Bundeskanzleramt, da ist alles möglich.«

»Verstehe, na, dann wünsche ich Ihnen Waidmannsheil. Ich nehme nicht an, dass Sie uns für Ihre Wanzenjagd brauchen?«

»Nein, gehen Sie ruhig essen. Eines noch: Sie beide zu unterstützen ist uns eine Freude.«

»Oberst Hoyos, die Freude ist ganz meiner- oder unsererseits. Noch mehr Freude würde es mir machen, wenn ich den Grund dafür erfahren dürfte.«

»Sie, Herr Hauptmann, haben mit der Satisfaktion im Fabios Integrität, Mut und strategisches Denken bewiesen, heute eine leider überaus seltene Kombination. Zu Leutnant Preiss, die Sabine ist eine von uns, ihre Zielscheibe hängt noch immer in Wiener Neustadt. In diesem Sinne, Mahlzeit.«

Das ließen sie sich nicht zweimal sagen. Im Gehen meinte Michael Lenhart: »Satisfaktion, Hoyos, klingt nach altem Adel. Aber zur Zielscheibe würde ich gerne Näheres wissen und warum er dich mit dem Vornamen anspricht?«

»Gehst du manchmal noch auf den Schießstand?«

»Für gewöhnlich jeden Mittwoch, ausgenommen gestern. Warum fragst du?«

»Weil die meisten Kollegen keine Ahnung haben und mich für eine Art Calamity Jane halten.«

»Ich höre.«

»Mit dem Duzen und dem ›in Wiener Neustadt‹ hat er deutlich zu verstehen gegeben, dass er ebenfalls beim Jagdkommando war. Die Zielscheibe stammt von einem Wettkampf, 1800 Meter, Kaliber 50 BMG. Dass die immer noch dort hängt, wusste ich nicht.«

»Du warst Scharfschütze?«

»Jeder dort ist Scharfschütze, Fallschirmspringer, Sanitäter, Überlebenskünstler und mehr. Aber der Spezialisierungsgrad ist nahezu unendlich. Wie auch immer, ich trat wegen einer verlorenen Wette zu einem Wettkampf an und habe gewonnen.«

»Frage eins, Wette. Frage zwei, Wettkampf.«

»Also gut. Ich habe gewettet, dass ich zehn Klimmzüge schaffe, aber bei acht war Schluss. Im Wettkampf musste ich meine Gruppe auf die Maximaldistanz vertreten. In Allentsteig kamen dann noch Kameraden vom Jägerbataillon 25 und der Jägerschule dazu. Mein Buddy war auf die kurzen und mittleren Distanzen von 100, 400 und 800 Meter immer vorne dabei, aber die Jägerschule hatte einen Schützen, der das Schießen anscheinend mit der Muttermilch aufgesogen hatte. Die Entscheidung fiel auf der Maximaldistanz, 1800 Meter. Der Junge hatte es ein wenig zu eilig. Ich folgte dem Grundsatz ›langsam ist präzise und präzise ist schnell‹ und erzielte fünf Treffer, wir hatten gewonnen.«

»Fünf von fünf auf 1800 Meter, das ist unglaublich!«

»Ich hatte gute äußere Bedingungen, es hat alles gepasst, Temperatur, Sicht, kein Wind.«

»Die Bedingungen waren für alle gleich. Stell dein Licht nicht unter den Scheffel. Das war herausragend!«

»Einverstanden, ich war gut.«

»Nicht gut, herausragend! 1800 Meter, das ist meines Wissens nach mehr als die angegebene effektive Reichweite.«

»Auch auf 1800 Meter ist die Wirkung bei diesem Kaliber verheerend, und Industrienormen waren für uns nie Maßstab, eher Herausforderung.«

»Zum Feind möchte ich dich nicht haben, als Partnerin bist du mir lieber. Aber jetzt lass uns bestellen, ich habe Hunger und bin neugierig, ob oder was der Putztrupp findet.«

Als sie in den D-Trakt zurückkamen, waren die Techniker des Bundesheers noch bei der Arbeit, und Oberst Hoyos wirkte zufrieden.

»Gut gegessen?«

»Ja, danke.«

»Seid ihr fündig geworden?«

»Nur teilweise, Sabine. Wir haben eine eigenartige Interferenz gemessen und gehen dieser gerade nach. Aber das dürfte nicht euch betreffen, sondern das Bundeskanzleramt, wenn überhaupt. Auf jeden Fall haben wir einige Störeinrichtungen angebracht und diese ebenfalls auf die Liste des Bundeskanzleramtes gesetzt, wie übrigens unser Besuch offiziell auch der hohen Politik gilt.«

»Herr Oberst, halten Sie diese extremen Vorkehrungen nicht für ungewöhnlich, bei einer Strafkompanie, wie wir es sind?«

»Selbstverständlich, Herr Hauptmann, sie sind sehr ungewöhnlich. Jemand mit sehr viel Einfluss scheint ebenso viel Angst zu haben. Wer oder was die Ursache dafür sein könnte, entzieht sich meiner Kenntnis, aber ich bin sicher, Sie werden es herausfinden.«

»Es wird uns wohl nichts übrig bleiben.«

Zwei junge Techniker, mit Laptops unterm Arm und Kopfhörern am Hals, kamen zufrieden lächelnd zurück.

»Herr Oberst, die Jagd war erfolgreich. Zwei Laser unterschiedlicher Bauart, einmal Hofburg, einmal Bundeskanzleramt.«

Neugierig sahen Michael Lenhart und Sabine Preiss zu, wie ein anderer Bundesheertechniker die beiden Laser untersuchte. Angesichts der fragenden Gesichter erläuterte er deren Funktionsweise.

»Damit wird ein unsichtbarer Laserstrahl auf eine Fensterscheibe gerichtet. Fenster werden durch Geräusche in minimale Schwingungen versetzt, und der Laser misst diese Schwingungen. Sie können es sich wie eine Nadel auf einer Schallplatte vorstellen. Der Sendeteil schickt dann das Signal an einen Empfänger, und der kann so mithören, was hinter dem Fenster gesprochen wird.«

»Schon eine Idee, woher die beiden stammen?«

»Noch nicht, Herr Oberst. Aber es sind auf jeden Fall keine Bastelarbeiten.«

»Meine Herren, Gratulation! Packen Sie sie ein.«

Und an die anderen gerichtet: »Wie weit sind wir mit der Wanzenjagd und den Ködern?«

»Fast fertig, Herr Oberst. Wir justieren nur noch die Störsender.«

»Gut, meine Herren, dann beginnen Sie schon mal mit dem Abmarsch. Hauptmann Lenhart, Sabine, wenn es Probleme geben sollte: Sie rufen, wir kommen. Auch Ihnen Waidmannsheil!«

Eine halbe Stunde nach dem Abmarsch des Putztrupps traf ein junger Mann, Mitte zwanzig, ein.

»Hauptmann Lenhart, Leutnant Preiss, ich komme mit besten Grüßen von Generalmajor Kollnig. Ich bin Oberleutnant Fussenegger.«

»Willkommen im D-Trakt. Sie sind also unsere elektronische Speerspitze?«

»Ja, ich werde es zumindest versuchen. Die Kollegen vom Putztrupp haben mich über den Status der Abschirmung informiert. Allerdings habe ich noch keinen klaren Auftrag. Generalmajor Kollnig meinte nur, ich solle mich Ihnen zur Verfügung stellen, unter strengster Geheimhaltung und in Zivil. Am offiziellen Dienstauftrag ist allerdings das Außenministerium angeführt. Je nachdem wie der Auftrag aussieht, bekomme ich Verstärkung.«

»Sehr schön, setzen Sie sich. Wir sagen Ihnen, worum es geht.«

Nachdem sie Oberleutnant Fussenegger die Situation geschildert hatten, herrschte zunehmend Ratlosigkeit. Sie hatten zwar die von Dr. Pauli zur Verfügung gestellte Liste, doch die nützte ihnen vorerst nichts.

»Herr Hauptmann, ohne zusätzliche Informationen kommen wir nicht weiter, ganz abgesehen davon, dass ich ein medizinischer Laie und kein Transplantationschirurg bin. Ihre Überlegung, dass es eine vorhergehende Möglichkeit zur Auswahl der Opfer geben muss, ist logisch, aber für mich nicht ausreichend. Da brauchen wir mehr. Gesundheitsdaten schwirren nicht einfach durch das Netz.«

»Das habe ich mir gedacht. Also gehen wir systematisch vor, nach dem Ausschlussverfahren.«

»Einverstanden, wenn Sie mir sagen, was Sie damit meinen.«

»Nicht ich sage es Ihnen, sondern Sie uns. Wenn wir damit fertig sind und uns einer möglichen Lösung nähern, werden wir wieder auf die Unterstützung von Dr. Pauli zurückgreifen. Aber nun zur technischen Seite: Was geht Ihrer Meinung nach nicht?«

»Ein wahlloses Absaugen medizinischer Daten. Um so etwas zu machen, müssen zig Tera- oder eher Petabyte an Daten gesammelt und analysiert werden. Das geht nur, wenn man vollen Zugang zu diesen Daten hat.«

»Wo finden wir solche Daten?«

»In Österreich bei den Sozialversicherungen, den privaten Krankenversicherungen, Krankenhäusern, eventuell Arztpraxen. Aber das ist nur eine generelle Aussage. Man müsste, wie gesagt, vollen Zugang zu den Daten haben, um sie nach bestimmten Kriterien, die wir noch nicht kennen, zu durchforsten. Aber das klingt einfacher, als es ist. Angenommen, man hätte einen solchen Zugang, dann würden die Suchprogramme, die wir noch nicht haben, den dortigen Administratoren früher oder später auffallen. Die Datensicherung in diesen Bereichen ist meist besser, als man glaubt.«

Sabine Preiss hatte den Eindruck, dass sie so nicht weiterkamen, und ergriff die Initiative.

»Michael, lass mich einmal versuchen, diesen gedanklichen Faden weiterzuspinnen. Aber eine Frage vorweg: Herr Oberleutnant, wie sind Sie eigentlich zu Ihrem Job gekommen?«

»Durch das Hacken. Das Bundesheer schreibt regelmäßig Wettbewerbe aus und ich habe einen gewonnen. Dann habe ich während meiner Zeit als Grundwehrdiener der damaligen Cyberabwehr gesagt, dass ihre Programme leicht zu knacken sind. Sie haben es mir nicht geglaubt, also habe ich es ihnen gezeigt, den Computer des Generalstabschefs gehackt und der Eurofighter-Alarmrotte den Befehl erteilt, im Rahmen einer unangekündigten Überprüfung der sekundären Kommunikationskanäle mit Überschall nach Wien zu fliegen und über der Stadt zu kreisen. Allerdings habe ich dem Kommando Luftstreitkräfte auch einen Widerruf dieses Befehls zukommen lassen, aber die Vögel waren schon in der Luft. Der damalige Kommandant der Cyberabwehr wurde abgelöst, ich blieb.«

»Ich glaube, an die Geschichte mit den Eurofightern kann ich mich erinnern. Michael, bevor du fragst: Beim Bundesheer gibt es für alles einen Notfallplan. Wenn die normale Befehlskette versagt, greift man auf die sekundären Kanäle zurück. Auf jeden Fall Gratulation, Herr Oberleutnant, tolle Geschichte!

Jetzt überlegen Sie: Wenn Sie so etwas wie diese Verbrecher machen wollten, wie würden Sie das anstellen, was wäre Ihrer Meinung nach der beste Weg, um an die Daten zu kommen?«

»Am besten ist immer ein freiwilliger Zugang von innen.«

»Mit innen meinen Sie einen Maulwurf? Dann müsste es wahrscheinlich mehrere, um nicht zu sagen viele Maulwürfe an den entscheidenden Stellen geben. Aber was meinen Sie mit freiwillig?«

»Wenn ich vom Dateninhaber diesen Zugang bekomme, etwa im Rahmen von Wartungsaufträgen oder, das wäre überhaupt das Beste, wenn er mir die Daten zur Verwaltung gibt. Wenn ich die Daten auf meinen Servern lagere. In diesem Fall könnte ich am ehesten unbemerkt machen, was ich will.«

»Aber wer würde derart sensible Daten freiwillig herausrücken?«

»So gut wie jeder. Die Menge wächst exponentiell und deren Verwaltung ist eine hochkomplexe Angelegenheit. Die meisten größeren Firmen, aber auch viele öffentliche Stellen lagern ihre Daten an Spezialisten aus. Selbst Hightech-Riesen wie Apple, der Datenkrake Google oder Netflix bedienen sich dafür externer Partner.«

»Ich nehme an, solche Anbieter gibt es nicht nur in den USA, sondern auch bei uns in Österreich?«

»Sicher, aber die meisten sind in Osteuropa. Die dortigen Programmierer sind wirklich gut und die Preise aufgrund der geringeren Steuern und Energiekosten deutlich günstiger. Teilweise sind es auch österreichische Firmen, die ihre Serverfarmen nach Ungarn, Rumänien oder in die Slowakei ausgelagert haben.«

Sabine Preiss verschränkte die Arme und fasste frustriert zusammen: »Wir müssten also wissen, wo beispielsweise die österreichischen Versicherungen ihre Daten lagern beziehungsweise verwalten lassen, dann bei diesen Firmen unbemerkt die Firewalls knacken, um dort mit Programmen, die wir noch nicht haben, weil wir nicht wissen, wonach wir in Wahrheit suchen, die Auswahlprogramme der Organmafia finden. Wenn wir das geschafft haben, legen wir uns auf die Lauer und warten, bis sich die Täter ein neues Opfer aussuchen. Habe ich das korrekt zusammengefasst?«

»Ja, so ungefähr. Ganz abgesehen davon, dass so ein Angriff natürlich illegal ist.«

»Michael, was meinst du?«

»Das klingt nicht gerade nach einem Spaziergang. Aber es hat auch seine guten Seiten. Es zeigt die Schwäche unseres Gegners, zumindest eine davon.«

Oberleutnant Fussenegger reagierte irritiert, während Sabine Preiss lächelnd die Hände in die Hosentaschen stemmte. Sie hatte schnell gelernt, die Eigenheiten ihres Kollegen zu akzeptieren.

»Entschuldigen Sie, Herr Hauptmann, aber was soll daran gut sein?«

»Dass die Täter das ebenfalls wissen. Sie haben dieses System schließlich entwickelt und bis jetzt sehr gut damit verdient, zumindest gehe ich davon aus. Aber es ist nicht das Geld, nicht der Profit, den ich meine. Es ist das Gefühl, unangreifbar zu sein. Aristoteles nannte es Aufgeblasenheit, wir würden heute Stolz dazu sagen. Ja, Stolz ist eine Schwäche. Damit können wir arbeiten.«

»Mag ja sein, aber wie können wir diesen Stolz für uns nutzen?«

»Wir können ihn in unsere Gleichung mit einbeziehen, aber zuerst müssen wir kleinere Brötchen backen.«

»Michael, komm auf den Punkt.«

»Wir brauchen eine Spielwiese. Wir müssen üben, und dafür brauchen wir den Brigadier Fritsch, mindestens.«

»Klartext, Michael!«

»Ich bin sicher, mindestens eine von den öffentlichen Krankenkassen verwaltet ihre Daten noch selbst, und davon brauchen wir eine Kopie zum Experimentieren, zum Üben. Schließlich müssen wir erst herausfinden, wie so ein Organsuchprogramm funktioniert. Parallel dazu werden wir eruieren, wer wo seine Daten lagert oder warten lässt. Wenn wir das wissen, können sich Ihre Kollegen schon einmal umsehen, ob und wie sie die Firewall knacken können. So ungefähr stelle ich mir die Vorgehensweise vor.«

»Herr Hauptmann, haben Sie eine Ahnung, wie komplex das alles ist? Von den Firewalls bis hin zu den Algorithmen und den Programmen?«

Während Oberleutnant Fussenegger zunehmend frustriert wirkte, lächelte Michael Lenhart, als wäre er die Ruhe in Person.

»Herr Oberleutnant, wie heißen Sie mit Vornamen?«

»Rainer, warum?«

»Weil das kein Spaziergang wird und ich mich nicht mit Titeln aufhalten will. Ab jetzt heißt es Sabine sowie Michael, und um auf deine Frage zurückzukommen, ich habe keine Ahnung, wie komplex das ist, aber die Eurofighter über Wien Runden drehen zu lassen zeigt mir, dass du der Richtige dafür bist.«

Sabine Preiss zwinkerte ihrem Partner zu, während Oberleutnant Fussenegger nicht wusste, ob er sich über das Kompliment freuen sollte oder nicht. Schließlich fragte sie: »Fritsch oder die Ministerin?«

»Beide, mindestens, aber streng nach Vorschrift, reden wir zuerst mit dem Fritsch.«

Das Telefonat war kurz, denn einige Minuten später läutete es bereits an der Tür. Mit einem überraschenden Ergebnis.

»Frau Ministerin, mit Ihnen haben wir nicht gerechnet, aber wir freuen uns. Herr Brigadier, willkommen im D-Trakt. Darf ich vorstellen, meine Partnerin, Leutnant Preiss, sowie Herr Oberleutnant Fussenegger vom Kommando Führungsunterstützung & Cyber Defence.«

Ministerin Mannlicher grüßte mit einem Nicken in die Runde und sah dann kopfschüttelnd zu den großen Fensterflächen.

»Hier muss es im Sommer ja unerträglich heiß werden. Fritsch, ich nehme an, Sie haben sich bereits um eine Lösung gekümmert.«

»Es werden Außenrollos montiert, zusätzlich zu den Klimageräten. Aber das ist nicht unser vordringlichstes Problem.«

»Stimmt, Lenhart, wie weit sind Sie?«

»Wir stehen noch am Start und versuchen, all die Wunder der letzten Stunden zu verstehen.«

Brigadier Fritsch, sichtlich müde, antwortete barsch: »Lenhart, die Ministerin ist nicht hier, um mit Ihnen Rätsel zu lösen. Also liefern Sie uns einen ordentlichen Bericht.«

»Der Bericht war mit den ersten fünf Wörtern abgeschlossen, und zu den Wundern erwarte ich mir eine Antwort von Ihnen.«

»Lassen Sie es gut sein, Fritsch«, antwortete die Ministerin. »Ich weiß, was Sie meinen, Lenhart. Die allgemeine Panik und die Tatsache, dass ich zusammen mit Herrn Fritsch bei Ihnen sitze. Nicht gerade der übliche Dienstweg.«

»Dazu noch ein Tresor, um den uns wahrscheinlich die Nationalbank beneidet, eine Direktleitung zum Verfassungsschutz, neue Hightech-Türschlösser, ein Putztrupp vom Bundesheer, der offiziell das Bundeskanzleramt säubert, und ein Kollege vom Kommando Führungsunterstützung & Cyber Defence, der auf dem Papier zum Außenministerium abkommandiert wurde. Ja, Frau Ministerin, ich glaube, das ist nicht der übliche Dienstweg. Insofern wären wir dankbar, wenn Sie uns etwas zu den Hintergründen sagen könnten.«

»Ich kann Ihnen leider nur Gerüchte wiedergeben, und diese beruhen auf eher vagen Geheimdienstinformationen. Allerdings scheint der Leichenfund am Zentralfriedhof diese Gerüchte zu bestätigen.«

»Sie meinen eine international tätige Organmafia? Für uns ist das eine Tatsache, kein Gerücht. Aber bitte sprechen Sie weiter, Frau Ministerin.«

»Vor circa zwei Jahren hat es in Deutschland eine routinemäßige Untersuchung von Vermisstenmeldungen gegeben, und ein findiger Kollege von Ihnen hat eine Gruppe von über fünfzig Personen ausfindig gemacht, die eines gemeinsam hatten: Sie waren alle gesund, lebten in soliden Verhältnissen und hatten keinen Grund, sich heimlich das Leben zu nehmen oder zu verschwinden. Nach weiteren Recherchen bei EUROPOL wurden die Ermittlungen aus uns unbekannten Gründen abgebrochen.«

»Sie gehen also davon aus, dass diese Organmafia über beste Kontakte zu den Spitzen der Politik verfügt und selbst Ermittlungen in Mordfällen stoppen kann?«

»Es scheint zumindest so. Ein weiteres Indiz dafür ist, dass möglicherweise auch Politiker davon profitieren. Eine ehemalige Ministerin und EU-Abgeordnete ging letztes Jahr für ein paar Monate in den Krankenstand, offizielle Diagnose: Burn-out. Als sie zurückkam, war sie nicht nur deutlich schlanker, auch ihre Medikation hatte sich verändert. Die Lebermedikamente waren verschwunden. Stattdessen nimmt sie seit ihrem Krankenstand regelmäßig Immunsuppressiva sowie einige andere Medikamente, die auf eine Transplantation hinweisen. Auf der Liste von Eurotransplant hat die Frau aber nie gestanden. Es kann sich also um keine reguläre Transplantation handeln.«

»Wenn ich Sie richtig verstehe, Frau Ministerin, lässt man diese Mörder gewähren, weil man eventuell selbst einmal schnell ein neues Organ brauchten könnte. Vom Druck, den reiche Kunden aufbauen können, zumal wenn sie selbst auf eine Transplantation angewiesen sind, ganz zu schweigen. Nun haben sich allerdings zwei entscheidende Komponenten geändert: Erstens wurde bei uns zumindest ein Mensch für einen Organraub ermordet und zweitens: Ich bin nicht bereit, klein beizugeben.«

»*Numquam retro*, das gilt auch für mich«, meldete sich Sabine Preiss zu Wort.

»Das habe ich auch nicht erwartet. Sie haben meine persönliche Rückendeckung und auch die von Brigadier Fritsch. Aber die Sache muss still und heimlich ablaufen. Sobald auch nur das Geringste nach außen dringt, wird es brenzlig. Für diese Verbrecher ist Morden das Fundament ihrer Geschäftsstrategie. Die werden im Zweifelsfall vor nichts zurückschrecken, aber ich nehme an, das ist Ihnen ohnehin bewusst.«

»Danke für den Hinweis, wir kennen das Risiko. Kommen wir zum inhaltlichen Teil. Wir brauchen Zugang zu den Daten von zumindest einer Krankenkasse. Wir müssen herausfinden, wie unsere Gegner zu ihren Opfern kommen. Sabine, jetzt bist du dran.«

»Frau Ministerin, die Mörder haben offensichtlich ein Auswahlverfahren entwickelt, welches auf den Gesundheitsdaten der Opfer beruht beziehungsweise spielen diese Gesundheitsdaten dabei eine zentrale Rolle. Damit wir dieses System verstehen, müssen wir uns selbst in die Position der Mörder begeben und unser eigenes Verfahren entwickeln. Dazu brauchen wir diese Datensätze.«

»Wenn ich mich einmischen darf«, meldete sich Rainer Fussenegger zu Wort. »Beim Zugang zu den Daten werden Sie auf Widerstand stoßen und es würde auch zu viel Staub aufwirbeln. Anders sieht es bei einer Übung gegen Cyberangriffe aus. Hier ist die externe Sicherung von Daten Teil der Notfallroutine. In diesem Fall würden die Daten über gesicherte Leitungen auf Servern im Neulengbacher Bunker landen. Dort könnten wir dann in Ruhe damit arbeiten. Die Anlage gehört zu meiner Abteilung und alles würde für Dritte wie eine Routineübung aussehen.«

Dem Lächeln nach zu urteilen, schien der Ministerin dieser Vorschlag zu gefallen.

»Fritsch, was meinen Sie?«

»Wenn wir es an der Ministerialbürokratie vorbeischummeln, könnte es gehen. Ideal wäre die Wiener

Gebietskrankenkasse. Die verfügen über die größte Datenmenge und halten sich in Sachen EDV-Sicherheit für die Crème de la Crème. Aber die Entscheidungen fallen dort im Gremium, wie bei allen anderen Kassen auch. Das bleibt nicht geheim.«

»Der Krieg ist ein Weg der Täuschung, Herr Brigadier.«

»Hören Sie auf mit Ihrem Aristoteles, Lenhart.«

»Bei allem Respekt, das war Sunzi, und Hauptmann Lenhart meint mit diesem Spruch die Übung. Wenn wir die Gebietskrankenkassa zu einer solchen Übung motivieren, können sie ruhig im Gremium oder wo auch immer darüber diskutieren.«

»Und wie wollen Sie denen über Nacht eine Übung einreden? Die merken doch, dass da etwas nicht stimmt und fangen an, Fragen zu stellen.«

»Nicht, wenn sie angegriffen werden. Rainer, ich denke, die Eurofighter haben sich einen Rundflug verdient.«

»Lenhart, Ihre Metaphern gehen mir auf die Nerven! Reden Sie Klartext!«

»Herr Brigadier, dieser Mann hat in einer angekündigten Aktion die damalige Cyberabwehr überlistet und unsere Flieger starten lassen. Angriffe sind sein Spezialgebiet und in diesem Fall kommt auch niemand zu Schaden. Es würde sich nur um eine Art Motivationsprogramm handeln.«

»Fritsch, das entscheide ich«, mischte sich die Ministerin ein. »Können Sie mir garantieren, dass dieser Angriff keinerlei Schaden anrichtet und absolut unentdeckt bleiben wird, Herr Fussenegger?«

»Sicher, Frau Ministerin. Wir testen routinemäßig immer wieder verschiedene Einrichtungen, etwa Energieversorger oder Verkehrsleitsysteme. Bis jetzt hat uns noch niemand entdeckt, und das wird auch so bleiben.«

»Fritsch, geben Sie mir den Kollnig.«

Nach einem kurzen Gespräch reichte die Ministerin das Mobiltelefon zurück.

»Fritsch, wir machen es so. Wir starten einen, wie haben Sie es genannt, Lenhart, einen Motivationsangriff auf die Krankenkassa, aber bitte nur zum Schein.«

Plötzlich aschfahl, entgegnete Brigadier Fritsch: »Frau Ministerin, ist Ihnen klar, dass wir damit den Rahmen des gesetzlich noch irgendwie Gedeckten sprengen?«

»Nein, Fritsch, tun wir nicht. Wir führen zusammen mit dem Kommando Führungsunterstützung & Cyber Defence eine Übung im Rahmen der Notfallroutinen durch. Dabei werden die Sicherungsvorkehrungen wichtiger Infrastruktureinrichtungen sowie die Auslagerung von Daten getestet. Nicht mehr und nicht weniger. Oder haben Sie einen besseren Vorschlag? Nein, dachte ich mir. Herr Fussenegger, Sie können loslegen.«

»Verstanden, dann mache ich mich auf den Weg. Den Test mache ich lieber vom Aquarium aus. Verzeihung, so nennen wir den Bunker in der Stiftskaserne.«

»Gut, es ist inzwischen 20.10 Uhr, ich glaube, damit können wir für heute Schluss machen, mit Ausnahme von Ihnen, Fussenegger, Guten Abend.«

Nach der allgemeinen Verabschiedung standen Lenhart und Preiss im Innenhof der Herrengasse.

»Bier oder Wein, Sabine?«

»Bier, modern und fröhlich.«

»Brewing Company?«

»Beim Bier vertraue ich einem Single im besten Alter.«

»Sonst nicht?«

»Sagen wir, der Anfang stimmt mich hoffnungsfroh.«

»Na dann, lass uns gehen.«

Als sie an einer Kreuzung warten mussten, fragte Sabine Preiss ihren Kollegen direkt: »Wieso bist du eigentlich Single? Ein Mann wie du?«

Seine Antwort war ausweichend.

»Fragt ein sportlicher Engel auf zwei Beinen mit einem Master in Mathematik und einer Gedenkzielscheibe beim Jagdkommando.«

Mit einem Schulterzucken antwortete Sabine Preiss ebenso kurz: »Try and Error, Error.«

»Tja, das nennt man wohl die Geworfenheit ins Leben.«

»Vielleicht sollten wir eine Spur ausführlicher antworten.«

Lächelnd erwiderte Michael Lenhart: »Das ist ausnahmsweise nicht von Aristoteles, sondern von Heidegger, einem deutschen Philosophen. Er meint damit, wir können uns nicht aussuchen, wo, wann und von wem wir geboren werden. Das Leben an sich kennt keine Gerechtigkeit, wir können es nur leben. Mit anderen Worten: Mach das Beste daraus.«

»Netter Exkurs, aber er beantwortet nicht meine eigentliche Frage.«

»Ich war Anfang des Jahrtausends verliebt, glaubte, meine fehlende Hälfte gefunden zu haben, träumte von Kindern, einem Haus ... das volle Programm. Bis sie mir erklärte, ihre Lebensplanung sähe anders aus, und für die Karriere nach London ging. Seitdem lebe ich allein, zumindest grundsätzlich.«

»Bei mir war es das Alternativprogramm zum Heer, ein charmanter Weltverbesserer. Wegen ihm habe ich mich für Anthropologie eingeschrieben und wähnte mich im siebenten Himmel. Bis ich ihn mit seiner Studienassistentin im Bett erwischte.«

»Was hast du gemacht?«

»Nasenbeinbruch. Zuerst wollte ich ihm das Knie ruinieren. Ein lateraler Kick, willkommen Krücken. Aber das Knie sieht man nicht und sein Gesicht war ihm heilig. Also die Nase.«

»Lange her, und dann?«

»Reden wir beim Bier weiter, wir sind da.«

Donnerstag, 21.50 Uhr, Privatklinik, Lausanne

Dr. Keller blätterte in seiner Bibliothek im aktuellen Sotheby's-Katalog. Er war zwar kein Sammler, kaufte aber ab und zu ein Stück, vorzugsweise Schmuck für seine Eva. Im Moment schwankte er noch zwischen einem Ring von Cartier und einer Halskette von Van Cleef & Arpels. Wenn er gleich bestellen würde, sollte sich die Lieferung für ihren Besuch am Wochenende noch ausgehen. Ein Anruf kam dazwischen. Eine anonyme Nummer? Dr. Keller zögerte kurz, nahm das Gespräch aber doch an.

»Guten Abend, Herr Dr. Keller.«

»Guten Abend. Mit wem spreche ich?«

»Mit Ihrem guten Geist in Paris.«

»Ich pflege nicht mit Geistern zu sprechen. Entweder Sie nennen mir Ihren Namen oder ich beende augenblicklich dieses Gespräch.«

»Nein, das werden Sie nicht tun, Dr. Keller. Sie dürfen mich Colonel nennen. Diese Anrede dürfte Ihnen ja vertraut sein. Waren Sie oder Ihre Eva kürzlich in Wien?«

»Mir gefällt weder Ihr Ton noch der Inhalt Ihrer Fragen.«

»Der Zentralfriedhof, mein lieber Herr Doktor. Habe ich jetzt Ihr Interesse geweckt?«

»Was meinen Sie?«

»Man hat einen Leichnam gefunden, der eindeutig Ihre oder vielmehr die Handschrift Ihres entzückenden Todesengels trägt.«

»Dazu kann ich nichts sagen.«

»Lieber Herr Doktor, wir haben Ihre Arbeit stets mit Wohlwollen betrachtet und bei Bedarf eine schützende Hand über Sie gehalten. Im Gegenzug haben Sie sich verpflichtet, absolut spurlos zu arbeiten. Wie es scheint, müssen wir dieses Gentlemen's Agreement möglicherweise überdenken. In diesem Fall würden wir unsererseits keine Spuren von Ihnen und Ihrer Eva hinterlassen. Verstehen Sie, was ich meine?«

»Dazu besteht keine Veranlassung. Es gibt keine Verbindung zwischen dem Zentralfriedhof und Lausanne.«

»Das sagen Sie. Aber wird die Polizei das ebenso sehen?«

»Hören Sie, wir haben bisher immer zur vollsten Zufriedenheit der Kunden gearbeitet. Was immer in Wien passiert ist, lag nicht in unserem Ermessen.«

»Höre ich da einen leichten Anflug von Panik in Ihrer Stimme, lieber Herr Doktor?«

»Ich schätze es nicht, wenn man mir droht.«

»Mein lieber Herr Doktor, das war keine Drohung. Ich führe Ihnen lediglich die Konsequenzen vor Augen.«

»Ihre Konsequenz würde auch bedeuten, dass Ihre Vorgesetzten wieder auf gewöhnliche Spenderorgane warten müssten. Ich glaube nicht, dass sie das wollen.«

»Herr Doktor, meine Entscheidungen fallen immer nach einer wohlüberlegten Abwägung von Nutzen und Risiko, und im Augenblick ist das Risiko aufgrund Ihres Fehlers bedauerlicherweise beträchtlich gestiegen.«

»Ich kann mich nur wiederholen: Es gibt keine Verbindung zu uns.«

»Das wollen wir hoffen, Herr Doktor, auch in Ihrem Interesse. Ich bin sicher, wir haben uns verstanden. Kommen wir zu einem anderen Thema. Leider geht es einer hochgestellten Persönlichkeit zunehmend schlechter. Das Herz, wie es scheint. Sie bekommen in diesem Augenblick die erforderlichen Unterlagen, und ich gehe davon aus, dass keine Fehler mehr passieren. Guten Abend, mein lieber Herr Doktor.«

Panik? Hatte Panik in seiner Stimme gelegen? Für einen Moment, ja. Aber sie brauchten ihn mindestens genauso, wie er ihren Schutz benötigte. Zumindest ging er davon aus. Auf jeden Fall durfte nichts mehr schiefgehen. Nachdem er die Mail mit der neuen Bestellung durchgesehen hatte, rief er Eva an. Wie hatte der Anrufer sie genannt? Todesengel. Dabei kannte er kein sanfteres und zärtlicheres Wesen. Das gemeinsame Wochenende war getrübt, und ein Geschenk hatte er auch keines, das Zeitlimit war überschritten.

Freitag, 7.30 Uhr,
D-Trakt, Herrengasse, Wien

»Gut geschlafen, Sabine?«

»Mittelmäßig. Das dritte Bier war zwar gut, aber eines zu viel.«

»Auf jeden Fall war es ein schöner Abend. Während wir Bier trinken waren, haben unsere Kollegen vom Bundesheer die Ärmel hochgekrempelt. Der Übungsangriff auf die Krankenkassa ist in vollem Gang. Rainer scheint es zu genießen. Da, nimm mein Handy und lies seine SMS.«

> Bin beeindruckt! Kämpfen mit Herzblut und Steinschleudern. Um 7:50 setze ich sie schachmatt. Muss Schlaf nachholen. Die eigentliche Arbeit beginnt ja erst. Hasta la vista, R.

»Schlauer Bursche, er spielt die halbe Nacht mit ihnen und macht den Sack zu, kurz bevor die Chefetage eintrifft.«

»Ja, Sabine. Weniger erfreulich sieht es beim Bericht der Gerichtsmedizin aus.«

»Professionelle Entnahme ohne verwertbare Hinweise?«

»Genau, auch der vorläufige Bericht der Spurensicherung ist im Grunde ergebnislos. Den Faden aufnehmen können wir nur bei den Daten. Wenn uns das nicht gelingt, machen die Mörder weiter, und wir stauben alte Akten ab.«

Die Diskussion wurde durch das Signal einer eingehenden SMS unterbrochen.

Die Köder wurden angeknabbert. Finger weg vom Computer.

»Sabine, lies!«

Nach einem Blick auf die SMS erwiderte Sabine Preiss: »Es wird spannend. Bis die Kavallerie eintrifft, lass uns über etwas anderes reden. Weißt du, was Algorithmen und Big Data bedeuten?«

»Algorithmen sind mathematische Regelanweisungen, das ist mir klar, aber bei Big Data kann ich nur raten. Die Unmenge an Daten, die wir tagtäglich produzieren und die allerorts gespeichert werden. Vom täglichen Einkauf über das Handy bis zum Navi im Auto, richtig?«

»So ungefähr, ja. Aber Big Data bedeutet auch eine ganz neue Form von Datenvernetzung und Microtargeting. Die Werbung macht sich das zunehmend zunutze und die Politik ebenfalls.«

»Wir brauchen also eine Form von Microtargeting?«

»Was die Methoden und die Denkweise anbelangt, ja. Aber das ist schon fast eine eigene Wissenschaft. Meine Mathematikkenntnisse reichen dafür nicht aus.«

»Aber du hast bereits jemanden im Auge?«

»Ja, der Name tauchte beim Einschlafen auf und beim ersten Morgenkaffee am Westbahnhof habe ich diese nächtliche Eingebung überprüft.«

»Du gehst am Westbahnhof Kaffee trinken?«

»Sicher, zu jeder Tages- und Nachtzeit. Die Mitarbeiter sind freundlich, die Qualität ist okay, und die Begleitumstände empfinde ich als Auftrag.«

»Du wartest also nur darauf, dass dich jemand schief anschaut?«

»Nein, schauen dürfen alle, wie sie wollen.«

»Das war's aber auch schon?«

»Genau! Ich habe es als Teil meiner persönlichen Freiheit empfunden, dass ich oben ohne in jedem Freibad liegen konnte, ohne blöde Kommentare, von direkten Angriffen ganz zu schweigen. Die Gender-Religion und all die anderen Multikulti-Gesellschaftsutopien können mir gestohlen bleiben.«

»Auf den Bahnhof gehst du absichtlich, wie auf die Pirsch?«

»Ich sehe es als eine Art Erziehungsmaßnahme, aber mein Ruf scheint mir vorauszueilen. Inzwischen werde ich gemieden.«

»Heldensagen?«

»Wenn schon Heldinnen. Ach was, vergiss den Blödsinn. Ja, ich habe ein paar Typen eine Lektion erteilt, nichts Gravierendes. Nase, Kiefer, Solarplexus. Also ein wenig Blut, Schmerzen beim Kauen und vorübergehende Atemnot.«

»In dir steckt eine unglaubliche Wut.«

»Nicht nur in mir. Frag dich, was die Kollegen auf Streife jeden Tag mitmachen.«

Lächelnd sah Michael Lenhart seine Kollegin an.

»Trotzdem, ich habe dich gestern zum Abschied umarmt und auf die Wange geküsst. Habe ich nur Glück gehabt?«

»Nur Glück sicher nicht, obwohl, wenn ich es recht bedenke: Eine Umarmung und einen, wohlgemerkt freundschaftlichen, Kuss von mir kann man sicherlich als Glück werten. Das war's, Themenwechsel.«

»Sabine, ich halte dich für eine in jeder Hinsicht tolle Frau und bin froh, dich als Partnerin zu haben, aber eines ist sicher: Du fällst komplett aus der Reihe.«

»Danke für das Kompliment, gleichfalls. Ich pfeife einfach auf den verordneten, also verlogenen Konsens und folge meiner Überzeugung.«

»Kennst du Aristoteles?«

»Dem Namen nach, aber verschone mich mit einer deiner Philosophie-Vorlesungen. Zurück an die Arbeit, Sherlock.«

»Sehr wohl, Artemis, zurück zu den Daten. Du willst einen freischaffenden Mathematiker und Datenspezialisten ins Boot holen?«

»Ja, aber ich befürchte, der Fritsch wird nicht begeistert sein.«

»Warum, ist er bei der falschen Partei oder, Gott behüte, Raucher?«

»Keine Ahnung. Sie verrechnet einen Tagessatz von 5000 Euro plus Spesen und ist erst 23 oder 24 Jahre alt.«

»Nicht schlecht, und sie ist verfügbar?«

»Ja, im Moment ist sie zu Hause in Lech am Arlberg Ski fahren, aber sie könnte morgen in Wien sein, vorausgesetzt, wir buchen sie für mindestens drei Tage.«

Die Türklingel unterbrach ihr Gespräch.

»Wir werden es bald herausfinden. Da steht entweder das Bundesheer oder der Fritsch vor der Tür.«

»Guten Morgen, Herr Hauptmann, so schnell sieht man sich wieder.«

»Ja, schneller als gedacht. Guten Morgen, Oberst Hoyos, servus, Rainer! Gratulation zum Angriff auf die Krankenkassa.«

»Danke, wie versprochen habe ich ihnen nur einen ordentlichen Schrecken eingejagt. Als wir abbrachen, wollten die dortigen Administratoren mutig unsere Spuren verfolgen. Engagierter Versuch, aber sinnlos. Wir haben sie in zwei Sackgassen geführt: Eine Serveranlage in Monrovia, Liberia, und einen Mailanbieter in der Türkei. Aber das ist nicht der Grund unseres Besuches.«

»Ich weiß, du solltest eigentlich ein wenig Schlaf nachholen.«

»Das werde ich auch, aber jemand hat sich an eure Computer herangepirscht, das soll euch Oberst Hoyos erklären.«

»Gerne. Wir haben im Zuge unserer Aufklärungs- und Säuberungsmaßnahmen auch ein paar elektronische Köder und Fallen ausgelegt, um zu sehen, ob sich jemand für den D-Trakt interessiert, und das ist seit heute, 7.28 Uhr, der Fall. Wir können nicht sagen, woher der Lauschangriff kommt, aber wir wissen, dass jemand versucht, alles, was elektronisch raus- oder hereinkommt, zu kopieren.«

»Verstehe ich das richtig? Kein Angriff, sondern ein heimlicher Lauscher?«

»Exakt, Herr Hauptmann. Professionell gemacht und ohne erkennbare Handschrift. Wir können beim besten Willen nicht sagen, mit wem wir es hier zu tun haben.«

»Können Sie abschätzen, ob dieser stille Lauscher von Ihren Abwehrmaßnahmen weiß?«

»Extrem unwahrscheinlich.«

»Heißt das, dass derjenige alles mitbekommt? Jeden Tastenanschlag, jede aufgerufene Seite?«

»Im Moment nicht. Es ist keine totale Überwachung, sondern mehr eine Art Beobachtung, Wie gesagt: alles, was rein- und rausgeht. Aber wir werden sicherheitshalber die Kameras und die Mikrofone der Laptops mechanisch deaktivieren.«

»Interessant, dann sollten wir diesen Umstand nutzen und eine falsche Fährte legen.«

»Du willst ihnen den ahnungslosen Polizisten vorspielen, der alte Fälle bearbeitet, Michael?«

»Richtig. Aber dazu brauchen wir Verstärkung, Fritsch?«

»Ja, Fritsch! Ich nehme an, der Herr Brigadier wird uns bald beehren.«

Oberst Hoyos war mit seinen Ausführungen noch nicht fertig.

»Herr Hauptmann, Sabine, ihr braucht noch mehr und hier können wir euch gerne aushelfen. Wir statten euch mit abhörsicheren Mobiltelefonen und ebenso abgeschirmten Laptops aus. Ich komme am Vormittag nochmals persönlich vorbei und bringe die Ausrüstung. Bis dahin dürfen wir uns empfehlen.«

»Danke, Herr Oberst und du, Rainer, schlaf gut und schnell! Jetzt geht's erst richtig los.«

»Ich weiß, der einzige leichte Tag war gestern, oder so ähnlich.«

Nachdem die beiden Bundesheeroffiziere die Computer manipuliert und sich verabschiedet hatten, ging Lenhart in sein Büro und kam mit einem Stapel Papier zurück.

»Sabine, das dürfte der erste Teil unserer Ablenkungs- und Beschäftigungstherapie werden.«

»Das EXCEL-süchtige EU-Papier?«

»Exakt. Zeit, eine echte Bürokratenmail zu verfassen.«

»Kannst du so etwas, bei deiner Formalismen- und Berichtsallergie?«

»Lass dich überraschen, dauert nicht lange.«

Wenige Minuten später ging folgende Mail nach Brüssel:

Sehr geehrter Herr Lambert,

mein Vorgesetzter, Brigadier Fritsch (cc), hat mir Ihr Arbeitspapier zur Bearbeitung, Klassifizierung und Vernetzung ungeklärter Fälle zukommen lassen. Zusammen mit meiner Kollegin, Leutnant Sabine Preiss, bilden wir seit einigen Tagen die neu gegründete Abteilung für Sonderfälle. Im Moment sind wir noch mit organisatorischen Aufgaben, der Entwicklung interner Informations- und Arbeitsabläufe sowie der Koordination mit den jeweiligen Landespolizeidirektionen beschäftigt, doch wir sind zuversichtlich, Ihnen bis Ende des Monats einen vorläufigen Statusbericht liefern zu können. Soweit es die knappen Ressourcen zulassen, werden wir versuchen, Ihnen die ersten Fälle inklusive der in Ihrem Arbeitspapier angeführten Kennwerte möglichst zeitnah zukommen zu lassen.
Mit kollegialen Grüßen nach Brüssel. Hauptmann Michael Lenhart.
PS: Da die räumliche Situierung noch nicht endgültig entschieden ist, sind wir im Moment nur per Mail erreichbar.

»Damit sollte Brüssel vorerst ruhiggestellt sein. Jetzt zum Fritsch. Wir müssen in die Gänge kommen.«

Zehn Minuten später kam Brigadier Fritsch in den D-Trakt.

»Lenhart, Preiss, guten Morgen! Die Geschichte mit der Krankenkassa scheint ein voller Erfolg zu sein. Sowohl der Generaldirektor als auch die Obfrau haben bei Ministerin Mannlicher angerufen. Sie meinen, einen Angriff erfolgreich abgewehrt zu haben, möchten aber trotzdem Unterstützung von der Cyber-Abwehr. In einer Stunde findet eine Dringlichkeitssitzung mit Generalmajor Kollnig, der Ministerin, den Spitzen der Krankenkassa und mir statt. Und bevor Sie mir wieder mit Aristoteles und Metaphern kommen, Lenhart: vom Lauschangriff auf den D-Trakt wurde ich bereits unterrichtet. Also, wie geht es nun weiter? Wie sieht Ihr Plan aus?«

»Leutnant Preiss und ich haben einen zumindest zweiteiligen Plan ausgearbeitet. Teil eins betrifft unsere stillen Lauscher und Gegner sowie den offiziellen EU-Auftrag, also die alten Fälle. Hier werden wir brav von 9.00 bis 16.30 Uhr alte Akten wälzen und die Daten nach Brüssel weiterreichen. Teil zwei: Wir bekommen vonseiten des Bundesheeres neue Mobiltelefone und Computer und werden die Organmafia jagen. Wenn alles klappt, haben wir in ein paar Stunden eine Kopie sämtlicher Gesundheitsdaten auf den Bundesheerservern in Neulengbach. Dr. Pauli hat uns seine Unterstützung bereits zugesichert. Aber was den technisch-mathematischen Bereich betrifft, sind wir auf Hilfe von außen angewiesen. Sabine, das ist dein Part.«

Brigadier Fritsch kam Sabine Preiss zuvor.

»Einverstanden, der Plan gefällt mir, und bekanntlich ist der Anfang die Hälfte des Ganzen. Aber Sie brauchen Verstärkung! Sie können nicht gleichzeitig diese Verbrecher jagen, falsche Fährten legen und den Bürohengst spielen. Aber damit habe ich gerechnet und schon jemanden im Kopf. Dieser Kollege ist ausgesprochen geschickt am Computer und ein Meister der Bürokratie.«

»Herr Brigadier, wir kennen den Kollegen noch nicht, aber danke. Sabine, bitte.«

»Es geht um die Datenanalyse. Um uns in das Denken der Täter zu versetzen, müssen wir deren Methoden kennen, müssen wissen, wie sie aus auf den ersten Blick unverfänglichen medizinischen Daten transplantationsrelevante machen, und dafür brauchen wir Martina Hairer.«

»Und wer in Gottes Namen ist das?«

»Wenn ich jetzt sage, die Tochter von Gerhard Hairer und die Enkelin von Wilhelm Hairer, wird Ihnen das nichts sagen, aber sie ist eine von den wahrscheinlich fünf oder allenfalls zehn Menschen, die derartige Berechnungen rasch durchführen können. Ich, mit meinem Master in Mathematik, kann es nicht.«

»Sie wollen also irgendein Mathegenie bei einer derart sensiblen Sache als Berater engagieren?«

»Nein, kein Wunderkind, sondern den besten Profi, den ich kriegen kann, und nicht als Beraterin, sondern als Mitarbeiterin.«

»Wer sagt mir, dass diese Frau Hairer tatsächlich so gut ist und nicht sofort auf Twitter plaudert?«

Leutnant Preiss nahm diese im Grunde billige Provokation von Brigadier Fritsch innerlich kochend, aber nach außen ruhig hin.

»Herr Brigadier, kennen Sie Michal Kosinski, Antworten Sie nicht, Ihre Mimik sagt Nein. Wissen Sie, was Microtargeting ist, ebenfalls Nein, Big Data, Nein, den Skandal um die Firma Cambridge Analytica, Nein. Sagen Sie weiterhin nichts: Frau Hairer hat im Rahmen ihrer Dissertation mit damals 21 Jahren ein mathematisches Modell entwickelt, das auf der Basis von nur 52 Facebook-Likes mit einer Genauigkeit von 99,3-Prozent Hautfarbe, Geschlecht, Parteipräferenz, Alkoholkonsum und Familiensituation sowie 37 andere Parameter voraussagt. Die Frau ist die beste ihres Faches, fährt im Moment am Arlberg Ski und ist für 5000 Euro pro Tag plus Spesen zu haben. Ohne sie geht es nicht.«

»Was auch immer sie fachlich sagen. Aber 5000 Euro pro Tag, unmöglich! Derartige externe Aufträge müssen wir ausschreiben. Da gibt es Richtlinien. Von der Geheimhaltung ganz zu schweigen.«

»Diese Verbrecher halten sich an keine Ausschreibungen. Herr Brigadier, ich bin eine glühende Verfechterin klarer Regeln und bestehe auf der Einhaltung von Verträgen. Aber hier geht es nicht um Ausschreibungsrichtlinien, sondern um Gefahr in Verzug. Das ist Ihre Verantwortung, Herr Brigadier.«

Nach einigen Sekunden des Nachdenkens erwiderte Brigadier Fritsch: »Es kann mich zwar den Kopf kosten, bekanntlich stolpert man ja oft über Kleinigkeiten, aber wenn zig Millionen tagtäglich für irgendeinen Schwachsinn verbrannt werden, weil ein Politiker meint, sich profilieren zu müssen, dann sollen mir ein paar Tausend für diese Verbrecher recht ein. Ich hoffe, ich kann mich auf Sie und Ihr Mathematikgenie verlassen.«

Sabine Preiss hielt Brigadier Fritsch einen Zettel hin und antwortete mit frostiger Stimme: »Wenn ich mich irre, quittiere ich den Dienst. Hier ist ihre Nummer. Rufen Sie von einem sicheren Anschluss aus an und erteilen sie ihr den Auftrag. Wir holen dann Frau Hairer vom Bahnhof oder Flughafen ab und fahren mit ihr nach Neulengbach, vorausgesetzt, Sie vermasseln das Gespräch mit der Krankenkassa nicht.«

»Diese Spitze Ihrerseits habe ich mir wohl verdient. Einverstanden. Lenhart, Preiss, wenn Sie sonst keine Wünsche mehr haben, kann ich mich nun wieder meiner eigentlichen Arbeit widmen. Sie hören von mir nach der Besprechung mit der Krankenkassa.«

Damit waren sie wieder alleine im D-Trakt. Michael Lenhart stellte seine Kaffeetasse ab und stand auf.

»Sabine, lass uns gehen.«

»Wohin?«

»Denken. Beim Gehen denkt es sich am besten. Außerdem müssen wir noch zu Dr. Pauli. Er weiß noch nicht, dass wir sein Angebot annehmen und er die nächsten Tage in einem Bunker verbringen wird.«

Freitag, 9.15 Uhr, Hotel Bayerischer Hof, Kempten

»Guten Morgen, André. Ich habe vorhin mit Tamás wegen der Auferstehung in Wien telefoniert. Er hat sich in die Computer dieser Abteilung für Sonderfälle gehackt und kann deren Aktivitäten digital mitverfolgen. Wie es scheint, sind die noch mit organisatorischen Aufgaben beschäftigt und kümmern sich brav um die Vorgaben aus Brüssel, allerdings ohne Elan.«

»Das ist erfreulich. Je schneller diese peinliche Sache im Sand verläuft, desto besser. Wie weit bist du mit dem aktuellen Herz?«

»Das Extraktionsziel ist Bernhard Lutz, 42 Jahre, in Hohenems, Vorarlberg. Er ist Prokurist einer örtlichen Bank. Laut seinem Outlook-Terminplan hat er am späten Nachmittag noch interne Besprechungen und trifft sich um 20.00 Uhr in einem Lokal mit Freunden. Wir werden die Zielperson auf dem Weg abfangen. Zielankunft in Lausanne voraussichtlich zwischen 23.30 und 24.00 Uhr. Ich komme dann ebenfalls, allerdings erst am Samstagabend. Ich muss für die Nieren kommende Woche noch einiges klären.«

»Meinst du damit die Extraktion in Grenoble?«

»Ja, bei Kindern und Jugendlichen ist die Datenlage wesentlich eingeschränkter und wir haben nur diese eine Zielperson.«

»Willst du sie tatsächlich aus dem Internat extrahieren, trotz der dortigen Sicherheitsvorkehrungen?«

»Ja. Mir sind die einfachen Fälle auch lieber, aber hier haben wir keine andere Wahl. Ich bin mit der Zielperson via Facebook befreundet. Sie ist im Grunde ein gewöhnlicher Teenager, fühlt sich von ihren Lehrern schikaniert, macht sich Sorgen um ihre Figur, ist auf ihre Mutter sauer, weil sie noch immer mit einem iPhone 6s vorliebnehmen muss, und wünscht sich nichts sehnlicher als zwei kleine Tattoos in Form von Flügeln oberhalb ihrer Knöchel. Offensichtlich will sie damit ihrem Idol, Bella Hadid, nacheifern. Inzwischen weiß ich wahrscheinlich mehr über sie als ihre Eltern.«

»Das ist durchaus interessant und ich bewundere deine Kreativität, trotzdem bin ich neugierig, wie du sie aus dem Internat holen willst.«

»Ganz offiziell. Sie kommt zu uns, nicht wir zu ihr.«

»Eva, bitte, keine Risiken!«

»Es gibt kein Risiko. Riskant wäre es, wenn wir tatsächlich versuchen würden, in das Internat einzudringen. Ich mache das eleganter. Unsere Zielperson hat ihr Traum-iPhone gewonnen und kann es sich zusammen mit einem brandneuen iPad Pro in einem lokalen Apple-Store abholen. Die Gewinnmitteilung ist, nein, wirkt verblüffend echt, und um dem Ganzen noch mehr Glaubwürdigkeit zu geben, habe ich als Apple-Mitarbeiterin bei den Eltern der Zielperson angerufen und sie über den Gewinn informiert. Sie haben mir sogar schriftlich ihr Einverständnis bestätigt.«

»Und die Eltern haben zugestimmt, einfach so?«

»André, stell dir vor, deine Tochter liegt dir ständig wegen eines neuen Mobiltelefons in den Ohren, und plötzlich gewinnt sie nicht nur dieses iPhone, sondern auch noch ein sündteures iPad. Würdest du da als Mutter Nein sagen oder würdest du der Schule mitteilen: Meine Tochter darf das Internat verlassen, um ihren Gewinn abzuholen. Mit freundlichen Grüßen …«

»Tja, was soll ich sagen, brillant. Schlicht, durchdacht und elegant.«

»Danke für die Blumen. Das Zeitfenster ist zwar knapp, aber es geht.«

»Falls du doch mehr Zeit brauchst, kann ich die Auftraggeber ein wenig vertrösten. Im Moment kommt deren Tochter noch ohne Dialyse aus. Wir haben also keinen so hohen Zeitdruck wie beim Herz.«

»Nein, wir bleiben bei unserem Plan. Jede Verschiebung verursacht nur unnötige Wartezeiten und daraus resultieren Fehler. Außerdem bin ich ohnehin in der Nähe.«

»Gut, Eva. Dann machen wir es so. Auf jeden Fall freue ich mich, wenn du am Samstag endlich bei mir in Lausanne bist. Dann haben wir wenigstens am Abend Zeit für uns und können unseren Spaziergang am Sonntag nachholen.«

»Ja, André. Ich freue mich auch! Bis dann.«

Freitag, 13.40 Uhr, Universitätsklinik, Wien

»Grüß Gott, Herr Dr. Pauli, danke, dass Sie sich für uns Zeit nehmen.«

»Gerne, wie gesagt, diese Sache nehme ich persönlich.«

»Herr Dr. Pauli, haben Sie zufällig eine Zahnbürste und Ersatzwäsche hier?«

Erstaunt erwiderte der erfahrene Transplantationschirurg: »Ja, auch Chefs machen Nachtdienste, warum?«

»Was meine Kollegin meint, ist, wir sind tatsächlich auf Ihre Hilfe angewiesen, allerdings auf eine etwas ungewöhnliche Art und für einen etwas längeren Zeitraum.«

»Herr Dr. Pauli, alles, was wir Ihnen jetzt sagen, ist absolut vertraulich. Damit meine ich auch Ihre Frau, Ihre Kinder, Ihren besten Freund, selbst den Hund. Das ist nicht nur eine Frage der Geheimhaltung, sondern des Schutzes, Ihres eigenen und der Ihrer Familie und Freunde. Habe ich mich damit klar ausgedrückt?«

»Frau Preiss, muss ich jetzt Angst haben?«

»Nein, nicht unbedingt Angst, Vorsicht trifft es ganz gut, obwohl, ein klein wenig Angst schärft die Sinne.«

»Schluss jetzt, ich habe Ihnen meine Unterstützung zugesichert und mache keinen Rückzieher. Reden Sie also Klartext!«

»Herr Dr. Pauli, bei unserem letzten Besuch meinten Sie, die medizinischen Unterlagen von Krankenkassen würden nicht für eine gezielte Opfersuche reichen. Die Logik spricht leider dagegen, und die einzige Möglichkeit, diese Verbrecher zu schnappen, liegt in den Daten. Wir haben uns eine Kopie der rund 1,1 Millionen Versicherten der Wiener Gebietskrankenkasse besorgt, bekommen Unterstützung von einer Datenanalysespezialistin und würden Sie gerne zumindest für das Wochenende zu einem Ausflug nach Neulengbach einladen.«

»Was soll ich in Neulengbach?«

»Wir werden Ihnen auf der Fahrt gerne alles Nähere erklären. In Stichworten: Dort liegt auf den Servern des Kommando Führungsunterstützung & Cyber Defence ein vollständiger Satz der Wiener Daten. Ihre Aufgabe ist es, die medizinischen Fragen zu klären, während Leutnant Preiss, zusammen mit der erwähnten Expertin und den Hackern des Bundesheeres, den mathematisch-technischen Teil übernimmt.«

»Sie meinen es ernst, das ist nicht zu überhören. Und Sie sind der Überzeugung, dass meine Einschätzung, die Daten betreffend, falsch ist. Aber sind Sie sich im Klaren darüber, was es bedeutet, wenn Sie recht haben?«

»Ja, leider. Big Brother macht es möglich. Sie und ich als lebende Ersatzteillager für jene, die meinen, über dem Gesetz zu stehen.«

»Tja, dann sollte ich jetzt meine Frau anrufen, was meinen Sie?«

»Willkommen im Team, Dr. Pauli.«

»Ab jetzt nur noch Carl. Ich ziehe nicht gerne per Sie in den Kampf. Sabine, Michael, habt ihr eine Idee, wie ich das meiner Frau sagen soll?«

»Leider nein, weder Sabine noch ich sind verheiratet.«

»Was soll's, meine Frau kennt mich seit über dreißig Jahren. Ihr etwas vorzumachen wäre ohnehin sinnlos. So, und jetzt müsst ihr beide mir vertrauen. Raus mit euch, das ist ein persönliches Gespräch zwischen Eheleuten.«

Nachdem Michael Lenhart und Sabine Preiss das Büro verlassen hatten, rief Dr. Pauli seine Frau an, kam aber nur bis zu der verhassten Mailbox. Also musste eine SMS reichen.

Ein paar Minuten und einen verblüfften Gesichtsausdruck von Dr. Paulis Sekretärin später saßen die drei im Auto und fuhren Richtung Neulengbach. Die SMS: »Wichtigstes Projekt meines Medizinerlebens. Bin bis Mo. nicht im Institut und nicht erreichbar. Liebe Dich! C.« las seine Frau erst am Nachmittag. Ihre Antwort lautete: »Halte Dir die Daumen, Du schaffst das! Kusssssss.« Als Dr. Pauli das las, kamen ihm für einen Augenblick die Tränen, was für eine Frau!

Nach den üblichen Staus am Wiener Gürtel und einer kurzen Fahrt auf der Westautobahn näherten sie sich über eine unscheinbare Zufahrt einem kleinen Hügel im Wienerwald. Wiesen und Wochenendhäuser säumten den Weg. Nichts ließ auf einen geheimen Bunker schließen. Bis sie nach einer Biegung zu einem Schild »Zufahrt verboten« kamen. Ein paar Hundert Meter weiter kam ein unscheinbares Tor in einem dicht verwachsenen Maschendrahtzaun. Erst auf den zweiten Blick konnte man die messerscharfen NATO-Drahtrollen im Grün der wuchernden Wildhecken entdecken, ebenso wie die unvermeidlichen Überwachungskameras und die im Boden versenkbaren Poller.

Als sie vor dem Tor stehen blieben, kamen ihnen drei Soldaten der Militärpolizei entgegen und postierten sich links und rechts sowie vor dem Wagen. Nachdem sie sich ausgewiesen hatten und der Kofferraum überprüft worden war, stieg einer der Militärpolizisten zu ihnen ins Auto, und die Fahrt ging weiter zu einem unscheinbaren zweistöckigen Haus.

Dort wurden sie von einem sportlichen Herrn Mitte vierzig in Uniform, aber ohne Namensschild und Rangabzeichen begrüßt.

»Willkommen in einer Außenstelle des Kommando Führungsunterstützung & Cyber Defence! Ich bin Generalmajor Kollnig, Ihr Gastgeber. Kommen Sie, wir erledigen noch schnell den Papierkram, dann zeige ich Ihnen die Anlage, zumindest einen Teil davon.«

Das unscheinbare Gebäude war nur der sichtbare Teil einer mehrere Stockwerke tief in den Felsen gegrabenen Bunkeranlage, die in den Siebzigerjahren gebaut und seitdem laufend modernisiert worden war.

»Ursprünglich war diese Anlage ein Kind des Kalten Krieges und wurde auf Druck der NATO errichtet, um Signal-Intelligence-Daten des damaligen Ostblocks abzufangen. Zu unserer Schande muss ich gestehen, dass wir nie so neutral waren, wie wir es laut Staatsvertrag sein müssten. Heute dient diese Anlage anderen Zwecken.

In den oberen fünf Stockwerken können Sie sich im Grunde frei bewegen. Jene Türen, die sich mit Ihren Schlüsselkarten öffnen lassen, stehen Ihnen auch offen. Alles was tiefer liegt, ist tabu. Die Herren von der Militärpolizei patrouillieren sowohl auf dem Gelände als auch im Gebäude. Bitte führen Sie die Schlüsselkarte für die Anlage stets bei sich und weisen Sie sich bei Aufforderung aus.

Brigadier Fritsch hat mich informiert, dass wir noch einen besonderen Gast erwarten, und ich habe mich bereits um den Transport Ihrer Expertin gekümmert. Diese Frau wollten wir in einer anderen Sache ebenfalls engagieren, doch die Politik war in all ihrer Weisheit dagegen, zu teuer. Umso mehr freut es mich, dass wir sie hier nun doch begrüßen und ihr ein wenig über die Schulter schauen dürfen.«

Nachdem sie ihre Quartiere bezogen und eine Pause eingelegt hatten, trafen sie sich um 18.30 Uhr mit Oberleutnant Fussenegger im Kasino zum Abendessen. Zu ihnen gesellte sich eine zierliche junge Frau mit sportlich-kurzen Haaren, wachen Augen und typischem Skifahrerteint: helle Stirn- und Augenpartie, braun gebrannte Wangen- und Kinnpartie, Martina Hairer war eingetroffen. Damit war das Team komplett.

Samstag, 9.30 Uhr, Bundesheerbunker, Neulengbach

Das Team rund um Michael Lenhart und Sabine Preiss hatte am Freitagabend von Martina Hairer noch eine Art Crashkurs in Datenanalyse und -vernetzung bekommen. Das Ergebnis war ernüchternd und erhellend zugleich. Ernüchternd, weil ihnen vor Augen geführt wurde, wie gläsern jeder Mensch inzwischen war, und erhellend, da durchaus die Möglichkeit bestand, die Arbeitsweise der Organmafia zumindest theoretisch nachzuvollziehen.

Beim Frühstück war die Stimmung dementsprechend gespannt. Sie wurde nicht besser, als Michael Lenhart fragte: »Martina, wie gläsern ist gläsern in der Praxis? Was heißt das für unsere Arbeit?«

»Um das Bild vom Glas aufzugreifen: Fensterglas. Wir sind weitgehend durchsichtig und werden höchstens noch durch die Masse an Daten geschützt. Aber dieser Schutz wird zunehmend geringer.«

»Kannst du das für einen digitalen Analphabeten an praktischen Beispielen verdeutlichen?«

»Nehmen wir mich als Beispiel. Ich verfüge über sehr seltene Fähigkeiten, und das ist seit meiner Dissertation sowie der Arbeit für Cambridge Analytica bekannt. Daher werden meine Bewegungen automatisch überwacht. Ich bin sicher, ob in Berlin, Paris, Washington,

London, Tel Aviv, Moskau oder Peking, meine plötzliche Reise vom Arlberg nach Wien hat bei den zuständigen Abteilungen eine automatische Nachricht ausgelöst. So etwa in der Art: Frau Hairer hat ihren Heimaturlaub abgebrochen und ist nach Wien geflogen. Zweck und Aufenthaltsort unbekannt.«

»Und woher sollen all diese Geheimdienste das wissen?«

»Sogenannte Antiterrorgesetze, Big Data und die grundsätzliche technische Möglichkeit. Es ist in Wahrheit recht simpel. Für Ersteres sind die Politiker verantwortlich, und bei Big Data habe ich selbst mitgearbeitet, leider.

Jeder Flug und jede Anmeldung in einem Hotel werden zentral registriert, jedes Mobiltelefon und jeder Computer hinterlässt eine digitale Spur. Ein anderes Beispiel sind die neuen Autos. Deren Bordcomputer speichern von der Art des Gasgebens über die Schaltdrehzahl bis hin zu den Routen so gut wie alles und schicken diese Daten automatisch an die Hersteller. Dazu noch die Datenriesen wie Google oder Facebook und ganz allgemein das Internet der Dinge. Das meine ich mit Fensterglas.

Wenn du also wissen willst, was Martina Hairer so treibt, musst du nur eine Suchmaske erstellen und die verschiedenen Daten vernetzen. Meine mathematischen Modelle haben dafür die theoretische Basis geliefert. Das System überwacht dich dann automatisch. Es sucht selbstständig alle dir zugeordneten Daten und erstellt auf diese Weise ein umfassendes Profil aus Bewegungen, Umsätzen, Kontakten, Vorlieben, Abneigungen, Facebook-likes sowie zig weiteren Parametern. Das System kennt dich besser als deine Freunde.«

»Die Frage ist also primär: Interessiert sich jemand für mich?«

»Ja, wenn du unauffällig mitschwimmst, bist du nur ein Fisch im Schwarm. Sobald dein Verhalten nicht zum Schwarm passt, wirst du zumindest potenziell interessant.«

»Mit anderen Worten: Wer auch immer dich überwacht, weiß, dass du hier bist.«

»Nein, sie wissen, dass ich in Wien gelandet bin, mehr nicht. Mein Mobiltelefon ist seit dem Abflug in Innsbruck zerlegt, die Abholung am Flughafen Wien erfolgte anonym, und ich gehe davon aus, dass wir hier weder abgehört noch elektronisch erfasst werden.«

»Michael, da kann ich dich beruhigen. Man mag zwar über das Bundesheer lächeln, mitunter zu Recht, aber um beim Glasvergleich von vorhin zu bleiben: Wir sind vollverspiegelt. Im Augenblick sitzen wir unter rund zwanzig Meter Erde, Gestein sowie raumbewehrtem Stahlbeton, und falls du dich gewundert hast, warum die Mobiltelefone trotzdem funktionieren: Wir verfügen über eine kreative Knotentechnologie. Wer auch immer dein Telefon orten will, wird bei wechselnden Stationen in Wien und Niederösterreich landen. Einer meiner Kameraden hat sich dafür ein passendes Bewegungsprofil ausgedacht. Wäre doch zu dumm, wenn allfällige Schlapphüte feststellen, dass du nie schläfst oder blitzartig von einem Ende Wiens ans andere wanderst. Außerdem werden wir in Abstimmung mit Brigadier Fritsch eure Personalakten ein wenig frisieren. Es muss niemand wissen, dass du ein ausgezeichneter Schütze bist und Sabine bei einer Eliteeinheit war. Im Netz werden auch noch ein paar falsche Spuren gelegt. Nicht zu viel, aber doch so, dass bei einem Profiling ein anderes Bild entsteht. Wir haben dafür Spezialisten, die sind schon dabei.«

»Rainer, Respekt, täuschen und tarnen vom Feinsten. Und wie sieht es mit den abhörsicheren Telefonen und Laptops aus?«

»Im Grunde ähnlich. Wenn ich dir genau sagen würde, wie wir das machen, würdest du es nicht verstehen und ich müsste dich trotzdem erschießen. Soweit die dramatische Filmfassung. Mit anderen Worten, sie sind so sicher, wie sie nur sein können.«

»Gut, dann lasst uns auf Verbrecherjagd gehen.«

Damit begann der mühsame Teil. Sie mussten aus einem Berg an Daten jene Zusammenhänge herausfiltern, die eine gezielte Organentnahme und Ermordung ermöglichten. Michael Lenhart war hier weitgehend in die Rolle des Zuschauers gedrängt und widmete sich der klassischen Polizeiarbeit, indem er die ungeklärten Vermisstenfälle nochmals durchging. Ganz anders sah es bei Sabine Preiss aus. Sie machte sich mit Martina Hairer daran, verschiedene Algorithmen zu entwickeln, während Carl Pauli die medizinischen Parameter erklärte und nach verschiedenen Zusammenhängen ordnete.

Montag, 7.20 Uhr, Privatklinik, Lausanne

Einzig ein leichtes Zittern ließ Dr. Keller erkennen, dass seine Zungenfertigkeit den gewünschten Erfolg brachte. Eva hatte, trotz ihrer zärtlichen Leidenschaft, beim Liebesspiel noch nie einen Ton von sich gegeben. Sie gab und genoss ohne Tabus, aber stumm. Anfangs hatte ihn diese intime Stille irritiert, doch inzwischen wusste er jede Geste und Bewegung genussvoll zu deuten.

Die gestrige Nacht sowie der Vormittag waren mit der Entnahme und der wesentlich komplizierteren Transplantation ausgefüllt gewesen. Erst am Nachmittag konnte er ein paar Stunden Schlaf nachholen. Eva traf, nach Verzögerung bei den Extraktionsvorbereitungen, erst am Abend ein. Müde war sie nach einem kleinen Imbiss mit Champagnerbegleitung noch im Wohnzimmer, an seine Schulter gelehnt, eingeschlafen.

Umso intensiver war nun das morgendliche Erwachen.

Nach einem ausgiebigen Frühstück im Beau-Rivage Palace fuhren sie zur Esplanade de Montbenon, um den gemeinsamen Spaziergang nachzuholen. Während Dr. Keller die Nähe seiner Eva sowie die wunderbare Aussicht genoss, erzählte Dr. Vekete von ihren Ideen für die Weiterentwicklung des Faktor-95-Systems. Sie wollte die steigende Nachfrage möglichst rasch bedienen und zusätzlich zu den bestehenden Teams noch einen weiteren Arzt als Extraktionsleiter einstellen. Dr. Keller sah diese Ausweitung mit gemischten Gefühlen. Jeder zusätzliche Mitwisser vergrößerte die Gefahr, entdeckt zu werden, und die Kapazität ihrer Privatklinik hatte Grenzen. Doch auf alle Einwände schien seine Eva die passende Antwort zu haben.

Dr. Keller versprach, sich die Pläne in den nächsten Tagen genau anzusehen, doch nun hatte er noch ein persönliches Anliegen, das er ihr im Park nicht verraten wollte. Als sie nach ihrem Spaziergang nicht zurück zur Klinik fuhren, sondern weiter in die Rue de Bourg gingen, war das Geheimnis rasch gelüftet. Dr. Keller hatte bei der örtlichen Niederlassung des Juweliers Bucherer doch noch ein kleines Geschenk für Eva gefunden. Einen Joy-Solitaire-Ring mit Brillant, 1,01 Karat. In den Augen Dr. Kellers ein ausnehmend geschmackvolles Schmuckstück mit einem ebenso passenden Namen.

Nachdem sie sich verabschiedet hatten, war Dr. Keller auf dem Weg zurück in die Klinik, als sein Telefon läutete. Wieder ein anonymer Anruf. Diesmal zögerte er nicht, das Gespräch anzunehmen.

»Dr. Keller, ich nehme an, Sie hatten nach der, wie ich höre, erfolgreichen Operation und dem Besuch Ihres Todesengels eine in jeder Hinsicht entspannte Nacht.«

»Danke der Nachfrage. Ja, dem Patienten geht es, den Umständen entsprechend, gut.«

»Sehr schön. Ich gehe davon aus, dass es auch so bleibt. Wäre doch zu schade, wenn die Genesung dieser Persönlichkeit nicht nach Plan verliefe.«

»Auf die Gefahr hin, mich zu wiederholen, die Operation war erfolgreich und die Genesung verläuft nach Plan. Wohlgemerkt trotz des schlechten Allgemeinzustandes. Dass bei solchen Eingriffen immer ein gewisses Restrisiko bleibt, war allen bekannt, auch Ihnen.«

»Aber Herr Dr. Keller, niemand droht Ihnen, am allerwenigsten ich. Ganz im Gegenteil, wir alle schätzen Ihre Arbeit ungemein. Daher möchte ich Sie auch über die jüngsten Entwicklungen in Wien informieren.«

»Das können Sie sich sparen. Ich bin über Wien genau im Bilde. Die Spur verläuft im Sand. Es gibt keine Verbindung nach Lausanne. Die Ermittlungen der örtlichen Polizei wurden einer Strafabteilung, die sich mit alten Akten beschäftigt und aus nur zwei Polizisten besteht, übertragen.«

»Da haben Sie recht, mein lieber Dr. Keller. Andererseits hat mir ein kleines Vögelchen gezwitschert, dass eine gewisse Martina Hairer ihren Skiurlaub plötzlich abgebrochen hat, um nach Wien zu reisen. Sie wissen nicht zufällig, wo sich dieses Wunderkind gerade aufhält?«

»Nachdem ich dieses Wunderkind nicht kenne, kann ich Ihnen dazu nichts sagen. Aber ich bin sicher, die hochgerühmte DGSE wird es bald herausfinden.«

»Sicher, das werde ich. Aber um Ihrer nicht gestellten Frage zuvorzukommen: Diese Martina Hairer hat in einem anderen Bereich Ähnliches vollbracht wie Ihr Todesengel und Tamás. Jetzt stellt sich natürlich die Frage: Warum reist eines der zehn, vielleicht fünfzehn Mathegenies, die in der Lage sind, derartige Programmgrundlagen zu errechnen, ausgerechnet jetzt nach Wien und verschwindet von der Bildfläche?«

»Ich bin Arzt, kein Schlapphut. Das ist Ihre Spielwiese, nicht meine.«

»Gewiss doch, mein lieber Herr Dr. Keller. Diese Information war eher eine Art Freundschaftsdienst. Ich möchte nur sichergehen, dass Sie sich der Exponiertheit Ihrer Position bewusst sind. Ich werde dieses Wunderkind finden, wie ich es in solchen Fällen immer zu tun pflege.

Wer weiß, vielleicht war es nur eine plötzliche Sehnsucht nach Strauss-Melodien oder eine Liebelei. Ich werde auch die von Ihnen erwähnte Abteilung für Sonderfälle im Auge behalten, sicherheitshalber. Mein Job, mein Spezialgebiet sind Eventualitäten, und sollte eine negative Eventualität eintreffen, dann erhöht sich automatisch Ihr Preis, mein lieber Herr Doktor, um nicht zu sagen, Ihr Risiko. Das verstehen Sie sicher. In diesem Sinne, auf Wiederhören, mein lieber Herr Doktor. Im Moment sage ich noch nicht: Leben Sie wohl.«

Montag, 8.30 Uhr, D-Trakt, Herrengasse, Wien

Michael Lenhart grübelte seit einer Stunde über den Akten vermisster Personen. Aus den ursprünglich sieben Fällen waren inzwischen zumindest vierzehn geworden. Vierzehn kerngesunde Menschen, vom Kind bis zum Erwachsenen, die ohne ersichtlichen Grund in den vergangenen zwei Jahren spurlos verschwunden waren. Er war gerade dabei, die Fälle nach Zeit, Ort, Geschlecht sowie Alter zu ordnen, als es an der Tür klingelte.

Herein kam ein eher unscheinbarer, aber adrett gekleideter Mann Anfang vierzig mit leichtem Bauchansatz und grau melierten Schläfen.

»Hauptmann Lenhart, nehme ich an. Ich bin Gruppeninspektor Anton Steinbach, melde mich zum Dienst.«

»Na dann kommen Sie herein.«

Mit einem Kaffee setzten sich die beiden in dem ursprünglich als Teil einer Dienstwohnung geplanten Wohnzimmer zusammen.

»Herr Steinbach, ich schätze, mein Ruf eilt mir, spätestens nach meiner Begegnung mit dem ehemaligen Kabinettschef, voraus. Aber was haben Sie angestellt, schließlich landet man nicht umsonst im D-Trakt?«

»Ich habe nichts angestellt, sondern bin schon länger beim Brigadier als eine Art Springer. Anfangs bin ich gerne auf Streife gegangen, aber mit der Zeit habe ich gesehen, dass mir der Innendienst mehr liegt. Das Managen macht mir einfach Spaß. Diesen riesigen und mitunter verschlafenen Apparat mit all seinen Verschachtelungen und politischen Befindlichkeiten am Laufen zu halten hat für mich eine eigene Faszination. Wenn Sie so wollen, habe ich die Dienstwaffe durch das Telefon und den Computer ersetzt.«

»Willkommen in der Sonderabteilung, Anton. Wir brauchen jemanden mit deinen Fähigkeiten. Ich bin der Michael, Frühaufsteher, habe eine Schwäche für Aristoteles und betrachte Dienstränge als nebensächlich. So weit ein paar Worte zu mir selbst. Wie sieht es bei dir aus? Ich weiß gerne, mit wem ich arbeite.«

»Verheiratet, zwei Kinder. Die sind die Sonne meines Lebens. Der Rest kreist darum. Ansonsten bastele ich gerne an Computern und gehe ab und zu ins Theater. Ich führe ein biederes Leben und will es gar nicht anders.

Aber genug davon. Erzähl mir, worum es hier tatsächlich geht. Mein, wohlgemerkt mündlicher, Dienstauftrag lautet, mich unter strengster Geheimhaltung in Zivil bei dir zu melden, während ich offiziell beim Bezirkspolizeikommando Tulln Dienst versehe.«

»Anton, was weißt du über Organtransplantationen?«

»Im Grunde nichts. Ich weiß nur, dass dieser Barnard vor rund fünfzig Jahren das erste Herz transplantierte und dass es ziemlich heftige Diskussionen gab, weil parallel zum Aufkommen der Transplantationsmedizin das Kriterium des Hirntodes eingeführt wurde. Außerdem muss man sich in Österreich, anders als etwa in Deutschland, aktiv gegen eine Entnahme entscheiden, will man seine Organe nicht zur Verfügung stellen. Das war es aber in Wahrheit schon mit meinem Wissen um die Transplantationsmedizin.«

»Hast du von dem zufälligen Fund einer Leiche am Zentralfriedhof gehört? Damit fängt unsere Geschichte an.«

»Ja, allerdings nur auf Flurfunkniveau. Angeblich wurde ein Student ermordet, um an dessen Organe zu kommen.«

»Ja, und wie es scheint, war das kein Einzelfall, leider. Anton, wir jagen seit einer Woche eine international tätige Organmafia. Die Täter betrachten dich und mich als wandelnde Organreserven für ihre zahlungskräftigen Kunden. Ich muss ein wenig ausholen, aber dann wirst du schnell verstehen, warum ausgerechnet du im D-Trakt gelandet bist, während Sabine beim Bundesheer in Neulengbach im Bunker sitzt.«

Montag, 14.20 Uhr, Bundesheerbunker, Neulengbach

»Servus, Michael. Was gibt es im D-Trakt Neues?«

»Wir sind dabei, die Akten der vermissten Personen zu überprüfen. Inzwischen sind wir bei zumindest vierzehn fragwürdigen Fällen.«

»Wie macht sich unser neuer Kollege?«

»Gut, du wirst ihn mögen. Wie sieht es bei dir aus?«

»Wir sind auf einem vielversprechenden Weg. Aufbauend auf den medizinischen Vorgaben hat Martina ihre Algorithmen und Analyseprogramme adaptiert. Die Frau ist unglaublich. Ich habe versucht, ihr gedanklich zu folgen, aber die arbeitet auf einem mathematischen Niveau, dass selbst mir schwindlig wird. Am Vormittag haben wir einen ersten Testlauf durchgeführt. Das Ergebnis war allerdings durchwachsen, ein Deep-Learning-Problem. Aber der Weg stimmt.«

»Und Deep-Learning steht wofür?«

»Das sind Optimierungsmethoden künstlicher neuronaler Netze für einen stabilen Lernerfolg. Im Moment sind aber noch zu viele Fehler drin.«

»Das klingt doch ganz brauchbar. Ich hätte nicht gedacht, dass es so schnell geht.«

»Moment, noch stehen wir am Anfang. Allerdings meint Martina, dass wir bald eine funktionierende Beta-Version haben sollten.«

»Was kann ich mir unter einer Beta-Version vorstellen?«

»Einen arbeitsfähigen Prototyp.«

»Das sollte genügen. Damit können wir aufzeigen, wie die Täter wahrscheinlich vorgehen.«

»Aber wir können sie auf diese Weise nicht schnappen. Das ist dir bewusst?«

»Ja, leider. Aber alleine der Nachweis, dass es machbar ist, hilft uns. Im Moment können wir unter dem Schirm der Ministerin und des Bundesheeres ungestört arbeiten. Doch sobald die Sache international wird, brauchen wir einen Joker. Ganz abgesehen davon, ist es immer gut zu wissen, wie die Täter arbeiten.«

»Michael, der Stratege.«

»Wenn du so willst. Für mich ist es eher eine logische Konsequenz aus dem, was wir bisher über die Täter wissen oder vielmehr nicht wissen, und der Vorsicht, die unsere Vorgesetzten walten lassen.«

»Für Carl ist die Sache allerdings sehr ernüchternd. Er wollte es bis zum Schluss nicht wahrhaben.«

»Wenn etwas möglich ist, wird es auch gemacht. Das war leider immer so. Allerdings gibt es in diesem Fall ein Korrektiv, und das sind wir. Richte allen schöne Grüße aus. Ich werde voraussichtlich bis morgen unterwegs sein.«

»Deutschland?«

»Ja, ich habe jenen Kollegen, den die Ministerin erwähnt hat, in Bayern ausfindig gemacht. Er ist inzwischen in Frühpension.«

»Wird er mit dir reden?«

»Das werden wir herausfinden.«

»Na dann, viel Erfolg.«

»Danke, gleichfalls.«

Michael Lenhart ging nochmals seine Notizen durch. Viel wusste er nicht, aber was er nach dem Gespräch mit der Ministerin über den deutschen Beamten herausgefunden hatte, machte ihn stutzig: ein herzschwacher Leistungssportler?! Zeit, dem ehemaligen Kollegen ein wenig auf den Zahn zu fühlen. Doch das Telefon blieb stumm und die Mailbox war deaktiviert. Blieb noch ein Besuch auf gut Glück vor Ort. Von Wien nach Abwinkl am Tegernsee, das sollte in vier Stunden zu schaffen sein, und zur Not wäre er vor Mitternacht wieder in Wien.

Nach zig Baustellen und unzähligen 80er- beziehungsweise 100er-Zonen kam er um 19.30 Uhr hungrig und durstig am Tegernsee an, von wegen vier Stunden. Doch das ersehnte Bier musste warten. Zuerst wollte er sich das Haus seines Ex-Kollegen und die Umgebung ansehen. Michael Lenhart parkte beim Gasthof Abwinkler Hof und ging zu Fuß den Ringseeweg entlang bis zur Nummer neun. Das Haus lag direkt am See und war nur über eine private Zufahrt zu erreichen. Hier unbemerkt herumzuspazieren war unmöglich. Nachdem er im Landhaus Strobl ein Zimmer genommen hatte, ging er in den Abwinkler Hof zum Abendessen und hatte Glück.

Das Weißbier war gut und der Fisch frisch. Nach ein paar Minuten betrat ein sportlicher, schlanker Mann die Gaststube, setzte sich an den Stammtisch und blätterte im Münchner Merkur, sein deutscher Ex-Kollege.

Als Michael Lenhart fertig gegessen hatte, kam Markus Friedl mit zwei frischen Gläsern Bier und setzte sich mit einem »Griaß di God, Michael« lächelnd zu ihm.

»Servus, Markus, danke für das Bier. Sieht ja fast so aus, als hättest du mich erwartet?«

»Anruf einer unbekannten Nummer, ein Auto mit Wiener Kennzeichen um diese Jahreszeit in Abwinkl, ein Fahrer, der sofort versucht, mein Haus auszukundschaften, den Rest herauszufinden war nicht schwer.«

»Sieht so aus, als steckt der Polizist noch immer in dir.«

»Vielleicht. Und du? Ich nehme an, du bist nicht wegen der guten Luft und dem Fisch aus Wien gekommen.«

»Nein, ich bin wegen dir hier.«

»Ich bin in Pension. Mit mir kannst du nur noch über das Angeln reden. Verstehst du etwas vom Angeln?«

»Nein, ich kenne gerade noch den Unterschied zwischen Türangel und Angelhaken. Und du, verstehst du etwas von Aristoteles?«

»Klingt nicht gerade bayerisch. Griechisch?«

»Altgriechisch.«

»Ebenfalls in Pension?«

»Ganz im Gegenteil. Er ist aktueller denn je.«

»Hartnäckiger Bursche.«

»Ja, kann man so sagen.«

»Versteht dieser Aristoteles etwas von Fischen?«

»Er verstand eine ganze Menge davon. Ein großer Teil seiner Schriften beschäftigt sich mit der Natur. Abgesehen von Fragen über das Leben und den Tod.«

»Du willst mit mir über Leben und Tod reden?«

»Es könnte lohnend sein, für die Lebenden.«

»Und für die Toten?«

»Stellt sich die Frage des Lohnes nicht mehr. Es sei denn, man glaubt an ein Weiterleben nach dem Tod.«

»Klingt sehr philosophisch, fast schon theologisch.«

»Die grundsätzlichen Fragen sind oft die spannendsten.«

»Erinnert mich an die Geschichte von der Auferstehung.«

»Interessanter Gedanke. Stell dir vor, es gibt eine Auferstehung und dir fehlt ein Teil.«

»Kein schöner Gedanke. Aber mit der Vorstellung einer Auferstehung habe ich so meine Probleme. Hast du Probleme mit dem Aufstehen?«

»Ich bin Frühaufsteher.«

»Dann unterhalten wir uns morgen beim Angeln. Du erzählst mir etwas von deinem Aristoteles und ich dir von den hiesigen Fischen. Einverstanden?«

»Kein Anglerlatein?«

»Nein, kein Anglerlatein.«

»Einverstanden. Wo treffen wir uns?«

»Um 5.00 Uhr am Steg bei meinem Haus.«

»Gibt's bei dir einen Kaffee? Im Landhaus Strobl werde ich so früh keinen bekommen.«

»Ja, einen Kaffee bekommst du. Und zieh dir warme Sachen an. Am Wasser ist es kalt.«

Dienstag, 5.00 Uhr, Abwinkl, Tegernsee

»Guten Morgen, Michael. In der Thermoskanne ist Kaffee und in der Tasche etwas zum Essen. Ich hoffe, du bist kein Veganer, bei mir gibt's Brote mit Herrenwurst, Weißlacker Bierkäse und gekochte Eier.«

»Keine Sorge, ich bin Allesesser. Danke fürs Frühstück. Vorerst reicht mir der Kaffee. Kann ich dir mit dem Boot helfen?«

»Nein, ich mache das fast jeden Tag. Ich bin es so gewohnt.«

Während Michael Lenhart seinen Kaffee trank, beobachtete er, wie Markus Friedl mit geübten Handgriffen die Angelausrüstung verstaute und das Motorboot startklar machte. Minuten später fuhren sie schweigend über den spiegelglatten Tegernsee in Richtung Gmund. Auf Höhe von Bad Wiessee stoppte Markus Friedl den Elektromotor, nahm eine der Angeln, ließ einen Kunststoffköder mit zwei Dreifachhaken hinter dem Boot ins Wasser gleiten und übergab Michael Lenhart die Angelrute. Anschließend fuhr er mit gleichmäßigem Tempo in Ufernähe weiter.

»Du musst nichts tun. Hier beginnen wir mit dem Schleppfischen.«

»Ich wusste nicht, dass man Fische mit Plastik fangen kann.«

»Das ist ein Wobbler, der imitiert die Schwingungen eines Fisches und sieht für einen Hecht recht verlockend aus. Es ist zwar erst März, aber es wäre nicht der erste, den ich mit so einem Plastikteil fange.«

»Also ist der Hecht ein Raubfisch. Ich kenne ihn nur als Filet.«

»Richtig kombiniert, der größte Raubfisch in diesem See. Schnell, dumm und gefräßig.«

»Mir schmeckt er, ob schnell oder langsam. Aber deine Charakterisierung gefällt mir.«

»Du weißt nicht, wie ein Hecht in natura aussieht?«

»Nein, ich kenne nur die Tellervariante.«

»Wie ein Torpedo mit Zähnen vorne und drei Flossen hinten.«

»Klingt nach warten, zuschlagen, fressen. Und wie groß werden Hechte?«

»Mein größter war einen Meter zwanzig, ein Weibchen. Die Männchen werden höchstens einen Meter lang und manchmal nach der Paarung von den Weibchen gefressen.«

»Interessant, wie bei der Schwarzen Witwe. Zuerst kämpft man um die Weitergabe der eigenen DNA und anschließend fördert man die Nachkommenschaft als Proteinquelle. Effizienz, aber nicht unbedingt romantisch.«

»Romantisch sind Märchen, vielleicht Augenblicke, nicht das Leben.«

»Höre ich da eine gewisse Verbitterung? Vielleicht jene eines zwangspensionierten Polizisten?«

»Nenne es ruhig Verbitterung. Ich nenne es Erfahrung.«

»Einverstanden, Erfahrung. Also, in medias res!«

»Das kennen wir auch in Bayern. Ich würde es mit ›koa Gschwofl‹ übersetzen.«

»Die Zusammenfassung: Wir haben durch Zufall eine Leiche gefunden, ohne Leber. Jetzt jagen wir eine international tätige Organmafia. Meine Kollegin sitzt im Augenblick unter zig Meter Fels und Beton in einem Bundesheerbunker und brütet mit einem Mathematikgenie über medizinischen Daten, während die Ministerin uns derzeit noch den Rücken frei hält und meine Strafabteilung nach allen Regeln der Kunst in eine Festung verwandelt wird.«

Lächelnd erwiderte Markus Friedl: »Hast du Hobbys? Wenn nicht, solltest du dir welche zulegen.«

»Kein Anglerlatein, so war es ausgemacht.«

»So war es auch nicht gemeint. Ich habe über ein Jahr lang die einschlägigen Fälle gesammelt, klassifiziert, Gutachten eingeholt und wirklich jede denkbare Variante geprüft und wieder gegengeprüft. Am Ende war der Bericht absolut hieb- und stichfest. Mein Vorgesetzter nahm ihn und wurde überraschend befördert, allerdings in eine andere Abteilung und ins Saarland. Aus den Augen, aus dem Sinn. Ich hingegen bekam eines Morgens Besuch vom BND. Es wäre nun so etwas wie eine Frage der nationalen Sicherheit und sie würden übernehmen. Freundlich ließ man mir die Wahl zwischen Zuckerbrot und Peitsche.«

»Du hast die Peitsche gewählt?«

»Ich habe einen Eid geschworen, primär mir selbst gegenüber, das wurde mir in diesem Augenblick bewusst, und ja, ich habe die Peitsche gewählt. Wenn der BND Mordermittlungen in Deutschland übernimmt, dann stinkt die Sache kilometerweit gegen den Wind.«

»Wie kommt es dann, dass wir hier friedlich am Tegernsee in deinem Boot beim Hechtfischen sitzen?«

»Als mir klar wurde, bis in welche Kreise diese Organmafia reicht, habe ich mir die eine oder andere Versicherungspolice ausgestellt und nebenbei weiter ermittelt. Bis man mich aufs Abstellgleis verbannte.«

»Soll ich das als eine Warnung verstehen?«

»Ja! Du und deine Kollegin, ihr habt es da mit Leuten zu tun, für die Menschen höchstens Schachfiguren sind. Politik eben, oder nein. Das sind vielmehr diejenigen, die mit der Politik spielen, die sich Abgeordnete und Minister als Lakaien halten.«

»Klingt pessimistisch, um nicht zu sagen fatalistisch, Markus.«

»Nein, realistisch. Ich stehe nach wie vor unter Beobachtung und bin mir sicher, auch mein Computer und mein Mobiltelefon werden überwacht, zumindest jene, von denen der BND weiß. Sie machen es zu auffällig. So, als wollten sie sagen: Wir behalten dich im Auge.«

»Daher auch der Ausflug zum Angeln?«

»Ja, ich habe mein Mobiltelefon nicht mit, und deines wird wahrscheinlich nicht abgehört, noch nicht.«

»Bei jedem anderen würde ich jetzt an Paranoia denken.«

»Verständlich, aber ich sitze hier, als mehrfach ausgezeichneter Kriminalist und Sieger nationaler und internationaler Polizeisportveranstaltungen. Trotzdem wurde ich wegen Herzinsuffizienz mit zweiundvierzig Jahren in Rente geschickt, wohlgemerkt ohne ärztliche Untersuchung. So demonstrieren die ihre Macht.«

»Abgesehen von dem Rat zur Vorsicht, hast du sonst noch etwas für mich?«

»Du meinst es ernst?«

»Ja! Mag sein, dass mich manche für verbohrt halten. Ich betrachte es als eine Frage der Selbstachtung und Konsequenz.«

Markus Friedl musterte seinen Kollegen eingehend, bevor er antwortete.

»Du ohrfeigst Vorgesetzte, bist nicht verheiratet und hast einen Doktor in Philosophie. Du siehst, ich habe mich am Abend noch ein wenig schlaugemacht. Ich würde dich als jemanden mit hoher Kompetenz und geringem kollateralen Risiko einstufen.«

»Eine kühle, aber zutreffende Einschätzung. Ich bin privat nicht erpressbar, und sollte mir etwas zustoßen, gibt es weder eine trauernde Witwe noch Waisen.«

»Also gut, nimm dir das unterste Brot und sei beim Kauen vorsichtig. Es steckt ein USB-Stick darin. Aus Gründen meiner eigenen Sicherheit kann ich dir nicht mehr geben, aber diese Daten sollten deine Ermittlungen ein wenig beschleunigen. Außerdem findest du ein paar Ideen zur Geografie.«

»Danke, Markus. Ich werde vorsichtig abbeißen und gründlich kauen. Zur Geografie: Auf der Fahrt zu dir hat sich in meinen grauen Zellen eine Idee festgesetzt und die lautet Schweiz. Die Operationsbasis liegt in der Schweiz. Lange Tradition im Bereich privater Medizin- und Finanzdienstleistungen, zentrale Lage, keine Grenzkontrollen, hoher Internationalisierungsgrad.«

Während Michael Lenhart seine Überlegungen weiter ausführte, griff Markus Friedl an seinen Gürtel und warf einen Blick auf ein kleines Plastikkästchen.

»Wie ich sehe, habe ich mich in dir nicht getäuscht, Gratulation! Ich habe dafür wesentlich länger gebraucht.

Für dich endet jedoch unser Angelausflug beim nächsten Steg.«

»Ein Alarm in deinem Haus?«

»Ja, im Garten. Ich habe die Alarmanlage mit einem kleinen Sender ausgestattet. Diese Art von Funktechnik ist zwar veraltet, aber dafür kommt sie ohne Mobilfunksystem aus. Gut für mich, schlecht für Big Brother. Anscheinend geben die Schlapphüte ein Lebenszeichen von sich, und es ist besser, wenn sie dich nicht zu Gesicht bekommen.«

»Wie gründlich sind die Kollegen vom BND? Mein Wagen steht noch beim Landhaus Strobl.«

»So wichtig bin ich nicht. Bis jetzt kam immer nur ein Zweierteam. Andererseits könntest du recht haben. Gib mir dein Handy, ich habe eine Idee.«

Michael Lenhart gab ihm sein Telefon und hörte kurze Zeit später einen Dialog in tiefstem Bairisch. Es klang wie eine unbekannte Fremdsprache, doch »Weana Mischtwogn«, »Nummerndofe«, »vaschwindn«, »schnei« und »es pressiert« waren auch für ihn verständlich.

»Hier, dein Telefon. Die Nummerntafeln von deinem Wagen hat der Sepp, der Wirt vom Landhaus Strobl. Sollten die tatsächlich die fremden Autos im Visier haben, müssen sie jetzt mit den Sensoren an den Autobahnen vorliebnehmen.«

»Danke. Du hast recht, heutzutage kann man aufpassen, wie man will, man zieht immer einen Kometenschweif an Daten hinter sich her. Wir sind gleich am Steg. Wie komme ich zurück nach Abwinkl? Wir sind ja fast auf der anderen Seite und ich will nicht schwimmen.«

»Mit dem Taxi von der Brauer Agnes. Die Telefonnummer findest du im Internet. Tue so, als hättest du eine amouröse Nacht hinter dir. Die Agnes kann sich zwar keine Gesichter merken, aber dafür schmückt sie jede Geschichte derartig aus, dass selbst der selige Karl May noch rot würde.«

»Ich werde mein Möglichstes tun. Danke für alles.«

»Schau, dass du sie erwischt und nicht umgekehrt. Ois Guade!«

Am Steg blickte Michael Lenhart seinem Kollegen kurz nach, bevor er sich auf die Suche nach dem Taxi der Agnes Brauer machte.

Dienstag, 9.20 Uhr, DGSE-Zentrale, Boulevard Mortier, Paris

Die Zentrale des französischen Auslandsnachrichtendienstes war im Vergleich zu jener des britischen MI6 ein unauffälliger Gebäudekomplex im 20. Pariser Arrondissement. In einem der nur mit Ziffern gekennzeichneten Büros saß ein unscheinbarer, leicht untersetzter, aber äußerst gepflegter Mann Mitte fünfzig und überflog den eben erhaltenen Bericht, bevor er sich zurücklehnte und an seinen Assistenten wandte.

»Mein junger Freund, sind Sie sicher? Denn wenn Ihre Auswertung stimmt, sind diese Polizisten in Wien schlauer, als Sie gedacht hatten.«

»Ja, Monsieur Colonel, es sieht so aus. Wir haben uns die Nummerntafeln der zivilen österreichischen Polizeiautos besorgt und diese von CELAR mit den Daten der automatischen Autobahnüberwachung abgleichen lassen. Ein silberfarbener, auf die Wiener Polizei zugelassener BMW ist gestern am Nachmittag über die A1 und die A8 nach Bayern gefahren und hat bei der Abfahrt Irschenberg die Autobahn verlassen. Um 20.05 Uhr wurde eine Buchung für eine Nacht lautend auf Dr. Michael Lenhart im Landhaus Strobl in Abwinkl am Tegernsee registriert. Wir müssen also davon ausgehen, dass sich der eifrige Wiener Kommissar mit seinem ehemaligen deutschen Kollegen getroffen hat. Allerdings gibt es dafür vom BND keine Bestätigung. Hier haben wir nur den Vermerk einer Routinekontrolle heute um 5.30 Uhr. Laut Protokoll war der pensionierte Ex-Polizist mit seinem Boot am See zum Angeln, alleine.«

Nachdenklich schob der Colonel den Bericht ein Stück zur Seite.

»Gut, dabei wollen wir es auch belassen. Es ist im Augenblick nicht notwendig, die Kollegen in Deutschland hinzuzuziehen. Das würde die Sache nur verkomplizieren. Zurück zu den beiden eifrigen Polizisten in Wien.«

»Sehr wohl, Monsieur Colonel. Wir haben uns deren Personalakten besorgt. Der eine scheint ein intellektueller Schreibtischtäter mit einem leichten Hang zum Jähzorn zu sein, und seine Kollegin ist studierte Mathematikerin, hat Ballettunterricht genommen und erscheint auf mehreren Aerobic-Teilnehmerlisten. Beide sind Single, haben in verschiedenen Bereichen gearbeitet und zeichnen sich nicht gerade durch Teamfähigkeit aus. Die gesamten Daten sowie eine erste Einschätzung unseres psychologischen Dienstes finden Sie in den Unterlagen.«

Seine Manschetten richtend, erwiderte der Colonel: »Mag sein, dass das zwei eigenbrötlerische Charaktere sind, nichtsdestotrotz sind sie überaus fleißig und mit ihren Ermittlungen bereits zu weit vorgedrungen. Vom plötzlichen Auf- oder vielmehr Abtauchen dieses Mathematikgenies einmal ganz zu schweigen. Die Sache nimmt eine gefährliche Dynamik an und das kann ich nicht zulassen. Wir müssen, das heißt wir müssten hier weitere Ermittlungen unterbinden, können aber in Wien nicht die NATO-Karte ziehen. INTERPOL und EUROPOL scheiden ebenfalls aus. Wenn wir diese Dienste bemühen, wird zu viel Staub aufgewirbelt.«

»Wir könnten die beiden, wie soll ich sagen, beschäftigen, sie diskreditieren. Dieser Lenhart lebt allein. Wie wäre es, wenn wir seinen Computer mit kinderpornografischem Material verseuchen und den Kollegen von der Sitte in Österreich einen Tipp geben? Dann wäre zumindest einer der beiden ausgeschalten.«

Der Colonel strich sich mit der Hand über sein Kinn, schüttelte dann aber den Kopf.

»Nein, mein junger Freund, auch wenn sich diese Methode mitunter als überaus nützlich erwiesen hat, scheint sie mir in diesem Fall nicht zielführend. Abgesehen davon müssten wir, je nachdem wie vorsichtig er mit seinem privaten Computer umgeht, die Daten vor Ort einspielen, und dafür haben wir im Moment niemanden in Wien. Ich will keinerlei Risiko.«

»Wie wäre es mit einer Neutralisierung? Beispielsweise einem bedauerlichen, leider tödlichen Überfall am Heimweg von der Aerobic-Stunde?«

»Nein, wir dürfen hier nicht direkt tätig werden. Es darf keinerlei Verbindung zu uns geben.«

»Dann spielen wir den Ball zurück, nach dem Verursacherprinzip. Dr. Keller und sein Todesengel haben uns die Suppe eingebrockt, also sollen sie sie auch auslöffeln. Außerdem verfügt diese Dame über eine einmalige Expertise im Extrahieren von Zielpersonen.«

Lächelnd musterte der Colonel seinen Assistenten.

»Mein junger Freund, mir gefällt, wie Sie denken. Ich lasse mir Ihren Vorschlag durch den Kopf gehen. Bis ich eine Entscheidung getroffen habe, möchte ich, dass Sie Wien genau im Auge behalten, natürlich unsichtbar. Das wäre vorerst alles.«

Dienstag, 13.45 Uhr, Bundesheerbunker, Neulengbach

Michael Lenhart war zu neugierig. In der Raststätte Mondsee legte er eine Pause ein, setzte sich ein wenig abseits und lud die Daten des USB-Sticks auf seinen Laptop. Zwei Espressi später sah er sich in seiner Einschätzung bestätigt. Für Deutschland hatte Markus Friedl 67 vermisste Personen als mögliche Opfer identifiziert. Außerdem fand er ausführliche Dossiers über einige Prominente aus Politik, Kunst, Medien und Wirtschaft, die wahrscheinlich illegal entnommene Organe erhalten hatten. Diese Dossiers dürften der Grund für die Frühpensionierung seines Kollegen gewesen sein. Wer sich als kleiner Kriminalpolizist mit Politikern, EU-Spitzen und Multimillionären anlegte, landete schnell auf dem Abstellgleis oder Schlimmeres. Wer hingegen mitspielt, macht Karriere und ist für den Rest des Lebens erpressbar. Das alte Spiel der Macht.

Nachdenklich fuhr Lenhart nach Neulengbach, telefonierte unterwegs mit Anton Steinbach im D-Trakt und versuchte seinen alten Freund, Helmut Schober, zu erreichen, landete aber auf der Mailbox.

Im Bunker erwartete ihn eine müde, aber zufrieden lächelnde Sabine Preiss.

»Servus, Michael! Wie war dein Ausflug nach Bayern?«

»Lehrreich. Hast du gewusst, dass man Hechte mit Plastik fangen kann und die Hechtdamen nach der Paarung mitunter ihre Männer fressen?«

»Interessant, scheint so, als hätte unser Ex-Kollege eine Ersatzbeschäftigung gefunden.«

»Richtig kombiniert. Der Ausflug war in vielerlei Hinsicht erfolgreich, aber davon später mehr. Das freudige Glitzern in deinen ein wenig dunkel umrandeten Augen interpretiere ich als Ausdruck der Wiedersehensfreude, was mir natürlich schmeichelt. Gleichzeitig bin ich neugierig, wie es den Algorithmen und deren Erfinderin geht.«

»Wir sind einen großen Schritt weiter. Das Deep-Learning-Problem haben wir im Griff. Martina kümmert sich gerade um das Feintuning der Programme. Immer mit dabei, die Kollegen vom Bundesheer.«

»Kann ich mir gut vorstellen. Von den Besten lernen und wenn es nichts kostet, umso lieber.«

»Komm mit. Nach dem Ausflug an den Tegernsee wirst du dich gleich fühlen wie bei Q in James Bond.«

Sabine Preiss hatte recht. Im sogenannten Zentrum digitale Aufklärung und Analyse saßen rund ein Dutzend Bundesheersoldaten, alle schätzungsweise zwischen zwanzig und dreißig Jahre alt, vor ihren Bildschirmen. Etwas abseits an einem eigenen Arbeitsplatz saßen Martina Hairer und Rainer Fussenegger.

»Servus, Martina, hallo, Rainer.«

Während ihm dieser grinsend zuwinkte, hob Martina Hairer, ohne sich zu ihm umzudrehen, nur kurz die Hand und tippte mit unglaublicher Geschwindigkeit weiter. Fasziniert beobachtete er ihre an eine Art Trance erinnernde Arbeitsweise. Auf seinen fragenden Blick hin erklärte ihm Sabine Preiss leise: »Die arbeiten gerade an einer von Martina weiterentwickelten RapidMiner-Version, einem auf Java basierenden Programm zur Datenanalyse. Soweit ich weiß, geht es allerdings weniger um die Analyse selbst, sondern mehr um die Visualisierung. Wie es aussieht, dürften sie bald fertig sein.«

Ein paar Minuten später nickte Martina Hairer kurz und drehte sich zu Michael Lenhart um.

»Tut mir leid, ich wollte nicht unhöflich sein, aber beim Programmieren werde ich nicht gerne aus meinem Flow gerissen. Servus, Michael.«

Mit einem für eine zierliche Frau überaus festen Händedruck wurde die Begrüßung besiegelt. Rainer Fussenegger gesellte sich ebenfalls zu ihnen.

»Ebenfalls servus! Das waren die spannendsten Tage meines digitalen Lebens. Bis Freitag hielt ich mich für einen kleinen wizard. Seit ich Martina kenne, habe ich mich auf Lehrling zurückgestuft.«

Lachend erwiderte Martina Hairer: »Halt den Mund, Rainer. Du bist ein brillanter Hacker, dir fehlt nur der theoretisch-mathematische Hintergrund. Ein wenig Mathe-Einmaleins würde nicht schaden.«

»Für dein Einmaleins reicht ein Leben nicht aus.«

»Hör auf zu jammern, Rainer. Ich habe Hunger, wie sieht es bei euch aus?«

Nach einem kurzen Nicken in der Runde machten sie sich auf den Weg ins Kasino.

»Michael, die versprochene Beta-Version ist fertig. Aufbauend auf den Daten der Wiener Gebietskrankenkassa haben wir eine Trefferquote, die mindestens auf dem Niveau eines klassisch-medizinischen Spenderabgleichs liegt, beängstigend, aber wahr.«

»Unser logischer Schluss war also richtig. Die Täter suchen ihre Opfer anhand geraubter medizinsicher Daten. Bleiben noch zwei zentrale Fragen. Erstens: Wie könnten eurer Meinung nach die nächsten Schritte aussehen? Zweitens: Wie schwer ist eine unauffällige elektronische Schnitzeljagd in der Schweiz?«

Sabine Preiss antwortete als Erste: »Michael, bevor wir Rätsel raten, wie kommst du auf die Schweiz?«

»Am Tegernsee habe ich nicht nur etwas über Hechte gelernt, sondern bekam Einblicke in die Ermittlungen und Schlussfolgerungen unseres Ex-Kollegen. Mein Instinkt sagte mir: Das Herz dieser Organmafia liegt in der Schweiz. Mein Ausflug hat die Intuition bestätigt.«

Während des Essens informierte Michael Lenhart seine Kollegen über seinen Besuch in Bayern, die BND-Überwachung, die Dossiers möglicher Empfänger sowie seine Überlegungen zur Schweiz. Während er auf die Zahlen der in Deutschland vermissten und wahrscheinlich ermordeten Personen einging, unterbrach ihn Martina Hairer.

»Die Schweiz ja, aber nur, was den medizinischen Teil betrifft. Die Mathematik sowie die bits and bites sind eher im Osten. Bildung, Kultur und sozioökonomische Rahmenbedingungen wirken wesentlich länger nach, als man glaubt. Außerdem ist eine dezentrale Aufteilung sicherer. Die Schnitzeljagd kannst du vergessen. Das soll nicht heißen, dass die Datensicherheit in der Schweiz höher ist als anderswo, sondern dass deine Überlegung unvollständig ist. Du musst nur logisch denken. Die Täter brauchen nicht nur Organe, sondern eine Vielzahl an hochspezialisierten und relativ seltenen Medikamenten sowie Blutkonserven. Ich würde mich auf die Spur des Materials konzentrieren und so zu den Tätern führen lassen.«

»Ja, so habe ich mir die Schnitzeljagd auch vorgestellt, ungefähr. Aber abgesehen von den rechtlichen und technischen Fragen, warum tippst du bei den bits and bites auf Osteuropa?«

»Weil Osteuropa während des Kalten Krieges die Naturwissenschaften und die Mathematik gezielt gefördert hat. Diese Tradition wurde auch nach dem Fall des Eisernen Vorhangs weiter gepflegt, allerdings mit einem neuen Betätigungsfeld. Die digitale Welt hat die Rüstung als Auftraggeber abgelöst. Während bei uns die Pseudowissenschaften der Dekadenz boomen, boomen in den ehemaligen Ostblockländern die Naturwissenschaft und der digitale Bereich.«

»Das klingt alles schlüssig, aber so wird es nicht gehen. Die Schweiz ist für uns tabu. Wir können nicht in der Schweiz spionieren. Hier gibt es ein Abkommen auf höchster Ebene. Dafür bekommen wir nie im Leben die Erlaubnis. Der einzige Weg besteht in einer Kooperation mit den Schweizer Kollegen.«

Dieser Einwand von Rainer Fussenegger brachte alle wieder auf den Boden der Realität zurück. Abgesehen davon, dass sie sich nicht selbst über das Recht stellen durften, wie sich Michael Lenhart eingestand. Es musste einen anderen Weg geben, die Mörder zu finden. Die Einbeziehung der Kollegen in der Schweiz war im Moment noch keine Option. Zwischenstaatliche Kooperationen bedeuten immer Verzögerungen und eine dramatisch erhöhte Zahl an Mitwissern, und das war das Letzte, was sie brauchen konnten. Die Diskussion wurde durch einen Anruf unterbrochen.

»Lenhart, Fritsch hier. Es gibt einen neuen Verdachtsfall in Vorarlberg. Wo zum Teufel sind Sie überhaupt?«

»Bei unseren Freunden in Neulengbach. Wie es aussieht, haben wir an der elektronischen Front einen Durchbruch erzielt.«

»Sehr gut. Nehmen Sie die Preiss sowie das Mathematikwunderkind und den Doktor mit und kommen Sie ins Objekt 6, der Fussenegger kennt sich da aus. Den brauchen wir auch.«

Während er das Mobiltelefon einsteckte, wandte sich Michael Lenhart an seine Kollegen: »Das war der Fritsch. Auf nach Wien, den sagenumwobenen Flakturm in der Stiftskaserne wollte ich immer schon von innen sehen.«

»Moment, Michael. Gib mir noch ein paar Minuten, dann habe ich für die Show alles fertig.«

»Auf was dürfen wir uns bei deiner Show gefasst machen, Martina?«

»Lass dich überraschen. Auftraggeber wollen Lösungen. Je höher in der Hierarchie, desto einfacher und klarer. Ich nenne es kindergarten- und vorstandstauglich. Kinder erfassen intuitiv, ob etwas gut ist oder nicht, erfolgreiche Chefs aus Erfahrung.«

Dienstag, 17.40 Uhr, Flakturm Wien

Der Flakturm im siebten Wiener Gemeindebezirk war von den umliegenden Straßen aus nicht zu sehen. Er stand im Innenhof einer Bundesheerkaserne und war für die Öffentlichkeit gesperrt. Es gab zwar immer wieder Vorschläge für eine zivile Nutzung, von einem begehbaren Tresor über ein 360-Grad-Kaffeehaus auf der umlaufenden Plattform bis hin zu einem nicht näher benannten Kunstobjekt, realisiert wurde davon jedoch nichts. Der Flakturm war nach wie vor in Verwendung des Bundesheeres, auch wenn auf dessen Dach keine 12,8-cm-Zwillingsgeschütze zur Flugabwehr mehr standen. Heute nutzte das Kommando Führungsunterstützung & Cyber Defence die Sicherheit von rund 130 000 Tonnen raumbewehrtem Stahlbeton.

Rainer Fussenegger hatte ihnen mit ein paar Hintergrundinformationen zu diesem Relikt aus dem Zweiten Weltkrieg die Fahrt durch die angeblich verkehrsberuhigte Wiener Innenstadt verkürzt.

Beim Flakturm angekommen, ging es durch eine gepanzerte Tür in der über zwei Meter dicken Außenmauer sowie zahlreiche weitere Sicherheitstüren in den dritten Stock. Hier warteten in einem nüchternen Besprechungsraum bereits Frau Ministerin Mannlicher, Brigadier Fritsch und Oberst Hoyos.

Nachdem alle mit Getränken versorgt waren und sich gesetzt hatten, ergriff die Ministerin das Wort: »Wie ich höre, haben Sie sich Verstärkung von außerhalb geholt, soll mir recht sein. Nun, wie weit sind Sie, Lenhart?«

»Wir wissen dank der Unterstützung von Frau Hairer mit ziemlicher Sicherheit, wie die Verbrecher vorgehen. Sie können sich das als eine Art Bestellservice für solvente Kunden vorstellen. Sie geben denen Ihr Wunschorgan bekannt, und die besorgen es Ihnen und kümmern sich wahrscheinlich auch um die Transplantation. Soweit wir im Moment wissen, dürfte die Operationsbasis in der Schweiz liegen, während die Datenanalyse wahrscheinlich in Osteuropa lokalisiert ist.«

»Wollen Sie damit sagen, dass die medizinischen Daten der Krankenversicherungen tatsächlich ausreichen, die passenden Opfer zu finden?«

Alle Blicke waren auf Dr. Pauli gerichtet.

»Leider ja. Ich hielt das anfangs zwar für ausgeschlossen, doch nachdem ich gesehen habe, was Frau Hairer mit diesen auf den ersten Blick unverfänglichen Daten machen kann, wurde ich eines Besseren belehrt.«

»Nun, Frau Hairer, nachdem Sie hier alle in den höchsten Tönen loben, erklären Sie mir, wie das möglich ist.«

»Gern. Wenn Sie erlauben, demonstriere ich es Ihnen anhand eines praktischen Beispiels.« Während sie ihren Laptop an den Beamer anschloss, erläuterte Martina Hairer kurz die Hintergründe der Datenanalyse. »Hier sehen wir die noch ungefilterten Rohdaten Ihrer Gesundheitsakten, Frau Ministerin. Dazu Ihre Krankengeschichte sowie die Ihnen in den letzten Jahren verschriebenen Medikamente. Es ist im Grunde alles da, von den verschiedenen Blutwerten bis hin zum, glücklicherweise negativen, Ergebnis Ihrer Koloskopie letzten Monat. In einem zweiten Schritt haben wir dieses Rohmaterial mit der Liste von Dr. Pauli unter der Annahme einer Lebertransplantation abgeglichen und uns bei den Versicherten der Wiener Gebietskrankenkassa auf die Suche nach einem möglichen Opfer gemacht. Das Ergebnis sehen Sie hier. Wir haben zwei Treffer, die mit einer Wahrscheinlichkeit von rund 92 Prozent als Organlieferanten beziehungsweise Opfer infrage kommen. Damit haben wir die Werte von Eurotransplant auf Anhieb übertroffen. Die gute Nachricht: Jene Programme, die eine derartige Auswertung ermöglichen, sind relativ komplex und gehen deutlich über Microsoft-Office hinaus. Die schlechte Nachricht: Ich bin nach ein paar Tagen bei einer Treffergenauigkeit von 92 Prozent, die Verbrecher dürften bereits seit Jahren daran arbeiten und sollten deutlich höher liegen, schätzungsweise bei 95 bis 97 Prozent. Mehr als 97, vielleicht 98 Prozent sind aus verschiedenen Gründen unwahrscheinlich, aber das zu erklären würde hier zu weit führen. Außerdem müssen wir davon ausgehen, dass sie zu wesentlich mehr Daten Zugriff haben als wir. Frau Ministerin, wie Sie sehen, ist die Suche nach Opfern aufgrund von gängigen Gesundheitsdaten keine finstere Utopie, sondern Realität.«

Gefasst antwortete die Ministerin: »Das hatte ich befürchtet. Nun haben wir Gewissheit, gut. Bleibt die Frage, wie wir weiter vorgehen. Wenn ich damit zu EUROPOL oder INTERPOL gehe, ist die Katze aus dem Sack. Das gilt auch für die Kollegen in der Schweiz. Besteht eine Chance, dass wir diese Bastarde hier in Österreich schnappen können?«

Sabine Preiss sah kurz zu Michael Lenhart hinüber, der anscheinend in Gedanken versunken war, bevor sie antwortete.

»Abgesehen von einem glücklichen Zufall, nein. Wir wissen nicht, wann und wo sie wieder zuschlagen werden. Im Moment ist es, als würden wir einen Geist, ein Phantom jagen. Auf legalem Weg haben wir in Wahrheit so gut wie keine Chance. Martina, Frau Hairer, meinte zwar, sie könnte heimlich den Medikamentenverbrauch der Schweizer Privatkliniken erheben und mit den offiziell angegebenen Behandlungen abgleichen, aber das wäre illegal, diplomatisch gefährlich und leider recht ungenau, da wir davon ausgehen müssen, dass die Täter auch über illegale Quellen für diese Medikamente verfügen.«

Wütend antwortete die Ministerin: »Das kann und darf nicht alles gewesen sein! Lenhart, was ist mit Ihnen? Sind Sie nun noch physisch anwesend oder haben Sie gar nichts dazu zu sagen?«

Michael Lenhart sah die Ministerin direkt an und erklärte mit ruhiger Stimme: »Ich habe die Brücken hinter mir längst abgebrochen.«

»Hören Sie auf mit Ihren philosophischen Weisheiten, die helfen uns nicht weiter.«

Weiterhin ruhig lächelnd antwortete Michael Lenhart: »O doch, Frau Ministerin, denken hilft! Wenn ich die ganze Situation bedenke, komme ich unweigerlich zu dem Schluss, dass unsere Täter Unterstützung oder zumindest eine wohlwollend schützende Hand von ganz oben haben müssen. Niemand kann einen derartigen Organhandel betreiben, ohne dass der eine oder andere Geheimdienst davon Wind bekommt. Daher auch die große Geheimhaltung unsererseits. Das ist gut für uns, denn das Wesen von Geheimdiensten ist davon bestimmt, dass sie im Geheimen arbeiten. Daher gehe ich davon aus, dass von dieser Seite vorerst nichts gegen uns unternommen wird. Also sollten wir ein wenig auf den Putz hauen.«

Etwas gefasster, aber immer noch wütend entgegnete die Ministerin: »Lenhart, bitte, können Sie uns an Ihren Gedanken so teilhaben lassen, dass auch ich als kleine Ministerin es verstehe, danke!«

»Verzeihung. Mein Ausflug zum Hechtfischen und die Erkenntnis, dass man die größten Raubfische unserer Seen mit einem Stück Plastik fangen kann, hat mich auf die Idee gebracht. Wenn wir sie mit normaler Polizeiarbeit nicht erwischen können, dann müssen wir dafür sorgen, dass sie uns erwischen. Das meinte ich, als ich vorschlug, auf den Putz zu hauen. Wir müssen ihnen lästig, ja, gefährlich werden. Furcht ist der Gegner, der einzige Gegner.«

»Wenn ich Sie richtig verstehe, wollen Sie sich zur Zielscheibe machen?«

»Ja, und deren Stolz wird uns dabei helfen. Insofern halte ich auch das Risiko für vertretbar, zumal es in unserem Fall nur ein persönliches und kein kollaterales ist.«

Verblüfft musterte die Ministerin Michael Lenhart.

»Und nun erklären Sie mir noch, was Sie mit Stolz meinen?«

»Unsere Gegner haben, abgesehen vom Zentralfriedhof, unseres Wissens nach bisher mit unglaublicher Präzision gearbeitet, erfreuen sich des Wohlwollens eines Geheimdienstes, ich tippe auf einen der französischen, und halten sich für unangreifbar. Das meine ich mit Stolz. Sie sind wie jener Hecht, der sich siegessicher auf den Plastikköder stürzt. Das heißt auch, sie werden zuerst keine Angst haben und uns trotz aller Professionalität unterschätzen. Daher sollten wir alles tun, um ihnen möglichst lästig zu sein. Ja, das trifft es, glaube ich, sehr gut, lästig sein.«

Lachend meldete sich Rainer Fussenegger: »Just a fly in the ointment. The monkey in the wrench. The pain in the ass.«

Mit einem Schulterzucken antwortete Michael Lenhart: »Ja, ich würde sagen, Bruce Willis alias John McClane hat es sehr direkt auf den Punkt gebracht.«

An Sabine Preiss gewendet, fragte die Ministerin: »Und Sie, Frau Preiss, haben Sie ebenfalls die Brücke hinter sich abgebrochen?«

»Ja, Frau Ministerin. Ich bin nicht Polizistin geworden, um mich zu verstecken. Wir werden diese Bastarde aus dem Verkehr ziehen.«

»Einverstanden. Trotzdem bestehe ich darauf, dass Sie mit äußerster Vorsicht vorgehen, zumal wir Ihnen sonst keine weitere Unterstützung zukommen lassen können, oder, Fritsch?«

Nachdenklich sah Brigadier Fritsch zuerst Michael Lenhart und anschließend Sabine Preiss an, bevor er antwortete.

»Nein, können wir nicht. Wenn wir das volle Programm mit verdecktem Personenschutz auffahren, bleibt das nicht geheim, nicht vor diesen Gegnern. Sie beide sind auf sich alleine gestellt. Jeder weitere Schritt unsererseits würde das Risiko erhöhen. Nein, wir können nicht mehr tun, ohne die gesamte Operation zu gefährden.«

Es war Oberst Hoyos, der die beklemmende Stimmung brach.

»Aber *wir* können. Ich bin überzeugt, ein Gespräch mit Philipp Fenner genügt. Bei uns fragt niemand, wann wir wie üben, und es wäre mir eine Freude, wenn wir Ihnen, Hauptmann Lenhart, und dir, Sabine, ein wenig den Rücken freihalten und mit auf die Jagd gehen dürften.«

Ungehalten antwortete die Ministerin: »Anscheinend ist die Ausdruckweise von Herrn Lenhart ansteckend. Können Sie sich bitte klar und deutlich ausdrücken, Herr Oberst!«

»Verzeihen Sie, Frau Ministerin. Das Jagdkommando ist spezialisiert auf verdeckten Personenschutz sowie das Erkennen und Eliminieren etwaiger Gefahrensituationen, und das Training passiert permanent und ohne großartiges Berichtswesen. Dadurch könnten wir eine schützende Hand über die beiden halten, ohne eine elektronische oder administrative Spur zu hinterlassen.«

Wieder ruhiger antwortete die Ministerin: »Bis jetzt weiß der geschätzte Kollege im Verteidigungsministerium nichts von der Unterstützung, die uns das Bundesheer zukommen lässt. Aber ich kann nicht auf Dauer meinen Kollegen um- oder vielmehr übergehen.«

Ein Einwand, der Oberst Hoyos sichtlich unangenehm war.

»Frau Ministerin, ich sage das nur ungern und bitte Sie, mich richtig zu verstehen. Der Herr Minister mag zwar ein gewisses oberflächliches Interesse an martialischen Presseauftritten sowie der Sportsektion seines Ressorts haben, mehr jedoch nicht. Meiner bescheidenen Meinung nach beschränkt sich seine militärische Kompetenz auf eine stramme Kurzhaarfrisur, und das ist noch höflich ausgedrückt. Es wäre der Sache dienlich, wenn wir unsere Zusammenarbeit auf der, wie soll ich es nennen, informellen Ebene belassen könnten.«

Fragend blickte die Ministerin zu Brigadier Fritsch, der den Mund leicht verzog und mit den Schultern zuckte.

»Ihre Ausführungen meinen Kollegen betreffend werde ich hier nicht kommentieren, zumal er nicht meiner Partei angehört. Es ist zwar gegen alle Gepflogenheiten, aber machen wir weiter wie bisher, informell. Die ganze Angelegenheit ist viel zu brisant, als dass hier politisches Kleingeld und persönliche Befindlichkeiten unsere Arbeit und das Leben meiner Mitarbeiter gefährden dürfen. Fritsch, was meinen Sie?«

Widerwillig nickte der Brigadier, bevor er plötzlich mit einem Lächeln meinte: »Frau Ministerin, genau betrachtet handeln wir vollkommen im Rahmen der ZMZ, der zivil-militärischen Zusammenarbeit. Unsere Sondereinsatzkräfte kooperieren seit einigen Jahren in den Bereichen Training und Ausbildung, und wie Oberst Hoyos ausführte, handelt es sich bei der Unterstützung seitens des Bundesheeres um eine Übung. So betrachtet, ist es reine Routine. Sollte, was wir alle nicht hoffen, die Sache in einem Fiasko enden, haben wir im schlimmsten Fall zwei tote Polizisten und damit ganz andere Probleme. Haben wir Erfolg, wird kein Mensch, am allerwenigsten der Herr Minister, nach den Details fragen, vorausgesetzt, er darf bei der Pressekonferenz mit aufs Podium und von seiner Armee fantasieren.«

Mit einem fragenden Blick zur Ministerin griff Oberst Hoyos nach dem Telefon.

»Ja, veranlassen Sie alles Nötige und halten Sie mich auf dem Laufenden. Fritsch, kümmern Sie sich um den Rest. Lenhart, Preiss, viel Glück!«

Mit einem kurzen, aber herzlichen Händedruck verabschiedete sich die Ministerin. Die Blicke der anderen richteten sich auf Michael Lenhart, der unbewusst seine Krawatte ein wenig lockerte.

»Also, Lenhart, wie soll es nun weitergehen?«

»Wie bisher, Herr Brigadier. Wenn auch mit einem kleinen Unterschied: Wir verstecken uns nicht mehr, sondern arbeiten für unsere Gegner sichtbar, oder sagen wir, etwas sichtbarer. Je mehr die glauben, wir machen nur unsere normale Polizeiarbeit, desto besser.

Rainer, kümmere du dich bitte weiterhin um den digitalen Part. Außerdem sollten wir die möglichen Empfänger geraubter Organe in Österreich nicht außer Acht lassen. In meinen Augen ist das Anstiftung zum Mord und kein Kavaliersdelikt. Martina, das ist dein Part. Fang am besten mit Wien an, und dann sehen wir weiter. Oberst Hoyos, im Gegensatz zu Sabine habe ich keinen blassen Schimmer, wie ein unsichtbarer Personenschutz aussieht, ich bitte daher um eine Art Nachhilfestunde. Herr Brigadier Fritsch, der D-Trakt ist inzwischen eine kleine Festung, und dieser Aufwand dürfte nicht unentdeckt bleiben. Wir brauchen also eine unverfängliche Begründung. Bitte lassen Sie sich etwas einfallen. Und zu guter Letzt möchte ich in einigen Tagen unseren Kollegen Steinbach abziehen. Anton ist zwar ein sympathischer und fleißiger Mann, aber um es in seinen Worten auszudrücken, er ist Logistiker. Ich will keinen netten Familienvater im Visier von professionellen Mördern. Ja, ich glaube, das ist vorerst alles. Bis auf eines: Rainer, deine Experten für kreative Biografien haben die Personalakten geändert und uns digital ein anderes Leben gegeben, hier brauchen wir ein Briefing. Wäre ja dumm, wenn unsere Gegner meinen, ich bin ein veganer Antialkoholiker, und mich bei Schnitzel und Bier beobachten.«

Erleichtert, sich wieder organisatorischen Dingen widmen zu können, antwortete Brigadier Fritsch: »Einverstanden, um den D-Trakt kümmere ich mich. Der Reisezirkus mit den Bürokraten in Brüssel und Straßburg bietet sich dafür ausgezeichnet an. Die feinen Damen und Herrn bestehen immer auf beste sowie sichere Unterbringung und kurze Wege. Wir werden also offiziell den D-Trakt wieder als VIP-Unterkunft ins System eingeben und die Abteilung für Sonderfälle als interimistische, der aktuellen Raumnot geschuldete Zwischenlösung.«

Michael Lenhart blickte in die Runde, stand auf und wandte sich an Dr. Pauli: »Lieber Carl, danke für deine Unterstützung und entschuldige bitte, dass wir dich so lange von deiner Arbeit in der Klinik abgehalten haben.«

»Gerne geschehen! Wenn ihr mich wieder braucht, Anruf genügt. Die Bastarde dürfen nicht davonkommen.«

»Das werden sie nicht, Carl! Verlass dich darauf.«

An der Tür warteten Sabine Preiss und Oberst Hoyos, der lächelnd meinte: »Der Krieg ist ein Weg der Täuschung, nicht wahr?«

»Ja, Herr Oberst, Sunzi lasse ich neben Aristoteles ebenfalls gelten. Obgleich mir im Moment der Kopf mehr nach Marcus Tullius Cicero und seiner Philippica steht, wenn ich mich nicht täusche, die siebte.«

»*Si vis pacem, para bellum.*«

»Respekt, Herr Oberst.«

»Genug jetzt! Michael. Ihr beide könnt gerne bei anderer Gelegenheit Zitate austauschen und euch bewundernd auf die Schultern klopfen. Im Moment haben wir anderes zu tun. Martina macht sich über die Daten her und Rainer besorgt die frisierten Personalakten. Wir können uns also noch ein wenig einlesen, bevor die beiden Profiler kommen und uns unsere neuen Ichs erklären.«

Lachend salutierten die beiden vor ihrer jungen Kollegin: »Sehr wohl, Frau Leutnant, zu Befehl, Frau Leutnant.«

Mittwoch, 7.30 Uhr, Privatklinik, Lausanne

Ein anonymer Anruf. Widerwillig nahm Dr. Keller das Gespräch an.

»Guten Morgen, verehrter Herr Doktor. Ich habe Sie doch nicht geweckt?«

»Nein, aber fast. Ich habe die halbe Nacht operiert und gedenke, nun eine Stunde zu ruhen.«

»Mein lieber Doktor, ich fürchte, ich muss Ihre sicherlich wohlverdiente Ruhe ein wenig stören. Das Risiko ist in der Zwischenzeit gestiegen, und da Sie meine diesbezügliche Aversion kennen, besteht die Möglichkeit, dass Ihr Todesengel sein Tätigkeitsfeld ein wenig erweitern muss.«

Nervös strich sich Dr. Keller mit der freien Hand über den Kopf und begann in seinem Büro auf und ab zu gehen.

»Monsieur Colonel, ich glaube nicht, dass dazu eine Veranlassung besteht. Wir beobachten Wien wie gewünscht weiterhin diskret und dort tut sich nichts.«

»Mein lieber Herr Doktor, es besteht kein Grund, nervös zu werden, noch nicht. Andererseits scheinen mir Ihre Informationen nicht ganz akkurat zu sein. Offensichtlich ist Ihrem Tamás in Budapest eine kleine Schlampigkeit unterlaufen und er hat den Ausflug der Wiener Polizei zum Ex-Kollegen in Bayern übersehen.«

Verdammt, jener deutsche Polizist, der sich vor einiger Zeit an ihre Fersen geheftet hatte. Wie konnte das sein? Woher wussten die Wiener Polizisten davon und warum war das Tamás nicht aufgefallen?

»Mein lieber Doktor, Ihr Schweigen zeugt von einer gewissen inneren Unruhe, um nicht zu sagen Angst. Aber noch müssen Sie keine Angst haben. Ganz im Gegenteil. Wir werden weiterhin eine schützende Hand über Sie halten, vorerst zumindest. Andererseits könnte, ich betone, könnte sich die Notwendigkeit zu gewissen einschneidenden Maßnahmen ergeben.«

Dr. Keller bemühte sich, möglichst ruhig zu antworten.

»Tatsächlich? Dann haben Sie anscheinend bessere Informationen als ich. Aber es waren Sie, der immer betonte, dass von Bayern aus keinerlei Gefahr mehr besteht. Hat sich Ihre Einschätzung denn als falsch erwiesen?«

Sieh an, der ängstliche Doktor ging zur Gegenoffensive über. Gönnerhaft erwiderte der Colonel: »So gefallen Sie mir schon viel besser, mein Lieber. Nein, unser Quälgeist in Deutschland ist auf dem Abstellgleis und meine Einschätzungen haben sich als zutreffend erwiesen. Das tun sie im Grunde immer. Und ja, meine Informationen sind selbstverständlich besser. Das liegt nun mal in der Natur meiner Arbeit und ist keine Kritik an Ihrem überaus talentierten Mitarbeiter. Aber kommen wir zum eigentlichen Grund meines Anrufes: Ich möchte, dass sich Ihr Todesengel auf die Extraktion der beiden Polizisten in Wien vorbereitet.«

Dr. Keller blieb abrupt stehen.

»Sie wollen die beiden Polizisten eliminieren?«

»Aber nein, mein lieber Doktor. Davon war nie die Rede. Wir werden niemanden, schon gar nicht zwei

Kollegen in Wien neutralisieren. Das wäre schließlich höchst illegal, würde unsere ausgezeichneten Beziehungen zu Österreich gefährden und was noch schwerer wiegt, unserem Ruf empfindlich schaden. Nein, die Zeiten von ›Operation Satanique‹ sind längst vorbei. Wie ich bereits eingangs ausgeführt habe, die Extraktion, wenn es denn eine geben sollte, wird ganz in *Ihrer* Hand liegen.«

Ungläubig antwortete Dr. Keller: »Verstehe ich Sie richtig, Colonel, Sie möchten, dass Eva nach Wien fährt und zwei Polizisten ermordet?«

»Mein lieber Doktor, ich nehme zur Kenntnis, dass die zweifellos aufkeimende Angst Ihre Aufmerksamkeit ein wenig beeinträchtigt. Ich habe Ihnen ausdrücklich keinen Auftrag zur Neutralisierung der beiden gegeben, noch nicht, sondern Ihnen nur die Anweisung erteilt, sich darauf vorzubereiten. Selbstverständlich werden wir Sie dabei diskret unterstützen, zum Beispiel mit Ihnen nicht zur Verfügung stehenden Informationen.«

Ein wenig erleichtert erwiderte Dr. Keller: »Wir sollen uns also nur vorbereiten, einen Plan entwerfen, mehr nicht? Andererseits betonen Sie gerne Ihre einmalige Kompetenz, wenn es darum geht, alle Eventualitäten zu berücksichtigen. Warum entwickeln Sie, verehrter Colonel, nicht selbst einen Plan für ein solches Szenario?«

»Mein lieber Doktor, ein erfreulich ambitionierter Mitarbeiter nannte es Verursacherprinzip. Die Ursache für diese Unannehmlichkeit liegt bei Ihren Mitarbeitern: Daher ist es nur folgerichtig, wenn diese ihre Suppe auch auslöffeln. Im Übrigen habe ich vollstes Vertrauen in die Fähigkeiten Ihrer tödlichen Eva und lege größten Wert auf die Tatsache, nichts damit zu tun zu haben. Zumindest solange Sie erfolgreich sind. Sollte die mögliche Extraktion jedoch scheitern, müssten wir uns tatsächlich einschalten, aber das würden Sie sicherlich gerne vermeiden.«

»Colonel, das ist unmöglich. Wir haben einen strikten Zeitplan, Liefer- und Operationszusagen. Wir können uns nicht mit derartigen Dingen befassen. Das würde alles durcheinanderbringen und auch Ihre Kunden betreffen.«

»Mein lieber Doktor, all das habe ich längst bedacht. Außerdem erwartet niemand, dass Sie sich persönlich in dieser Angelegenheit engagieren, ganz im Gegenteil! Überlassen Sie die Vorbereitungen Ihren Profis. Im Übrigen habe ich Ihnen bislang nicht vorliegende Informationen geschickt. Auf Wiederhören, mein lieber Doktor.«

Dr. Keller legte das Handy beiseite und starrte minutenlang auf sein Lieblingsbild »Lachendes Frauengesicht«. Eva hatte es ihm letztes Jahr geschenkt. Sie meinte, dieses fröhliche Bild würde die ernste Strenge seines Büros ein wenig aufheitern. Nun hatte er das Gefühl, dass ihn diese 42 mal 26 Zentimeter kleine Wachskreidezeichnung von Pablo Picasso mit der Widmung »pour Dante Alberti: la jeune poete son ami Picasso« aus- anstatt anlachte.

Widerwillig nahm er das Telefon und rief Eva an.

Im Gegensatz zu ihm reagierte Dr. Vekete ruhig und konzentriert. Sie meinte nur, dass früher oder später so ein Fall eintreten musste und sie sich darum kümmern werde. Nüchtern und sachlich wie immer. Bei aller Liebe war ihm seine Eva mitunter unheimlich.

Mittwoch, 9.00 Uhr, D-Trakt, Herrengasse, Wien

Bis 22.30 Uhr waren Michael Lenhart und Sabine Preiss ihre neuen Personalakten und Biografien mit den beiden Profilern des Bundesheeres durchgegangen. Es waren keine neuen Lebensläufe, sondern bewusst ausgewählte Veränderungen, die in Summe ein neues Bild ergaben. Sie mussten ihre Leben nicht von einem Tag auf den anderen komplett umstellen, aber auf Kleinigkeiten, speziell was ihre täglichen oder wöchentlichen Routinen betraf, achten.

Für Michael war das wöchentliche Schießtraining vorerst gestrichen, und anstelle seiner Vorliebe für symphonische Werke tauchte nun sein Name im Zusammenhang mit Helene Fischer, André Rieu oder David Garrett auf. Von Sabine Preiss gab es plötzlich wie von Zauberhand Postings in den Dialogforen der österreichischen Tageszeitungen zum Thema Gender-Mainstreaming sowie Globetrotting, und ihre Zeit beim Bundesheer war durch einen längeren Auslandsaufenthalt inklusive verschiedener Vermerke beim Außenministerium und der Sozialversicherung ersetzt worden.

Ihre dienstlichen Bewertungen sowie die Einschätzungen des psychologischen Dienstes erfuhren ebenfalls behutsame Änderungen. Sabines Preiss wurde darin eine geringe Stressresistenz sowie ein wahrscheinlicher Hang zu depressiven Verstimmungen attestiert, während

Michael Lenharts Einzelgängertum und mangelnde Teamfähigkeit mit einer leichten Soziophobie sowie dem Verdacht auf eine kindliche Aufmerksamkeitsdefizitstörung (ADHS) in Verbindung gebracht wurde.

Die Profiler hatten zusammen mit den Hackern rund um Rainer Fussenegger ganze Arbeit geleistet. Schließlich bestand deren Arbeit nicht nur im Erfinden einer neuen Persönlichkeit, sondern im Verwischen von verräterischen und im Legen von neuen Spuren.

Nun saßen die beiden zusammen mit Anton Steinbach im D-Trakt und tranken Kaffee.

»Anton, ursprünglich wollte ich dich noch ein paar Tage bei uns behalten, aber in Wahrheit müssen wir ab sofort mit einer verstärkten Überwachung durch unsere Gegner rechnen, und ich will keinen Familienvater in Gefahr bringen.«

»Du rechnest also tatsächlich mit einem Anschlag?«

»Davon müssen wir ausgehen. Sie werden zwar nicht sofort zuschlagen, aber wir müssen damit rechnen, dass sie den D-Trakt verstärkt überwachen. Sollte es tatsächlich zu einem Angriff kommen und dieser Einsatz für mich oder Sabine in einem Sarg enden, gibt es keine trauernden Kinder. Bei dir ist das anders. Das will und kann ich nicht verantworten.«

Anton Steinbach trank einen Schluck Kaffee und sah seine beiden Kollegen nachdenklich an. Er war zwar kein Held, wollte aber nicht als Drückeberger dastehen.

»Du bist der Boss. Andererseits will ich nicht als Feigling zurück zum Fritsch geschickt werden.«

»Anton, weder Sabine noch ich halten dich für einen Feigling. Doch dein Spezialgebiet ist die Logistik, nicht der Kampf. Hilf uns weiterhin, aber nicht im D-Trakt. Ich habe bereits mit dem Fritsch gesprochen und er ist einverstanden. Du bekommst bei ihm einen Arbeitsplatz und bleibst damit in der Nähe. Wir rufen, wenn wir dich brauchen, einverstanden?«

»Nett von dir, selbst wenn es nur eine rhetorische Frage war.«

Während Sabine Preiss still lächelnd den Kopf schüttelte, antwortete Michael Lenhart sachlich.

»Es war keine rhetorische Frage. Ich lege großen Wert darauf, dass meine Partner mitdenken und Entscheidungen mittragen. Der Mensch besitzt Logos, ist ein Zoon politikon, also ist es nur folgerichtig, ihn auch als solchen zu behandeln. Sabine würde daraus vielleicht eine Gleichung machen: Respekt und Information ist gleich Verantwortung ist gleich Motivation ist gleich höherer Output. Du siehst, im Grunde ist mein Handeln nicht nur logisch, sondern durchaus ergebnisorientiert. Der ethisch-zwischenmenschliche Aspekt ergibt sich aus der Gegenseitigkeit, dem Wie-du-mir-so-ich-dir. Zu guter Letzt folgt aus diesen kausalen Zusammenhängen, die kommen weitgehend von Aristoteles, das primäre Lenhart'sche Menschenrecht.«

Nun war es nicht nur Anton Steinbach, der verdutzt dreinschaute. Auch Sabine Preiss runzelte die Stirn. Michael Lenhart sah die neugierigen Blicke seiner Partner und fuhr fort.

»Sabine, die Logik ist ja auch ein Teilgebiet der Mathematik. Daher nehme ich an, du hast das primäre Lenhart'sche Menschenrecht bereits erkannt, zumal du es in gewisser Weise selbst befolgst.«

Mit einem Hauch von Sarkasmus in der Stimme erwiderte Sabine Preiss: »Leider nein, lass uns bitte an deiner Weisheit teilhaben.«

Weiterhin sachlich fuhr Michael Lenhart mit seinen Ausführungen fort: »Das erste Lenhart'sche Menschenrecht ist das Recht, in Ruhe gelassen zu werden. Daraus ergibt sich im Umkehrschluss natürlich ein hohes Maß an Eigenverantwortlichkeit. Ludwig von Mises, wahrscheinlich einer der größten Denker des 20. Jahrhunderts, hat sich im Grunde sein ganzes Leben lang mit allen Aspekten von Eigenverantwortlichkeit, Gesellschaft und natürlich Geld beschäftigt. Er nannte es Praxeologie. Der ironische Aspekt dabei: Er war Österreicher, aber gerade bei uns ist er weitgehend in Vergessenheit geraten und wird kaum noch gelehrt. Andererseits kein Wunder, eigenständiges Denken und Handeln ist anstrengend und von den Herrschenden nicht gerade gewünscht. Sozialutopien lassen sich schließlich besser verkaufen. Aber zurück zum Thema. Anton, bist du einverstanden?«

»Ja, natürlich bin ich einverstanden. Ich wundere mich eher, warum ausgerechnet du zur Polizei, einer im Grunde noch immer militärisch organisierten Einheit gegangen bist.«

»Die Kurzfassung: Die Universität war mir zu steif und intrigant, die Journalistik zu oberflächlich, und im Polizeidienst sah ich eine Möglichkeit, die Polis mit zu gestalten. Aber nun zurück zu unserer Arbeit.«

Michael Lenhart griff in sein Sakko, nahm ein Mobiltelefon sowie einen Notizzettel heraus und schob beides zu Anton Steinbach über den Tisch.

»Das ist eines der abhörsicheren vom Bundesheer. Intern kommunizieren wir nur damit. Auf dem Zettel findest du die zu den eingespeicherten Nummern gehörigen Namen. Lerne die Nummern bitte sicherheitshalber auswendig und vernichte den Zettel. Ich kann dir im Moment noch nicht sagen, was wir wann von dir brauchen, aber wenn wir anrufen, lass bitte alles andere augenblicklich liegen, okay?«

Mit einem Ruck stand Anton Steinbach auf und streckte Michael Lenhart die Hand entgegen.

»Ja, so machen wir das! Was auch immer ihr braucht, Umleitung der Donau, Änderung der Fahrtrichtung am Ring, ich organisiere es. Aber ich warne dich, Michael, sobald wir diese Drecksäcke geschnappt haben, gehe ich zum Fritsch und beantrage eine umgehende Versetzung zur Abteilung für Sonderfälle.«

Nachdem sie sich verabschiedet hatten, begleitete Sabine Preiss ihren Kollegen zur Tür. War da ein Hauch von Rührung in den Augen von Michael Lenhart?

Zurück im Wohnzimmer meinte Sabine Preiss: »Sieht so aus, als hättest du einen neuen Fan, Michael.«

»Ich muss zugeben, bis jetzt hat noch niemand um eine Versetzung zu mir gebeten. So gesehen könnte man es tatsächlich als Kompliment deuten. Wie auch immer, wir haben zu tun.«

So schnell wollte Sabine Preiss ihren Kollegen aber nicht loslassen.

»Verdammt, gestehe dir deine Gefühle zu! Ich bin sicher, selbst Aristoteles hat dem Menschen Gefühle zugestanden. Also freu dich! Du bist keine Maschine.« Und mit einem Augenzwinkern fügte sie hinzu: »Ganz ehrlich, erst die Verbindung aus Intellekt und Gefühl macht einen Mann in meinen Augen sexy.«

Nach einigen Sekunden des Nachdenkens antwortete Michael Lenhart: »Sabine, du hast recht. Das Ausblenden von Emotionen ist im Grunde eine Form des Hochmutes. Ich werde mich bemühen und danke dir für deine Zurechtweisung. Abgesehen davon, in deinen Augen an Attraktivität zu gewinnen ist wie Schlagrahm zur Sachertorte.«

Lachend nahm Sabine Preiss ihren Kollegen kurz in den Arm.

»So, Sherlock, jetzt können wir uns wieder der Arbeit widmen.«

»An eine Umarmung von dir könnte ich mich gewöhnen. Also, Artemis, jetzt bist du dran. Wann und wie werden deine ehemaligen Kollegen eine schützende Hand über uns halten?«

»Die sind längst dabei. Seit gestern beschäftigen sich drei Teams mit möglichen Angriffsszenarien und deren Abwehr inklusive der Festnahme möglicher Attentäter. Im Laufe des Tages werden zwei der Kollegen Kontakt mit uns aufnehmen.«

Michael Lenhart klappte den Laptop auf und griff nach den Akten.

»Na dann los, lass uns ein wenig auf den Putz hauen.«

Mittwoch, 17.10 Uhr, Infopark, Budapest

Der Nacken schmerzte. Seit fast zehn Stunden saß Tamás vor seinem Computer und versuchte, alles über seine Gegner in Wien in Erfahrung zu bringen. Die IP-Adressen ihrer privaten Computer zu finden war einfach, weiter kam er im Moment jedoch nicht. Beide Geräte waren nicht eingeschaltet. Hier musste er mit seinem Angriff noch warten, bis die beiden Polizisten zu Hause waren und ihre Geräte hochfuhren. Dann konnte er durch ein ZDE, ein Zero Day Exploit, im Microsoft-Betriebssystem in deren Computer eindringen. War er erst einmal drin, würde er sich unbemerkt umsehen, bei Bedarf die gesamten Daten kopieren, Kamera und Mikro heimlich aktivieren, jeden Tastenanschlag seiner Gegner live mitverfolgen und alles speichern.

Nachdem die Computer warten mussten, hatte er sich um die Mobiltelefone gekümmert, alle Daten kopiert und heimlich ein Auto-Copy- und GPS-Programm installiert.

Mühsamer war es, sich die internen Unterlagen des Innenministeriums zu besorgen. Mühsam, aber nicht unmöglich. Auf seinem Schreibtisch lagen rund fünfzig DIN-A4-Seiten mit internen Bewertungen, Versetzungen und im Falle dieses Lenharts auch einer Degradierung. Bisher hatte er die Unterlagen nur überflogen, um sich einen ersten Eindruck zu verschaffen. Eva hatte ihm zwar gesagt, die Franzosen hätten eine Einschätzung durch deren Profiler bereits zusammengestellt, aber er ging lieber auf Nummer sicher. Wer weiß, ob man den Franzosen wirklich trauen konnte.

Blieb noch die Analyse aller Daten. Mal sehen, ob seine Algorithmen zu ähnlichen Einschätzungen kommen würden wie die französischen Spezialisten.

Tamás vertraute der maschinellen Auswertung von Persönlichkeitsmerkmalen mehr als jedem Psychologen. Computer machten keine Fehler, waren nicht von Ideologien und Gefühlen beeinflusst und lieferten nachvollziehbare Ergebnisse, während die Einschätzungen von Experten in seinen Augen mitunter mehr über diese Experten aussagten denn über die zu beurteilenden Personen. Gleichzeitig war er sich durchaus des Umstands bewusst, dass seine negative Einstellung gegenüber Psycho- und Soziologen durchaus vorurteilbehaftet war und daher würde er auch deren Einschätzungen aufmerksam lesen. Aber nicht am Computer.

Er druckte die Unterlagen aus und nahm sie zusammen mit seinen eigenen Rechercheergebnissen mit zu seinem Lieblingsplatz im Büro, einer LC4-Chaiselongue von Le Corbusier. Mit diesem berühmten Möbel hatte er sich vor Jahren für seinen ersten lukrativen White-Hat-Einsatz selbst belohnt. Seit seinem Umstieg auf die Black-Hat-Seite waren zahlreiche weitere Stücke dazugekommen. Vom Cassina-LC6-Tisch, ebenfalls ein Entwurf des schweizerisch-französischen Architekten, nahm er einen seiner Graf von Faber-Castell-Guilloche-Bleistifte, begann zu lesen, machte immer wieder Anmerkungen und wurde stutzig. Die Einschätzung der

Franzosen stimmte zwar über weite Strecken mit seinen eigenen Recherchen überein, aber irgendetwas gefiel ihm bei den beiden Wiener Polizisten nicht. Vielleicht wusste Eva inzwischen mehr.

»Hallo, Eva, ich habe die Daten der beiden Polizisten analysiert und komme zum gleichen Schluss wie die Franzosen. Trotzdem stimmt etwas nicht. Ich kann dir nicht sagen, was, aber die Sache macht einen künstlichen Eindruck.«

»Tamás, mach's konkret.«

»Die Frau: Laut Unterlagen ist sie seit ihrer Jugend ballett- und aerobicbegeistert, aber es gibt in ihren Gesundheitsunterlagen keinerlei Hinweise auf entsprechende Verletzungen oder Erkrankungen. Das ist ungewöhnlich und statistisch so gut wie ausgeschlossen. Dann ihre VISA-Abrechnung: auch hier keinerlei Hinweise auf Ballett- oder Aerobic-Ausgaben. Stattdessen hat sie in den letzten vier Jahren dreimal bei einem Militär- und Outdoor-Spezialisten in der Nordbahnstraße Einsatzstiefel, Funktionswäsche, einen Schlafsack sowie andere Ausrüstungsgegenstände mit ihrer Kreditkarte bezahlt.«

»Wie du weißt, war die Frau Globetrotterin. Da ist eine Outdoor-Ausrüstung keine Seltenheit. Das Wiener Team ist bereits vor Ort. Wir werden also bald einen Lagebericht bekommen und uns nach Möglichkeit auch ihre Wohnungen ansehen. Sollten wir dort keine passenden Sportsachen finden, gebe ich dir recht. Trotzdem, mit oder ohne Aerobic, wir müssen uns auf eine Extraktion einstellen, und ich erwarte, dass die Vorbereitungen dazu reibungslos verlaufen. Das gilt auch für dich, Tamás.«

»Keine Frage, was ich mache, mache ich professionell. Wenn das Team die Wohnungstüren knacken kann, erwarte ich eine eingehende Videodokumentation. Ich will sehen, was die sehen.«

»Wird erledigt. Ist dir sonst noch etwas aufgefallen? Gibt es bei der männlichen Zielperson Abweichungen in der Analyse?«

»Nein, meine Ergebnisse decken sich mit jenen der französischen Profiler. Das ist ein braver und fleißiger einzelgängerischer Spießer. Gleichzeitig ist er konsequent in seinem Handeln, wie die Ohrfeigen für einen hohen Ministeriumsmitarbeiter beweisen. Beide Polizisten sind überdurchschnittlich intelligent und wir dürfen sie keinesfalls unterschätzen.«

»Tamás, wir unterschätzen niemanden. Wie weit bist du mit den Computern und Mobiltelefonen der Zielpersonen?«

»Die Mobiltelefone sind gehackt, was auch immer die sagen und wohin auch immer sie sich bewegen, wir zeichnen alles auf. Bei den Computern muss ich warten, bis die beiden sie hochfahren. Dann bin ich über ein ZDE drin.«

»Gut, ich will alles wissen und erwarte zumindest zweimal täglich einen Bericht. Der geht auch an das Team in Wien.«

»Gut, ich habe zusätzlich eine Seite mit täglich wechselnder Adresse eingerichtet. Hier können deine Leute die jeweilige Position der Ziele mitverfolgen und sich bei Bedarf auch die Daten der beiden Handys runterladen.«

»Sehr schön. Wie sieht es mit unserem eigentlichen Business aus?«

»Das läuft, zumindest was mich betrifft, reibungslos. Außerdem haben wie seit gestern einen Vertrag mit Estland. Unser Pool ist um 1,2 Millionen potenzielle Ziele gewachsen.«

»Sehr schön. Das wäre es von meiner Seite.«

»Für mich noch nicht. Ich warte noch, bis die Wiener Polizisten zu Hause ihre Computer einschalten. Wenn ich den Hack erledigt habe, mache ich für heute ebenfalls Feierabend, ciao.«

Mittwoch, 19.30 Uhr, Bacco, Margaretenstraße, Wien

Keine Speisekarten und ein stets freundlich lächelnder Chef. Sabine Preiss hatte noch nie so gut italienisch gegessen. Speziell die Tagliolini al limone hatten es ihr angetan. Geriebene Zitronenschale, Butter, ein Hauch Parmesan und hausgemachte Pasta, so einfach konnte kulinarisches Glück sein.

Die beiden Jagdkommandosoldaten waren äußerlich unauffällig, abgesehen von den wachen Augen und ihrer ruhigen, überlegten Art. Bullige Gewichtheber oder Bodybuilder mögen vor Clubs beeindruckend wirken, aber hier ging es nicht um den größten Oberarmumfang, sondern um andere Fähigkeiten.

Michael Lenhart hatte darauf bestanden, dass während des Essens nur über Privates und Schönes geplaudert wird und man erst beim Kaffee zum beruflichen Teil wechselt. Er wollte sich seinen Genuss nicht verderben lassen.

Nachdem alle satt und zufrieden waren, lehnte sich Michael Lenhart zurück und wandte sich an die beiden Soldaten: »Also, Josef, wie schätzt ihr die Lage ein?«

Josef Holzknecht, ein schlanker, knapp einen Meter neunzig großer Mann Anfang dreißig mit auffallend blauen Augen, griff nach seinem Notizblock und kräuselte leicht die Stirn.

»Wir haben euren Bewegungsraum in vier Sektoren eingeteilt: Die Herrengasse, eure beiden Wohnungen sowie den Weg von und in die Herrengasse beziehungsweise andere Wege. Dazu kommt noch euer privates Umfeld. Die Herrengasse war der einfachste Teil. Der Zugang ist gesichert, hier kommt man ohne massiven Gewalteinsatz nicht hinein und sollte man drin sein, kaum mehr heraus. Ein freies Schussfeld gibt es nur vom gegenüberliegenden Teil des Palais Modena, also dem Innenministerium aus. Hier einzudringen wäre eine Selbstmordaktion, und eine solche halten wir für extrem unwahrscheinlich. Anders sieht es bei euren Wohnungen aus. Das wird euch der Vikerl erklären, sein Team hat diesen Bereich übernommen.«

Viktor Dankl war jünger als sein Kollege und fiel durch seinen markanten Schnauzbart ein wenig aus der Reihe. Bevor er mit seinem Bericht beginnen konnte, ergriff Sabine Preiss das Wort.

»Dankl, bist du mit *dem* Viktor Dankl verwandt?«

Über seinen Bart streichend, antwortete Vikerl Dankl lächelnd.

»Ja, der berühmte Verteidiger Tirols war mein Ururgroßvater. Ihm zu Ehren habe ich auch meinen Bart. Der kommt übrigens heute noch weg. Er ist zu auffällig. Aber jetzt geht es nicht um Tirol, sondern um die Verteidigung von euch beiden.

Hier haben wir aufgrund der Gegebenheiten sowie aus taktischen Überlegungen zwei unterschiedliche Vorgehensweisen gewählt. Die Wohnung von dir, Michael, verfügt bereits über eine Eingangstür der Widerstandsklasse 4, liegt im dritten Stock eines Mehrfamilienhauses und ist nur über eine Sackgasse zu erreichen. Wer auch immer in deine Wohnung einbrechen wollte, braucht Zeit und macht Lärm, das bleibt nicht unentdeckt. Ein Angriff ist hier unwahrscheinlich. Deine Wohnung können wir als relativ sicheren Rückzugsort betrachten. Einziges Gefahrenmoment wäre ein Beschuss vom gegenüberliegenden Gebäude aus. Also Jalousien und Vorhänge möglichst geschlossen lassen.

Sabine, bei dir ist es genau umgekehrt. Altbau, eine meist unversperrte Haustüre mit einer Verriegelung aus der Steinzeit, Hochparterre, eine Wohnungstür mit Glaseinsatz und einem Zylinderschloss aus dem Baumarkt. Da ist jeder Profi im Handumdrehen drin. Der Rückzug gestaltet sich hier ebenfalls wesentlich leichter. Zwei Behindertenparkplätze vor dem Haus, eine in beide Richtungen befahrbare Straße und die Nähe zum Gürtel, das ist fast schon ideal, um nicht zu sagen, fahrlässig. Wer auch immer es auf euch abgesehen hat, wird deiner Wohnung einen Besuch abstatten. Hier müssen wir jederzeit mit einem Angriff rechnen. Wir haben uns daher vorerst auf eine Vertiefung der falschen Fährte konzentriert.«

»Ich nehme an, damit seid ihr beim taktischen Teil?«, unterbrach ihn Michael Lenhart.

»Korrekt. Wir haben Sabines Wohnung ein wenig umgestaltet. Die Outdoor-Ausrüstung sowie die Einsatzstiefel haben nun eine leichte Staubpatina und sind nach oben im Schrank gewandert, alles, was an deine Zeit bei uns erinnert, haben wir verschwinden lassen, deine Garderobe durch Aerobic- und Fitnessoutfits ergänzt, und in der Bibliothek haben wir den Themenbereich Militär durch gebrauchte Reiseführer, Lexika und Bildbände ersetzt. Dein AUG sowie die dazugehörige Munition haben wir ebenfalls mitgenommen. Im

Auto sind noch ein paar Naturbilder aus Asien und Nordeuropa sowie andere Reiseandenken, die geben wir dir dann mit. Hier deine Schlüssel.«

Sabine Preiss nahm ihren Hausschlüssel und meinte lächelnd: »Danke, bin gespannt, ob ich meine Wohnung wiedererkenne. Die 43er habt ihr mir also gelassen, danke.«

Viktor Dankl sah seine ehemalige Kollegin verblüfft an.

»Wir haben keine andere Waffe gefunden. Wo hast du die versteckt?«

»Sorry, wenn ich unterbreche, aber was ist einer 43er?«, mischte sich Michael Lenhart ein.

»Die 43er ist eine Mini-Glock, Kaliber 9 Millimeter, meine Back-up-Waffe. Für deine Hände wahrscheinlich zu klein. Sie liegt in einem versteckten Fach im Sicherungskasten bei der Eingangstür.«

»Die Mini-Glock behalte ruhig, die passt zu einer Polizistin. Aber anscheinend waren wir nicht gründlich genug, verdammt.«

»Keine Sorge, Vikerl, wenn man nicht weiß, dass sich die untere Leiste der FI-Schalter herausnehmen lässt, findet man die 43er nie.«

In Gedanken machte sich Michael Lenhart eine Notiz, bei seinem nächsten Besuch des Waffengeschäfts Seidler die Mini-Glock näher in Augenschein zu nehmen.

»Gut, zurück zur Strategie und der falschen Fährte. Wie wollt ihr Sabine dort schützen und unsere Verfolger aufspüren?«

»Mithilfe von vier Minikameras. Zwei im Haus und zwei auf der Straße. Die Kollegen haben sie heute, als Mitarbeiter der Magistratsabteilung 33 getarnt, montiert. Wir überwachen jeden, der ein und aus geht. So finden wir schnell heraus, wer nicht hierhergehört. Außerdem wird jedes Gesicht und jede Personenbeschreibung mit der Datenbank abgeglichen, sicherheitshalber.«

»Und was für eine Datenbank ist das?«, wollte Michael Lenhart wissen.

»Eine, die offiziell nicht existiert. Aber stell dir vor, es würde, rein theoretisch natürlich, eine Datenbank geben, in der alle Mitarbeiter der NATO und befreundeter Einheiten enthalten sind. Ergänzt durch sämtliche Sicherheitskräfte in der EU, Ehemalige und jene Freischaffenden, die in der einen oder anderen Form irgendwann am Radar aufgetaucht sind.«

»Und der Zugriff auf diese Datenbank bleibt den vermuteten Schlapphüten in Paris verborgen?«, erwiderte Michael Lenhart.

»Laut Rainer Fussenegger, ja. Die Daten liegen gespiegelt auf mehreren Servern in verschiedenen Ländern. Einer dieser Server befindet sich selbstverständlich in den USA, weitere in Großbritannien, Deutschland, Frankreich, Polen und, aus politischen Gründen, im noch immer ein bisschen neutralen Österreich.«

Michael Lenhart schüttelte lachend den Kopf.

»Lass mich raten: Die Server stehen in Neulengbach in jenen Geschossen, die für uns tabu waren, und die Militärpolizisten dort gehören in Wahrheit zu eurem Verein, richtig?«

Die beiden Soldaten schauten sich kurz verblüfft an.

»Angenommen, es ist so, wie kommst du darauf?«, fragte Josef Holzknecht.

»Eine logische Schlussfolgerung. Bei allem Respekt, aber das Bundesheer ist nun wirklich nicht mit unbeschränkten Mitteln gesegnet. Die Anzahl der Hochsicherheitsbunker und militärischen Serverfarmen dürfte also recht überschaubar sein, und nachdem du Rainer erwähnt hattest, war klar, seine Abteilung ist für die Daten zuständig, und die Server stehen in Neulengbach. Daraus folgt: Derart heikle Dinge lässt man nur von den Besten bewachen, also von euch.«

Während sich Michael Lenhart zufrieden zurücklehnte, meinte Sabine Preiss: »So, jetzt wisst ihr, warum ich ihn gerne Sherlock nenne. Zurück zum Thema. Bin ich in meiner Wohnung auf mich alleine gestellt oder habt ihr dafür schon einen Plan und wie sieht es aus, wenn wir unterwegs sind?«

»In der Wohnung bist du möglicherweise tatsächlich auf dich alleine gestellt. Allerdings überwachen wir sie rund um die Uhr. Wenn sich jemand dort an deiner Tür zu schaffen macht, können wir dich jederzeit warnen.«

Michael Lenhart ging das ein wenig zu schnell.

»Moment, Vikerl, nicht so schnell. Vorausgesetzt die Umgestaltung der Wohnung war erfolgreich und bestätigt unsere Legende, sollten wir unsere Besucher ein wenig gewähren lassen. Wie gesagt, ein wenig. Ginge das?«

»Grundsätzlich ja. Die Umgestaltung hält einer kurzen Überprüfung stand. Sollte jedoch ein Experte sich der Sache annehmen und genügend Zeit haben, werden ihm ein paar Ungereimtheiten auffallen. Keine Tarnung ist perfekt.«

Während Michael Lenhart zufrieden nickte und sich wieder seinem Gedankenschach widmete, kam Sabine Preiss zum nächsten Punkt.

»Wie sieht es mit unseren Bewegungen aus?«

Um diesen Bereich hatte sich das Team von Josef Holzknecht gekümmert.

»Klassisches Vorgehen. U3, unterschiedliche Routen, Zeiten und Transportmittel. Wenn ihr euch an diese Regel haltet, kann im Grunde nichts passieren. Vor allem, wenn ihr uns immer vorab über Ziel, Route und Transportmittel informiert. Sabine, ich nehme an, das betrifft speziell dich: keine Alleingänge. Du kennst die Regeln.«

»Einverstanden. Und wie sieht es mit dem Umfeld aus?«

»Das Gefährlichste sind verräterische Anrufe von Freunden und Verwandten. Ein Anruf deiner Kollegen vom Krav-Maga-Zentrum und die Legende ist geplatzt. Wie haben alle verfänglichen Nummern eurer Mobiltelefone gelöscht und ein paar andere eingespeichert. Am besten ist es, wenn ihr eure Telefone die meiste Zeit über ausgeschaltet lasst. Die Mailboxen sind ebenfalls deaktiviert. Wenn Anrufer nur einen Hinweis auf aktuelle dienstliche Verpflichtungen und schwere Erreichbarkeit hören, ist das glaubwürdig und gefährdet eure Legenden nicht.«

Michael Lenhart gab dem Wirt ein Zeichen für die Rechnung.

»Gut. Dann belassen wir es für heute dabei. So schnell schießen die Preußen nicht. Bitte richtet euren Kollegen unsere Grüße aus. Ihr habt in der kurzen Zeit tolle Arbeit geleistet. Morgen geht's es weiter, und die Rechnung für das Essen übernehme ich, ich bestehe darauf.«

Donnerstag, 10.30 Uhr, Infopark, Budapest

Bis 1.30 Uhr früh hatte Tamás gewartet, doch die Computer der beiden Zielpersonen wurden nicht hochgefahren. Auch am Morgen blieben beide Geräte ausgeschaltet. Dieser Hack musste also warten. Anders sah es mit den Telefonen aus. Beide hatten anscheinend zusammen im 4. Wiener Bezirk zu Abend gegessen und auf dem Heimweg jeweils ein Telefongespräch geführt, allerdings mit irrelevantem persönlichem Inhalt. Andererseits verbrachten sie viel Zeit zusammen, offensichtlich auch privat, interessant.

Seit 7.30 Uhr gab es wieder Aktivität in der Herrengasse. Zwei Mails gingen nach Brüssel, harmlos. Interessanter war die dritte Mail. Sie ging an einen Mitarbeiter für internationale Polizeikooperation in Berlin mit der Anfrage, ob seitens der deutschen Behörden im Zusammenhang mit illegalem Organhandel ermittelt wird. Sieh an, die Wiener Polizisten ließen nicht locker! Tamás fügte diese Mail seinen Unterlagen hinzu, stand auf und ging zu seiner Elektra Micro Casa a leva Espressomaschine.

In ein paar Minuten würden Evas Mitarbeiter der ersten Wohnung einen Besuch abstatten, und da wollte er über die Videoverbindung live dabei sein. Doch davor machte er sich einen Espresso. Zuerst griff er nach einer Dose mit feinsten Arabica-Bohnen, entschied sich dann aber für einen Petrus-Bombay einer österreichischen Rösterei aus reinen Robusta-Bohnen. In den letzten Nächten hatte er nicht viel geschlafen und da konnte der hohe Koffeingehalt dieses Kaffees nicht schaden.

Zufrieden nahm er auf seiner LC4-Chaiselongue Platz und schaltete den Beamer ein. Nach einigen Sekunden tauchten die etwas verwackelten Bilder einer GoPro-Kamera auf. Das Einsatzteam war bereits in der Wiener Kaiserstraße und näherte sich dem Zielobjekt. Tamás griff zum Headset.

»Tamás hier, Eva, bist du online?«

»Ja, ich sehe, was du siehst.«

»Hier Wien 1 und 2, wir sind fast da. Wir haben uns vorhin bereits umgesehen. Die Haustüre ist ein Witz und auch die Wohnungstüre sollte keine Probleme machen.«

Im Hauseingang wurde es kurz dunkel, bis die Gangbeleuchtung automatisch ansprang. Über eine ausgetretene Steintreppe ging es hinauf ins Hochparterre, einem für Häuser der Jahrhundertwende in Wien typischen Zwischengeschoss. An der Wohnungstür angekommen, blickten sich die beiden kurz um, drückten zum Schein die Klingel und öffneten die Tür mit einem Elektropick. Nach wenigen Sekunden waren sie in der Wohnung. Den Grundriss kannten alle bereits vom Plan. Eine klassische Zweizimmerwohnung mit rund sechzig Quadratmetern. Das Erste, was ihnen auffiel, war die Gestaltung des Wohnzimmers.

»Ist das hier mitten im Zimmer eine Hängematte?«, fragte Tamás.

Nach einem Blick in das kleine Schlafzimmer und das schmale, nicht bezogene Bett antwortete Wien 1: »Positiv.

Anscheinend hat die Zielperson Gewohnheiten aus ihrer Globetrotterzeit beibehalten.«

»Gut, ich möchte, dass ihr nun systematisch die beiden Zimmer unter die Lupe nehmt. Zuerst immer mit einem langsamen Rundumblick und anschließend jeden Kasten, jedes Regal und jede Schublade. Außerdem möchte ich, dass ihr laut und deutlich sagt, was ihr seht.«

»Verstanden. Wir beginnen gleich hier mit dem Wohnzimmer. Nahezu quadratischer Raum mit rund dreißig Quadratmetern und zwei Kastenfenstern straßenseitig, je eine Verbindungstür ins Schlafzimmer und in den Gang. Ein alter Holztisch mit zwei unterschiedlichen Thonet-Sesseln, gegenüber der Fensterseite ein Bücherregal, circa drei mal zwei Meter, im untersten Regal mathematische Fachliteratur, darüber geografische Werke, Bildbände und Reiseführer, meist über Europa, Asien und Afrika. In den oberen Regalen die Belletristik, bunt gemischt, von kleinen Reclam-Heften bis zu eher neuen Büchern. Großteils Krimis. Die Frau scheint ein Lee-Child-Fan zu sein. Dazu ein Ordner mit Dokumenten sowie eine Wi-Fi-Box. An einem Nagel hängt eine Art Hammer oder Amulett an einer Lederschnur und zwischen den Büchern steht eine kleine Shiva-Statue aus Holz.«

»Wien 1, das Amulett bitte direkt vor die GoPro halten.«

»Eva, weißt du, was das ist?«

»Ja, Thors Hammer. Anscheinend ein Andenken.«

»Gut. Wien 2, nehmen Sie den Ordner und fotografieren Sie alles Seite für Seite. Wien 1, Sie machen weiter.«

»Verstanden. An beiden Seitenwänden Poster mit Reise- und Naturmotiven. Das eine zeigt Godafoss, den

Götterwasserfall in Island, den kenne ich. Das Bild daneben zeigt eine Burg, könnte in England oder auch Frankreich sein.«

»Es ist Eilean Donan Castle in Schottland«, meldete sich Eva zu Wort. »Macht weiter.«

»Auf der anderen Seite ein Unterwassermotiv, keine Ahnung, wo das aufgenommen wurde. Das zweite Bild zeigt das Tor vom Palast des Emirs von Kano in Nigeria. Ich war, sagen wir beruflich, vor einigen Jahren dort. Ansonsten keine weiteren Bilder. In der Ecke eine Musikanlage, ausschließlich analog, also nur mit Plattenspieler, daneben ein Regal mit rund ein Meter Langspielplatten, ein wenig Pop aus den Neunzigerjahren und Jazz, ansonsten Klassik, Großteils Beethoven, Wagner, Orff und Brahms, interessante Mischung. Kein Teppich, keine Tapeten, eine Tischlampe, eine Deckenlampe und die Hängematte, that's it.«

»Stopp«, rief Tamás, »seht euch die Hängematte genauer an. Da liegt etwas darin.«

»Positiv, ein Buch, scheint neu zu sein. Christof Rapp: Aristoteles, zur Einführung.«

»Sieh an, die Polizistin scheint sich auch privat für ihren Kollegen zu interessieren. Das ist wichtig. Die Mobilfunkdaten zeigen, dass die beiden gestern auch den Abend zusammen verbracht haben. Wir müssen also davon ausgehen, dass beide Zielpersonen vielleicht doch keine solchen Einzelgänger sind.«

»Roger. Sollten die beiden etwas miteinander haben, macht es die Sache für uns nur einfacher. Verliebte werden schnell zu Gewohnheitstieren, hocken gerade in der Anfangszeit immer aufeinander und sehen die Welt durch eine rosarote Brille.«

»Wien 1, keine voreiligen Schlüsse und nun weiter in den nächsten Raum.« Tamás musste unwillkürlich lächeln. Eva, nüchtern wie immer. Würde Fritz Lang seinen Film Metropolis heute drehen, Eva wäre die ideale Besetzung für die Rolle der Maria, des Maschinenmenschen, noch besser als die großartige Brigitte Helm.

»Wir sind im nächsten Raum, dem Schlafzimmer oder wohl eher Schrank- und Abstellraum«, meldete sich wieder Wien 1. »Ein Fenster in Richtung Innenhof, kein Teppich, nur eine Deckenlampe. Ein Einzelbett ohne Bettzeug sowie eine dreiteilige Kommode und ein Stuhl, sehr spartanisch. Im ersten Kommodenteil Uniformen, ein Einsatzoverall, eine schnittfeste Unterziehweste sowie vier Paar Schuhe und ein Paar Einsatzstiefel, alles nicht gerade feminin. Im zweiten Teil Unterwäsche, Socken, Sport- und Freizeitbekleidung, im dritten diverse Blusen, ein paar Jacken, ein Anorak. Im Überkopfteil ein Schlafsack, ein Rucksack mit Outdoor-Equipment und im unteren Bereich eine Tasche mit Sportbekleidung, scheint ihre Trainingstasche zu sein. Das war's in diesem Zimmer. Ich gehe jetzt weiter in die Küche.«

»Stopp«, rief Tamás. »Sehen Sie sich speziell die Wäsche genauer an.«

»Verstanden. Die Frau scheint nicht viel Wert darauf zu legen, zumindest was die Unterwäsche anbelangt. Ob BH oder Slip, alles ist entweder schwarz oder weiß und stammt den Etiketten nach fast ausschließlich von H&M. Anders sieht es beim Anorak aus, der stammt von Carinthia, ein echtes Profiteil. Das gilt auch für ihre Freizeit- und Sportkleidung. Hier finden sich nur hochwertige Teile von Markenherstellern.«

»Gut, machen Sie mit der Küche weiter.«

»Roger, Einbauküche, ein Herd, ein Geschirrspüler, ein Kühlschrank mit Gefrierfach, eine Waschmaschine, kein Backofen. Im Regal über dem Herd Teller und Gläser, allerdings jeweils meist nur zwei Stück. Große Einladungen scheint unsere Zielperson nicht zu geben. Im Kühlschrank Milch, Käse, Schinken, Salami, Gemüse, Eier, Butter, eine Flasche Weißwein, zwei Flaschen Bier, Joghurt, Topfen und Orangensaft. Im Tiefkühlfach Gefriergemüse, Lachs und ein Sack mit Eiswürfeln, das war's. Im Schrank diverse Lebensmittel. Fast ausschließlich Bioware, dazu im hinteren Bereich diverse Konserven und Langzeitlebensmittel. Im Kasten daneben Wasch- und Putzmittel, Haushaltsartikel, zwei Sechserpack Mineralwasser, ein Staubsauger und ein japanisches Messerschärfset mit mehreren Schleifsteinen unterschiedlicher Körnung. Zwei Schubladen mit Besteck sowie Kochutensilien. Dazu auf der Arbeitsfläche ein Messerblock mit zwei Messern.«

Unwillkürlich pfiff Wien 1 leise, als er die Messer aus dem Block zog.

»Sieh an, die Frau hat einen vorzüglichen Geschmack, wenn es um Werkzeug geht. Die beiden Messer sind echte Prachtstücke und rasiermesserscharf.«

»Bleiben Sie sachlich, Wien 1«, meldete sich Eva Vekete zu Wort. »Gehen Sie weiter ins Badezimmer.«

»Roger, Badezimmer. Eine Duschkabine, ein Waschbecken, ein kleines Fenster in Richtung Innenhof und die Toilette. Ein kleiner Schrank mit Handtüchern und Sanitärartikeln, ein Spiegel mit Board, darauf eine Zahnbürste, Zahncreme, ein Kamm und eine Nagelschere. Kein Lippenstift, keine Schminksachen, kein Parfum, nichts. In der Duschkabine eine Flasche mit Duschgel. Das ist alles. Ich nehme mir jetzt den Vorraum vor.«

Diesmal war es Tamás, der sich wieder zu Wort meldete. Ihm ging die Besichtigung zu schnell. Er hatte den Eindruck, die beiden nahmen die Sache nicht ernst genug.

»Stopp, sehen Sie im Spülkasten nach. Es ist zwar primär ein Klischee, aber wir wollen nichts auslassen.«

»Da ist nichts, nur Wasser. Auch auf der Innenseite des Deckels ist nichts, sehen Sie?« Er hielt den Deckel direkt vor die GoPro-Kamera.

»Gut, weiter in den Vorraum.«

»Eine Garderobe mit zwei Jacken, in den Taschen, Moment, nichts außer Papiertaschentücher. Daneben ein schmaler Schrank mit zwei Paar Sportschuhen, Handschuhen, Schals, Mützen, Taschentüchern, einer Ledlenser-Taschenlampe, einem Erste-Hilfe-Set und einer kleinen Werkzeugtasche. Hammer, diverse Schraubenzieher, Phasenprüfer, Kabelbinder, Powertape, Zangen, Inbusschlüssel-Set. Ich würde sagen, eine gute Basisausstattung, wieder von ausgesuchter Qualität.«

»Stopp! Was ist das weiße Teil an der Wand neben der Eingangstür?«, wollte Eva Vekete wissen.

»Scheint der Sicherungskasten zu sein, Moment. Ich schaue nach. Ja, das sind die FI-Schalter sauber beschriftet, ansonsten leer.«

»Gut, wie weit ist Wien 2 mit den Dokumenten?«

»Ich bin fast fertig. Nichts Auffälliges dabei. Geburtsurkunde, Meldezettel, diverse Zeugnisse aus der Schule, Universitätsdiplom, Versicherung, Bankunterlagen, das Übliche. Das einzig Persönliche sind ein paar Briefe an und von ihrer Großmutter, allerdings stammen diese aus ihrer Volksschulzeit.«

»Gut, wenn Sie fertig sind, überprüfen Sie nochmals alles und ziehen Sie sich zurück.«

»Roger.«

»Halt! Etwas Entscheidendes fehlt: Der Computer. Ich habe weder einen PC noch einen Laptop gesehen. Wo ist ihr Computer?«, wollte Tamás wissen.

»Auf jeden Fall nicht in der Wohnung, so viel steht fest. Scheint so, als ob die Zielperson ihren Laptop mit ins Büro genommen hat.«

Damit musste dieser Hack weiter warten. Unangenehm, aber kein Beinbruch.

»Okay, bevor Sie sich zurückziehen, was ist Ihr erster subjektiver Eindruck?«

»Eine ausnehmend sportliche junge Frau mit einem ungewöhnlichen Lebensstil. Unseren Unterlagen nach zu urteilen ist sie eine wirklich tolle Erscheinung, aber wo man Schminkutensilien und High Heels vermuten würde, findet man nur Sportsachen und Dinge, die eher zu einem Mann passen würden. Ansonsten, wenn man sich das billige Türschloss ansieht und die fast spartanische Ordnung, ist das eine Mischung aus Sorglosigkeit und militärischer Ordnung. In Summe keine Überraschungen, die Wohnung passt zum Profil der Zielperson. Allerdings, wenn Sie mich fragen: Die Frau tickt nicht ganz richtig.«

»Wien 2, was ist Ihr Eindruck?«

»Psyche und Lebensstil der Zielperson interessieren mich nicht. Entscheidend sind für mich nur die Extraktionsparameter. Wir können ihr in der Wohnung auflauern, sie im Gang tasern und anschließend mit dem Notarztwagen abtransportieren. Die Voraussetzungen sind ideal.«

»Eva, was meinst du?«

»Wien 2 hat recht. Mit der Frau sollte es keine Probleme geben. Wie sieht es bei der männlichen Zielperson aus, Wien 1?«

»Dessen Wohnsituation ist das genaue Gegenteil. Vierzimmereigentumswohnung in einer Sackgasse, moderne Haustüre mit Schließanlage, und in die Wohnung kommt man nur durch eine Sicherheitstür mit Stahlverstärkung und einem Hightech-Schloss. Dort kommen wir nicht unauffällig hinein.«

»Wie sieht es mit dem Arbeitsplatz aus?«

»Innenstadt, Einbahn, Dachgeschoss, Kameraüberwachung, nagelneue Sicherheitstür und zwanzig Meter weiter ein Polizist vor der Einfahrt zum Innenministerium, dazu Streifen in Uniform und Zivil. Der ganze Bereich gilt als Hochrisikozone. Selbst wenn ein Zugriff klappen sollte, was ich mir beim besten Willen nicht vorstellen kann, wir hätten kaum eine Chance, wieder rauszukommen. Es wäre wie ein Griff ins Hornissennest in der Hoffnung, nicht gestochen zu werden. Dazu noch unzählige Touristen und Fiaker, die den Verkehr aufhalten. Wir haben uns gestern alles vor Ort angesehen, no way.«

»Wien 2, wie lautet Ihre Einschätzung?«

»Die Herrengasse ist ein Selbstmordkommando.«

»Heißt das, wir haben auch keine Chance, an die Unterlagen heranzukommen?«

»Positiv. Selbst wenn wir mehr Zeit hätten, wir haben weder die Mittel noch die Mannstärke für so einen Einsatz.«

»In Ordnung. Konzentrieren wir uns vorerst auf die Extraktion der Zielpersonen. Ich schicke euch noch ein

Team zur Verstärkung. Ich lande morgen um 8.30 Uhr in Wien und erwarte alle um 9.30 Uhr im Imperial. Tamás, kümmere du dich bitte um die Daten und um nähere Informationen zur Herrengasse. Ich will wissen, warum diese angebliche Strafabteilung in einem Hochsicherheitsbüro sitzt. Irgendwie müssen wir an die Unterlagen herankommen oder diese wenigstens vernichten.«

»Mache ich, Eva, das heißt, ich werde es versuchen. Ich schätze, das war's vorerst.«

»Ja, in diesem Sinne, an die Arbeit, meine Herren.«

Donnerstag, 11.50 Uhr, D-Trakt, Herrengasse, Wien

»Servus, Michael, ist die Sabine bei dir?«

»Ja, warte, ich schalte auf Lautsprecher.«

»Hallo, Rainer, was gibt's?«

»Das Katz-und-Maus-Spiel hat begonnen. Unsere Gegner haben Sabines Wohnung einen Besuch abgestattet. Ein Zweimannteam ist vor gut einer Stunde aufgetaucht und hat sich rund zehn Minuten lang bei ihr umgesehen. Bei deiner Wohnung, Michael, ist alles ruhig, keine Auffälligkeiten.«

»Und, habt ihr sie identifizieren können? Mach's nicht so spannend, Rainer.«

»Ja, das ist die gute Nachricht. Die schlechte Nachricht: Das sind keine Waisenknaben. Der eine ist ein ehemaliger Fremdenlegionär und der andere war beim deutschen KSK. Beide verfügen über mehrjährige Kampferfahrung, Afghanistan, Libyen, Syrien, Nigeria. Bilder und Unterlagen bekommt ihr umgehend.«

»Konntet ihr ihnen folgen?«

»Nur kurz. Sie haben sich nach dem Abmarsch gleich getrennt. Einer ist in der Neubaugasse in die U3 gestiegen, am Westbahnhof in die U6 gewechselt und bis zur Endstation Siebenhirten gefahren. Dort mussten wir abbrechen. Der Zweite ist noch in der Kaiserstraße in die Straßenbahn gestiegen, hat gleich bei der nächsten

Haltestelle den Wagon gewechselt und ist dann mit der U-Bahn weiter zum Stephansplatz, dort haben wir ihn verloren. Das sind Profis. Die unauffällig zu beschatten schaffen wir mit unseren beschränkten Mitteln nicht.«

»Das war zu erwarten, Rainer. Mach dir um Sabine und mich keine Sorgen. Im Moment sind unsere Gegner noch beim Auskundschaften. Besteht eine Möglichkeit, die Überwachungskameras in der Herrengasse anzuzapfen?«

»Ja, wir sind über eine Schnittstelle im Bundeskanzleramt drin. Sollten die beiden in der Herrengasse auftauchen, sehen wir sie. Im Notfall können wir sie auch aus dem Verkehr ziehen.«

»Nett von dir, Rainer, aber das ist nicht der Plan. Wenn wir die großen Fische fangen wollen, müssen wir die kleinen schwimmen lassen, vorerst zumindest.«

»Ich weiß, aber jetzt wird es ernst.«

»Noch nicht, dafür haben wir noch nicht genug auf den Busch geklopft. Wie hast du es genannt, just a fly in the ointment. Ja, wir müssen ihnen noch lästiger, noch gefährlicher werden. Erst dann werden sie zuzuschlagen versuchen. Abgesehen davon sind wir im Vorteil, auch dank deiner Mitarbeit.«

»Du meinst den Wissensvorsprung? Sie wissen nicht, dass wir von ihnen wissen.«

»Genau, wenn du den Feind kennst und dich selbst kennst, brauchst du das Ergebnis von hundert Schlachten nicht zu fürchten.«

»Genug, Herr Philosoph!«, schaltete sich Sabine Preiss ein. »Unsere Aufpasser haben uns grünes Licht für das Mittagessen gegeben. Wir spazieren zum Bitzinger bei der Albertina, essen eine Käsekrainer oder ein Sacherwürstel und schlendern dann über den Burggarten und den Michaelerplatz zurück in die Herrengasse.«

»Müsst ihr ausgerechnet zu Fuß und für alle sichtbar essen gehen? Könnt ihr euch nicht etwas bringen lassen?«

»Nein, Rainer, wir müssen sichtbar bleiben. Wenn wir uns jetzt schon verstecken, würde das nur das Misstrauen und damit die Vorsicht unserer Gegner steigern. Ein Würstel beim Bitzinger und anschließend ein kleiner Verdauungsspaziergang sind genau richtig.«

»Na dann, Mahlzeit. Ich melde mich wieder, sobald es von meiner Seite Neuigkeiten gibt. Martina wollte sich auch noch melden. Sie hat sich in die Daten der Gebietskrankenkassa auf der Suche nach möglichen Empfängern verbissen und hält die Kollegen in Neulengbach ordentlich auf Trab. Die hat dort das Kommando über die halbe Mannschaft übernommen und der Kollnig lässt ihr freie Hand.«

»Das wundert mich nicht. Wahre Autorität kann man nicht verleihen, die erwirbt man sich durch persönliche Integrität und Kompetenz.«

»Schluss jetzt, Herr Professor!«, mischte sich Sabine Preiss ein. »Wir müssen gehen. Die Philosophievorlesung kannst du bei anderer Gelegenheit fortsetzen.«

Als die beiden in der Herrengasse auf die Straße traten, empfing sie nur der überwiegend aus Touristen bestehende Fußgängerstrom. Über den Michaelerplatz und die Reitschulgasse gingen sie weiter zum Josephsplatz Richtung Albertina. Ihre Aufpasser konnte Michael Lenhart weit und breit nicht entdecken. Auch nicht, als sie beim Bitzinger vor dem Erzherzog-Albrecht-Denkmal angekommen waren.

»Hast du jemanden erkannt, Sabine? Mir ist niemand aufgefallen.«

»Das freut mich! Bitte schau jetzt nicht gleich hin, sondern vertraue mir einfach. Ein Zweimannteam sitzt keine hundert Meter entfernt im Café Mozart. Einer sitzt am Helmut-Zilk-Platz links auf einer Bank, ein weiteres Team ist uns gefolgt und hat am Vorplatz der Albertina Stellung bezogen, und die beiden bei der Oper an ihr Auto gelehnten jausenden Mitarbeiter der Wiener Stadtwerke gehören ebenfalls zu unseren Babysittern. Sieben Mann im Umkreis von maximal einhundert Metern mit direktem Sichtkontakt und Mister Sherlock hat nichts bemerkt. Du siehst, wir sind so sicher wie in Abrahams Schoß und jetzt lass uns essen.«

Der Rückweg über den Burggarten, vorbei an der Reiterstatue des Prinz Eugen, verlief ebenfalls ohne Probleme. Zurück in der Herrengasse und mit einem frischen Kaffee machten sich die beiden wieder an die Arbeit.

»Sabine, wie weit bist du mit dem letzten Fall in Vorarlberg, dem wahrscheinlich toten Bankprokuristen?«

»Die Zusammenfassung inklusive dieser verrückten Excel-Tabelle geht gleich an unseren Kollegen in Brüssel.«

»Gut, dann frage ihn direkt, ob ihm aus anderen EU-Ländern Fälle von vermutetem oder möglichem Organraub bekannt sind.«

»Du willst also, dass unsere stillen Mitleser gleich darüber stolpern und nicht lange suchen müssen?«

»Ja, aber nicht nur das. Eine derartige Anfrage wird in Brüssel die Runde machen und auch dort für Unruhe sorgen. Je schneller wir den Druck erhöhen, desto weniger Zeit bleibt unseren Gegnern für ihre Vorbereitung.«

»Hat sich der Kollege in Berlin schon gemeldet?«

»Nein, wenn wir hier binnen Stunden eine Antwort bekämen, hieße das, dass sich die deutschen Dienste bereits damit befassen und uns nichts gesagt haben. Wir werden uns also noch ein wenig gedulden müssen. Aber die nächste Anfrage geht an das bayerische Landeskriminalamt in München. Spätestens dann wird beim Bundesnachrichtendienst jemand hellhörig werden.«

»Und die Schweiz?«

»Noch nicht. Wenn wir heute bereits in der Schweiz anfragen, decken wir zu viele unserer Karten auf. Es scheint mir besser, wenn wir den Spieß umdrehen und ebenso überlegt und kaltblütig vorgehen wie unsere Gegner. Unsere größte Chance liegt in deren Unwissenheit, zumindest hoffe ich das.«

Mit einem Lächeln auf den Lippen betätigte Sabine Preiss die ENTER-Taste, sandte damit ihre Mail nach Brüssel und erwiderte: »Kluge Leute lernen auch von ihren Feinden.«

»In der Tat, ja. Willst du noch einen Kaffee?«

»Nein, danke, aber ein Glas Wasser wäre nett.«

Während Michael Lenhart die Tassen abräumte, rollte Sabine Preiss ihren Bürostuhl zurück und legte die Füße auf den Tisch.

»Michael, etwas ganz anderes: Was ist, wenn die Ministerin kalte Füße bekommt? Der Druck auf sie dürfte jetzt mit jedem Tag steigen.«

Michael Lenhart stellte die Tassen wieder hin und legte ebenfalls die Füße auf den Tisch.

»So wie ich sie einschätze, knickt die Ministerin nicht so schnell ein. Sollten unsere vermuteten Schlapphüte allerdings etwas gegen sie in der Hand haben und sie erpressen, sieht die Sache anders aus. Die Frage ist natürlich immer, womit? Um Mordermittlungen abzubrechen, müsste das Druckmittel außerordentlich groß sein, und dafür sehe ich bei ihr keinen Ansatzpunkt. Sie stammt aus soliden gutbürgerlichen Verhältnissen, ihre politische Karriere war meines Wissens ziemlich sauber und sie steht unter Personenschutz. Aber du hast recht, auch aus diesem Blickwinkel kann ein höheres Tempo nicht schaden.«

»Trotzdem, was würdest du tun? Du hast doch sicher bereits darüber nachgedacht.«

»Ja, genauso wie du, und ich bin vermutlich zum selben Entschluss gekommen.«

»Michael, mach's nicht so spannend.«

»Sollte tatsächlich der Fall eintreten, dass uns die Ministerin den Fall abnimmt, um ihn zu begraben, würde ich die Konsequenzen ziehen, ihn wieder ausgraben und mit dir zu Ende bringen. Vorausgesetzt, du bist dabei.«

»Selbstjustiz?«

»Aber nein, ganz im Gegenteil! Wenn das positivistische Rechtssystem versagt, sähe ich mich gezwungen, auf das Naturrecht zurückzugreifen, um die Täter so zur Rechenschaft zu ziehen. Die Ironie dabei ist, dadurch würde auch dem positivistischen Recht in gewisser Weise wieder Geltung verschafft. Und um deiner logischen Anschlussfrage zuvorzukommen: Ja, ich wäre bereit, im Zweifelsfall die persönlichen Konsequenzen dieses Handelns zu tragen.«

Sabine Preiss sah ihrem Partner direkt in die Augen und fragte ernst: »Rechenschaft? Ich kenne keine naturrechtlichen Gerichte und Gefängnisse in Österreich.«

»Absolut richtig. Sollte dieser Fall, diese Extremsituation eintreten und sich das positivistische Recht als unzulänglich oder eben nicht anwendbar erweisen, müsste ich außerhalb dieses Gesetzes arbeiten. um die Täter zu bestrafen.«

»Hast du keine Angst, dass sich die Fußstapfen deines Namenspatrons als zu groß erweisen könnten?«

»Herrlich, ich liebe es, mich mit einer gebildeten Frau zu unterhalten! Und was die Fußstapfen angeht: Ob sie mir zu groß sind, stellt sich erst heraus, wenn ich diesen Weg gehe. Allerdings muss ich zugeben, mit der Inkarnation einer Zeustochter an meiner Seite wäre es fast ein Spaziergang.«

»Artemis genannt zu werden, empfinde ich als Kompliment, allerdings nur bei dir. Einverstanden, sollte es dazu kommen, bin ich dabei. Als mythologische Hüterin von Frauen und Kindern bleibt mir ja nichts anders übrig, als auf diese Art und Weise Vergeltung zu üben.«

»Sabine, keine Vergeltung. Rache ist kein akzeptables Motiv, sondern nur eine mitunter verständliche emotionale Reaktion. Im Grunde geht es um Bestrafung.«

»Einverstanden, Bestrafung. Dann lass uns wenigstens die digitalen Unterlagen kopieren, ohne die können wir ja schlecht weitermachen.«

Mit weiterhin sachlicher und unbewegter Miene zog Michael Lenhart einen USB-Stick aus der Hosentasche und hielt ihn hoch.

»128 GB, ich sichere die Daten seit meinem Ausflug nach Bayern. Der Stick ist entweder in meiner Hosentasche oder bei mir zu Hause hinter der Bodenleiste im Gästezimmer, gleich rechts neben der Tür.«

»Gibt es etwas, woran du nicht gedacht hast?«

»Leider ja, ich habe nicht an einen Satz Zweitschlüssel für meine Wohnung gedacht.«

»Du willst mir die Schlüssel deiner Wohnung geben?«

»Selbstverständlich, was nützen dir die Daten, wenn mir etwas zustößt und du keinen Zugang hast?«

Lachend, aber mit sarkastischem Unterton antwortete Sabine Preiss: »Männer! Ihr seid so unglaublich romantisch. Na wenigstens waren wir schon ein paarmal zusammen essen.«

»Sabine, es geht um Professionalität. Der, wie soll ich sagen, persönliche Aspekt hat hier keinen Platz, leider. Aber sollte ich dich mit einem Strauß Blumen überraschen, weißt du, woran du bist.«

»Na, hoffentlich sind es dann keine Chrysanthemen oder Vergissmeinnicht.«

Diesmal musste selbst Michael Lenhart lächeln. Dann wurde er wieder ernst und sah seiner Partnerin direkt in die Augen.

»Lilien, Sabine, weiße Lilien.«

Sabine Preiss schluckte unwillkürlich. Damit hatte sie nicht gerechnet. Höchste Zeit, wieder auf eine sachliche Ebene zu wechseln. Sie stand auf, griff in ihre Gesäßtasche und zog ebenfalls einen USB-Stick hervor.

»Wie du siehst, bist du nicht der Einzige. Allerdings habe ich bis jetzt noch keinen Gebrauch davon gemacht.«

Donnerstag, 16.10 Uhr, DGSE-Zentrale, Boulevard Mortier, Paris

Ein vehementes Klopfen an der Tür schreckte den Colonel der DGSE auf.

»Monsieur Colonel, darf ich eintreten, es gibt Neuigkeiten aus Wien!«

Der Colonel schob seinen Stuhl zurück und ließ den Assistenten Platz nehmen.

»Gut, dann bringen Sie mich auf den letzten Stand.«

»Sehr wohl, Monsieur Colonel. So wie es aussieht, führen uns die beiden Polizisten an der Nase herum und werden dabei von der Ministerin gedeckt. Selbst das österreichische Bundesheer scheint inzwischen in die Sache verwickelt zu sein.«

»Langsam, mein junger Freund. Zuerst nur die Fakten, und wenn es dann aus diesen Fakten Schlüsse zu ziehen gilt, werde ich dies professionell und nach Abwägung aller Umstände und Risiken tun. Also, bitte, der Reihe nach und in Ruhe.«

»Verzeihen Sie, Monsieur Colonel.

Punkt eins: der Dienstwagen des Polizisten, den wir auf der Fahrt nach Bayern erwischt haben. Unsere Kollegen von der Technik haben ein Bewegungsprofil des Fahrzeuges erstellt. Unser eifriger Wiener Kommissar war mehrfach beim Kommando Führungsunterstützung & Cyber Defence zu Besuch. Sowohl in einem streng bewachten Bunker in der Nähe Wiens als auch im berühmten Flakturm.

Punkt zwei: Vor einer Woche hat es einen, wie ich vermute, fingierten Cyber-Angriff auf die Wiener Krankenkasse gegeben. Aber, und hier wird es interessant, in den Chatrooms der Administratoren ist davon die Rede, dass die Cyber Defence des Bundesheers hinzugezogen wurde und eine Sicherungskopie der Daten nun bei denen liegt.

Punkt 3: Am Tag nach diesem Angriff fliegt dieses Mathematikwunderkind nach Wien und verschwindet spurlos.

Punkt 4: Dr. Carl Pauli, der Leiter der Abteilung für Transplantation der Universitätsklinik Wien, verschwindet ebenfalls für ein paar Tage spurlos, nachdem er Besuch von den beiden Polizisten bekam.

Punkt 5: Sowohl beim Bundeskriminalamt in Berlin als auch beim Landeskriminalamt in München gingen Anfragen betreffend möglicher Fälle von Mord und Organraub ein. Absender bei beiden: unsere Wiener Polizisten.

Monsieur Colonel, es liegt selbstverständlich bei Ihnen, daraus die notwendigen Schlüsse zu ziehen, aber meiner bescheidenen Meinung nach, führen uns die Wiener an der Nase herum. Sehen Sie selbst.«

Der Assistent legte einen kleinen Stapel loser Blätter auf den Schreibtisch.

Der Colonel richtete gedankenverloren seine Manschetten und fing an, die Unterlagen Seite für Seite durchzusehen, während sein Assistent schweigend daneben saß. Schließlich schob der Colonel die Papiere fein säuberlich zusammen und wandte sich an seinen Mitarbeiter.

»Ausgezeichnete Arbeit, mein junger Freund. Wenn Sie so weitermachen, erwartet Sie mit meiner Hilfe in der DGSE eine glänzende Zukunft. Es liegt zwar an mir, hier die richtige Entscheidung zu treffen, aber ich bin neugierig, wie Ihre Lagebeurteilung aussieht und welche Maßnahmen Sie vorschlagen würden. Also, mein junger Freund, nehmen Sie sich kein Blatt vor den Mund.«

»Vielen Dank, Monsieur Colonel. Ich weiß ein Lob aus Ihrem Mund sehr zu schätzen. Meiner bescheidenen Meinung nach haben die beiden Wiener Polizisten die Grenze des für uns noch Akzeptablen überschritten und zwingen uns zu energischeren Maßnahmen. Politisch, oder nennen wir es diplomatisch, sind uns die Hände gebunden. Meines Wissens nach haben wir gegen die Ministerin nichts in der Hand. Eine stille Lenkung der Ermittlungen scheidet damit leider aus.

Gleichzeitig müssen wir Ihre strikte Vorgabe, nicht direkt tätig zu werden, berücksichtigen und nach Möglichkeit unsere diskrete medizinische Logistikkette erhalten. Vorausgesetzt, der Plan der verehrten Frau Doktor erweist sich als tauglich, würde ich ihr grünes Licht geben und im Sinne der Tarnung darauf Wert legen, dass es auch zu gewissen Kollateralschäden kommt. Eventuell könnten wir auch die eine oder andere falsche Fährte legen und die Kollegen vom österreichischen Verfassungsschutz im Rahmen unserer guten Beziehungen mit entsprechenden Informationen füttern. Dadurch könnten wir die Ermittlungen sabotieren beziehungsweise in eine von uns gewünschte Richtung lenken.«

Weiterhin an seinen Manschetten zupfend, antwortete der Colonel: »Ich wusste, dass ich mich in Ihnen nicht getäuscht habe. Nun würde mich interessieren, an was für eine Art von Kollateralschaden Sie gedacht haben.«

Mit einer angedeuteten Verbeugung antwortete der Assistent.

»Ich hatte oder vielmehr habe einen ausgezeichneten Lehrer, Monsieur Colonel, danke. Beim Kollateralschaden scheint es mir sinnvoll, den Bereich des Ministeriums beziehungsweise der Exekutive nicht zu verlassen. Angenommen, es kommt zeitgleich zu mehreren Anschlägen gegen Polizisten, Wachstuben oder Polizeifahrzeuge, würde sich die Wahrnehmung schlagartig verschieben. Liefern wir dann noch Hinweise auf diese sogenannte Reichsbürgerbewegung und stellen das eine oder andere Bekennerschreiben ins Netz, werden sich die Medien darauf stürzen und auch der Ermittlungsfokus würde sich ändern.«

Der Colonel lehnte sich zurück, legte die Fingerspitzen aneinander und erwiderte mit gönnerhafter Miene: »Ausgezeichnet, mein junger Freund! Allerdings müssen wir davon ausgehen, dass unsere verehrte Frau Doktor nicht über die nötige Ausrüstung für eine derartige Operation verfügt. Wie wollen Sie dieses Problem lösen, ohne dass auch nur der Hauch eines Verdachts auf Paris fällt?«

»Sie haben natürlich sofort einen möglichen Schwachpunkt erkannt, Monsieur Colonel. Zuerst dachte ich an unsere Materialreserven in Serbien, habe diese Option aber verworfen, da sich diese Ausrüstung fast ausschließlich aus Ostbeständen zusammensetzt und nicht zur Reichsbürgerbewegung passt. Doch dann habe ich mich erinnert, dass Sie bei der vermeintlichen Auflösung der Gladio-Einheiten vorausschauend dafür Sorge getragen haben, dass uns ein Teil des Materials in Italien und

Deutschland erhalten bleibt. Ich würde daher vorschlagen, wir greifen darauf zurück. Abgesehen davon, reicht die Geschichte dieser Einheiten bis Reinhard Gehlen zurück. Von dort ist die gedankliche Verbindung zur Reichsbürgerbewegung fast schon zwingend. Die entsprechenden Informationen könnten wir über verschiedene Kanäle streuen und die Medien würden, wie soll ich sagen, mit Schaum vor dem Mund darüber berichten.«

»Sehr schön, ich werde Ihren Vorschlag eventuell in Erwägung ziehen. Falls ich den Plan der Frau Doktor als unzureichend erachte, wie weit sind Sie mit dem Alternativplan?«

»Ihre Mitarbeiter der Abteilung Service Action haben für morgen 8.00 Uhr einen Termin bei Ihnen erbeten, Monsieur Colonel.«

»Sehr schön, mein junger Freund. Das wäre für den Moment alles. Ich lasse nach Ihnen rufen, wenn ich noch etwas benötige.«

Wieder alleine in seinem Zimmer, verzog der Colonel seine Mundwinkel zu einem leichten Grinsen. Was für ein intelligenter Schleimer! Skrupellos, gerissen und ohne jede Selbstachtung. Ja, sein Assistent lernte schnell, eigentlich schon zu schnell, wie er fand. Der Colonel ergänzte die Unterlagen durch einige handschriftliche Notizen, verschloss sie in seinem Tresor und betrachtete scheinbar gedankenverloren seine »Der Judaskuss«-Reproduktion von Michelangelo Merisi da Caravaggio an der Stirnseite des Büros. Seiner Meinung nach kam in diesem Bild die Quintessenz seiner Arbeit meisterhaft zum Ausdruck: Opportunismus.

Anscheinend wurde es Zeit, dem ehrgeizigen Assistenten eine weitere, vielleicht letzte, Lektion zu erteilen.

Sollte er sich für einen harten Einsatz in Wien entscheiden, würde er den Assistenten nach erfolgreicher Mission befördern, vielleicht nach Griechenland oder in die Türkei. Eine Mission in einen NATO-Staat ist zwar fast immer eine Beförderung, aber in diesen Ländern gab es im Moment in Wahrheit nichts zu gewinnen.

Bei einem Misserfolg müsste sein junger Heißsporn die gesamte Last des Versagens tragen und mit einem untergeordneten Posten in einem der Subsahara-Staaten vorliebnehmen.

In der Pariser Zentrale wollte er ihn auf jeden Fall nicht mehr haben, schließlich waren es bis zu seiner Pension noch einige Jahre und auf die Vorstellung, dass ihm dieser Jungspund über kurz oder lang den Rang streitig machen würde, konnte er verzichten.

Donnerstag, 18.30 Uhr, Innenministerium Büro Brigadier Fritsch

Die Anweisungen waren präzise. Das Licht im D-Trakt musste weiterhin eingeschaltet bleiben, und anstelle des Liftes benutzten sie das unbeleuchtete Treppenhaus, um in das Erdgeschoss zu kommen. Von dort ging es nach einem Go per SMS nicht auf die Herrengasse, sondern in den Innenhof und an der Mauer entlang bis zu einer ausnahmsweise offenen Nottüre. Hier nahm Frau Wolf die beiden in Empfang. »Beeilung! Wegn euch muss i Übastunden machen, der Chef macht ja nix ohne mi. Na wenigstns gibt's die doppelte Marie. Kommst schnell. Wenn die Tür zu lang offen is, meldet des der Sensor und wir kriagn Besuch von der Feuerwehr und der COBRA.« Über verschiedene Korridore und Treppenhäuser ging es weiter zu einem unscheinbaren Büro. Dort warteten neben dem Brigadier bereits Generalmajor Kollnig, Oberst Fenner und Ministerin Mannlicher.

»Lenhart, wie haben Sie es genannt? Ich glaube lästig. Ja, Sie sind einigen Herrschaften ganz offensichtlich sehr lästig geworden, das kann ich Ihnen garantieren! Heute Nachmittag bekam ich Anrufe aus den Chefetagen von EUROPOL, OLAF und von meinem verehrten Ministerkollegen in Deutschland. Der Tenor all dieser Gespräche: Wir kleinen Österreicher sollen doch besser die Finger von dieser heiklen Sache lassen, das wäre eine Angelegenheit für die großen Jungs. Weitere Aktivitäten unsererseits würden deren Ermittlungen stören und verdeckt arbeitende Mitarbeiter gefährden. Ich nehme an, bei Ihnen beiden hat sich niemand von diesen Behörden gemeldet?«

»Nein, dieses Spiel wird top down gespielt. Die hohen Damen und Herren entscheiden an ihren Schreibtischen über Leben und Tod, aber sie telefonieren nicht mit kleinen Kriminalbeamten. Die wenden sich direkt an Sie, Frau Ministerin. Umso mehr interessiert uns Ihre Antwort.«

Alle Augen waren erwartungsvoll auf die Ministerin gerichtet. Doch die ließ sich Zeit.

»Ob Sie es glauben oder nicht, ich bin eine große Verehrerin Maria Theresias. Angeblich lautete ihr Arbeitsmotto: Vertrauen ist der größte Ansporn, fehlt das, so fehlt alles. Ich bin zwar weit entfernt von sechzehn Kindern und vierzig Regierungsjahren, aber ich folge ebenfalls diesem Motto.« Die Ministerin sah die beiden direkt an, bevor sie weitersprach. »Preiss, Lenhart, Sie beide haben im Vertrauen auf meine Unterstützung Ihre Arbeit aufgenommen, und ich habe nicht vor, Ihr Vertrauen zu missbrauchen.«

Während sich die beiden Bundesheeroffiziere entspannt zurücklehnten, war Brigadier Fritsch sichtlich unwohl, aber ihm blieb nichts übrig, er musste die Entscheidung der Ministerin mittragen. Anders sah es bei Michael Lenhart und Sabine Preiss aus, die zwinkerten sich kurz zu, bevor Leutnant Preiss das Wort ergriff: »Frau Ministerin, verzeihen Sie, wenn ich die Frage von Michael wiederhole, aber was genau haben Sie den Anrufern gesagt?«

Mit einem zufriedenen Lächeln auf den Lippen antwortete die Ministerin: »Den Mitarbeitern der internationalen Einrichtungen habe ich mitgeteilt, dass ich nicht über jede Ermittlung in Österreich im Einzelnen informiert bin und sie sich doch im Rahmen der internationalen Kooperation gefälligst an die bestehenden Informationskanäle halten mögen. Meinen deutschen Kollegen fragte ich, ob denn nun Mord Ministersache wäre? Das scheint diesen kleinen Mann mit dem großen Ego und den zu engen Anzügen aus dem Konzept gebracht zu haben. Nachdem er das Gespräch kurz unterbrach, wahrscheinlich um sich von seinen BND-Einflüsterern neue Anweisungen geben zu lassen, kam er mit der Masche der Gefährdung eigner Ermittlungen. Ich frage mich, ob sich der Mann wenigstens die Schuhe selbst binden kann? Wie auch immer, ich habe ihm versichert, dass sich unsere Ermittlungen auf Österreich beschränken und Sie, Lenhart und Preiss, im Rahmen der internationalen Kooperation Ihre Erkenntnisse mit den deutschen Kollegen teilen werden, sofern es nicht unsere Ermittlungen beeinträchtigt oder das Leben unserer verdeckten Ermittler gefährdet.«

An Brigadier Fritsch gewandt, ergänzte die Ministerin: »Fritsch, die Kollegen der verschiedenen Behörden werden sich sicherlich noch bei der Mordkommission und bei Ihnen persönlich melden. Ich schlage vor, Sie sorgen dafür, dass die Mordkommission sich weiterhin aus der Sache raushält, und Sie, Fritsch, lassen die Damen und Herrn ruhig zappeln.«

Nervös richtete sich Brigadier Fritsch die Krawatte, ehe er antwortete.

»Bei der Mordkommission sehe ich kein Problem, aber wenn wir in dieser Sache nicht wenigstens pro forma kooperieren, kann das für uns recht ungemütlich werden.«

»Fritsch, ich weiß, Sie sind ein glänzender Administrator, kein Kämpfer. Das ist auch nicht Ihre Aufgabe. Lassen Sie sich etwas einfallen.«

Bevor Brigadier Fritsch antworten konnte, meinte Michael Lenhart: »Frau Ministerin, wie wäre es mit einer österreichischen Lösung, frei nach der von Ihnen erwähnten Maria Theresia?«

»Ist das wieder eines von Ihren Rätseln, Lenhart?«

»Nein, ganz im Gegenteil. Die Kaiserin war bekannt dafür, Auseinandersetzungen am Hof, zumal mit ihrem Sohn und Mitregenten, möglichst so zu gestalten, dass sie es war, die Ort und Zeit bestimmte. Daher schlage ich vor, Sie lassen die Flut der internationalen Begehrlichkeiten vorerst an der Wolf'schen Brandungsmauer abprallen. Ich bin sicher, der von mir sehr geschätzten Frau Wolf macht das nichts aus.«

Nervös und sichtlich gereizt erwiderte Dr. Fritsch: »Sind Sie noch bei Trost, Lenhart? Die Wolf ist meine rechte Hand und kennt das Ministerium wie ihre Westentasche, aber sie hat keine Ahnung von den internationalen Kooperationen und ihre Englischkenntnisse sind, gelinde gesagt, überschaubar. Damit würden wir uns nur lächerlich machen!«

»Fritsch, das entscheide ich«, antwortete die Ministerin. »Wir machen es so, wie vom Lenhart vorgeschlagen. Fritsch, Sie nehmen sich morgen frei und gehen auf Tauchstation. Alle Anrufe, auch die von Ihrem Mobiltelefon, werden auf den Anschluss von Frau Wolf umgeleitet. Wenn die hohen Damen und Herren in Brüssel oder sonst wo meinen, sie könnten mir Befehle geben, haben sie sich geschnitten, und es ist höchste Zeit, dass wir denen eine Lektion erteilen. So, und nun würde ich gerne ein paar Worte mit Ihrer Frau Wolf wechseln. Holen Sie sie bitte herein, Fritsch.«

Während sich alle anderen amüsiert ansahen, ging Brigadier Fritsch sichtlich wütend zur Tür, um seine rechte Hand zu holen. Diese kam herein und setzte sich nach einem Wink der Ministerin.

»Frau Wolf, inwieweit sind Sie über die Ermittlung der beiden und die Geschehnisse der letzten Tage informiert?«

»Ganz ehrlich? I weiß im Grund alles. I mein, der Chef, also der Herr Brigadier, sagt mir natürlich nur, was i für meine Arbeit wissen muss, aber i bin ja net dumm und kann ans und ans zusammenzähln. A Leich, der die Leber fehlt, der D-Trakt eingebunkert, die geheimen Herrn vom Bundesheer in Zivil und a Ministerin, die alle Minuten anruft. Da san zwei nette Kollegen einer internationalen Organmafia auf die Zehn gestiegn, und des Gsindl hat anscheinend auch noch Unterstützung von irgend an Dienst, an geheimen. Ja, i schätz, so schaut's aus. Oda irr i mich?«

Lachend meinte die Ministerin: »Nein, Sie irren sich nicht, und nun habe ich eine große Bitte: Der Herr Brigadier ist morgen und eventuell am Montag in einer dringenden Angelegenheit unabkömmlich und auch telefonisch nicht zu erreichen. Sie müssten alle eingehenden Anrufe übernehmen und notieren.«

»Sicher, ka Problem, des mach ich ohnehin den ganzn Tag.« Bis sie plötzlich innehielt. »Ah, jetzt versteh i, Sie wolln denen a Lektion erteilen. So a Art Retourkutschn. Aber sicher! Bleibt die Frage, wie deppat soll i mi stelln?

Mei Englisch is sicher nicht eins a, aber wenn's wolln, kanns a no schlechter sein. Und die I/9er, Internationale Angelegenheiten, tun ma damit erst gar nicht befassn, richtig?«

»Frau Wolf, ich beneide den Fritsch um Sie. Genau so habe ich mir das vorgestellt. Aber nicht übertreiben und notieren Sie sich bitte alles ganz genau.«

»Sicher, wenn's is, kann i des Mauern durchaus mit a bissl an Wiener Scharm würzen. Und danke für die Rosen! Außer dem Lenhart und der Preiss hat ma in letzter Zeit niemand a Kompliment gmacht.«

»Wunderbar, ab sofort gehören Sie zum Team, Frau Wolf. Fritsch, mit Ihnen muss ich im Anschluss noch unter vier Augen sprechen. Sie werden in Ihrer Tauchstation nicht untätig sein. Nun zum Bundesheer: Meine Herren, Ihre Berichte, bitte.«

Wie beim Militär üblich, antwortete dem Rang entsprechend zuerst Generalmajor Kollnig.

»Frau Ministerin, in gewisser Weise bin ich nur der Bote von Frau Hairer. Sie hat sich in Neulengbach auf die Suche nach möglichen Empfängern illegaler Organe in Österreich gemacht. Außerdem soll ich Ihnen, Kollege Fritsch, ausrichten, dass sie seit Mittwoch keine Tagessätze mehr verrechnet, sondern die Jagd, wie sie es nannte, als persönliche Herausforderung betrachtet. Mit ersten Ergebnissen, wie auch immer diese aussehen werden, müssen wir jederzeit rechnen.«

»Wie sieht es bei Ihnen aus, Oberst Fenner?«

»Der Personenschutz steht, rund um die Uhr. Zwei mögliche Angreifer sind identifiziert, allerdings müssen wir davon ausgehen, dass unsere Gegner über mehr hochkarätiges Personal verfügen. Das gilt auch für die möglichen Mittel und Taktiken unserer Gegner. In Wahrheit tappen wir hier im Dunkeln und versuchen, uns auf das Schlimmste vorzubereiten.«

»Und das Schlimmste wäre ein Attentat auf die beiden?«

»Korrekt, allerdings müssen wir mit allem rechnen, von versteckten Sprengfallen bis hin zu Distanzschüssen.«

»Nicht ganz, Herr Oberst«, meldete sich Michael Lenhart zu Wort. »Das Schlimmste wäre die bewusste Herbeiführung oder Inkaufnahme von Kollateralschäden.«

Schlagartig wurde die bis dahin optimistische Stimmung düster.

»Eine False Flag Operation? Wenn du das in Betracht ziehst, dann müssen wir ihnen aber ordentlich lästig geworden sein.«

»Ja, Sabine. Das wäre für mich der logische Schluss. Dank Ihnen, Frau Ministerin, können sie uns nicht still aus dem Verkehr ziehen, gleichzeitig müssen sie unsere Ermittlungen stoppen, um ihre illegale Organ-Pipeline zu behalten, sowie möglichst falsche Spuren legen, um nicht selbst erwischt zu werden. Ja, wir müssen mit Kollateralschäden und unschuldigen Opfern rechnen. Ganz ehrlich, wäre ich in deren Position, ich würde es so machen. Kühl kalkulieren, brutal zuschlagen und alles Dritten in die Schuhe schieben.

Wir dürfen nicht vergessen, jene rechtlichen und ethischen Normen, die unser Handeln leiten, sind für diese Gegner irrelevant. Sie werden diese höchstens als Hemmnisse unsererseits in ihre Planung mit einbeziehen. Ja, wir müssen auch mit Kollateralschäden, mit unschuldigen Opfern rechnen. Daher nochmals meine Frage: Frau Ministerin, stehen Sie nach wie vor zu Ihrer Entscheidung? Ich fürchte, die Sache wird nicht ohne Blutvergießen enden.«

Für einige Sekunden herrschte gespannte Stille, während die Ministerin allen der Reihe nach in die Augen sah, bevor sie antwortete.

»Lenhart, auch ich folge mitunter der Logik. Wenn wir jetzt klein beigeben, sterben weiterhin unschuldige Menschen durch Organraub. Uns bleibt also gar nichts anders übrig.

Und Sie beide, Preiss und Lenhart, ich werde Ihnen nie vergessen, dass Sie bewusst dieses hohe persönliche Risiko eingehen. Fenner, tun Sie alles, um die beiden zu schützen, und achten Sie auf mögliche kollaterale Opfer, so schwer das angesichts der Faktenlage auch sein mag.

Ganz abgesehen davon: Das Fundament eines jeden Rechtsstaates ist der Grundsatz der Gleichheit vor dem Gesetz. Wenn wir den aufgeben, geben wir den Staat auf. Mag sein, dass es verschiedene Kollegen anders sehen, aber ich betrachte Politik weder als Kinderjause noch als Dauerkompromiss. In diesem Sinne: Lassen Sie uns diese Verbrecher schnappen. Das sind wir den Opfern schuldig, und uns selbst.«

Damit war die Besprechung beendet.

Freitag, 9.00 Uhr,
Hotel Imperial, Wien

Wie recht doch Orwell mit seiner Charakterisierung der Schweine in ihren Augen hatte. Wenn Dr. Eva Vekete etwas hasste, dann waren es selbstgefällige Regierungsmitarbeiter. Sie weckten in ihr die Erinnerung an eine karge Kindheit unter den Kommunisten, die sich zynischerweise zuerst Partei der Ungarischen Werktätigen und ab 1956 Ungarische Sozialistische Arbeiterpartei nannte. Diese Zeit hatte sie nur als Kind miterlebt, aber die Aversion gegen die oft überheblichen und allmächtigen Bonzen saß tief. Als hätten diese Funktionäre jemals gearbeitet oder ein persönliches Risiko auf sich genommen.

Dieses kindliche Gefühl der Machtlosigkeit gegenüber einem undurchdringlichen Regime hatte sich tief in ihre Seele gebrannt. Als sie gestern am Abend das Telefon abhob, hatte genau diese Ohnmacht wieder schlagartig von ihr Besitz ergriffen, zumindest für einen Augenblick.

Sie wusste von Andrés Kontakt zu einem französischen Geheimdienst, aber bisher hatte sich dieser nie an sie gewandt, alles war über André gelaufen. Bis zu diesem Anruf. Nun war aus einer Option, einem Planspiel, ein Mordauftrag geworden. Bis Mitternacht hatte sie mit ihrem Wiener Team verschiedene Varianten besprochen, allerdings ergebnislos. Nun saß sie müde und frustriert in ihrer Suite im Hotel Imperial, starrte auf die vor ihr ausgebreiteten Unterlagen und wartete.

Pünktlich um 9.30 Uhr trafen die beiden Mitarbeiter des Wiener Teams gefolgt von einem weiteren Zweimannteam aus Deutschland ein. Im Gegensatz zu ihr wirkten ihre Mitarbeiter optimistisch und fokussiert. Nachdem auch Tamás über eine Videoleitung zugeschaltet war, konnte die Einsatzbesprechung beginnen.

»Meine Herren, ich hoffe, Sie hatten in der vergangenen Nacht eine Eingebung. Ich, ehrlich gesagt, bin ratlos.«

»Nun, Frau Doktor, das hier ist auch nicht Ihr Metier, sondern unseres«, antwortete Wien 2. »Vorausgesetzt, die Pläne der Gebäude stimmen und wir bekommen die nötige Ausrüstung, können wir den Auftrag ausführen. Allerdings ist das Risiko beträchtlich. Wir halten daher eine Prämie für unumgänglich.«

Geld, hier fühlte sich Dr. Vekete wieder auf sicherem Terrain.

»Damit habe ich gerechnet. Wenn Sie diesen Auftrag erfolgreich ausführen, das heißt, die beiden Polizisten eliminieren und die Ermittlungsergebnisse vernichten, bekommt jeder von Ihnen 500 000 Euro.«

»Wie Sie sich denken können, haben wir uns intern abgesprochen. Mit den 500 000 pro Mann sind wir einverstanden, die Hälfte sofort, die andere nach erfolgreichem Abschluss. Sollten wir Erfolg haben, aber einer von uns bei diesem Einsatz getötet werden, bekommt er seine zweite Hälfte postum. Auch wenn wir nicht verheiratet sind und keine eigenen Kinder haben, so haben wir für diesen Fall doch Vorkehrungen getroffen. Einverstanden?«

»Ja, einverstanden, und nun würde ich gerne wissen, wir Ihr Einsatzplan aussieht.«

Weiterhin ruhig und überlegt nahm Wien 2 einen Schluck Kaffee und schüttelte leicht den Kopf.

»Frau Doktor, ich meine genau, was sich sage. Unsere Vereinbarung basiert auf dem Wort ›sofort‹. Sobald Sie das Geld überwiesen haben, erklären wir Ihnen, wie wir die Sache durchziehen.«

Ein paar Minuten später waren die vier Überweisungen getätigt.

»So, meine Herren, ich habe die Gelder express an die von Ihnen genannten Konten überwiesen, können wir nun endlich mit unserer Arbeit beginnen?«

Wien 2 warf einen Blick auf sein Smartphone und hob ganz leicht die Hand. »Einen Moment bitte, ich aktualisiere gerade den Kontostand. Gut, bei mir ist das Geld eingegangen.«

Nach einem kurzen Nicken der drei anderen Ex-Soldaten fuhr Wien 2 fort.

»Damit komme ich zu den vorhin genannten Prämissen: Pläne und Ausrüstung. Tamás, sind die Pläne der Gebäude auf dem letzten Stand?«

»Ja, ich habe sie direkt vom Innenministerium besorgt. Die letzte Aktualisierung erfolgte gestern. Ich würde sagen, noch aktueller geht es nicht.«

»Was hat es mit dem D-Trakt und den Sicherheitsmaßnahmen auf sich? Warum sitzen die beiden Zielpersonen ausgerechnet dort?«

»Laut den internen Vermerken eines Brigadier Fritsch ist das eine Übergangslösung. Der D-Trakt ist eine Luxuswohnung für Führungskräfte der Europäischen Union, konnte jedoch wegen Problemen mit der Klimaanlage nicht bezogen werden.«

»Wie auch immer, wie sieht es mit der Ausrüstung aus?«

Hier war wieder Dr. Vekete gefragt.

»Ich kann nur wiederholen, was mir mitgeteilt wurde. Erweiterte Infanteriebewaffnung plus Pionierkomponenten. Man meinte, Sie wüssten dann schon, was das bedeutet.«

»Ja, das wissen wir. Aber das ist keine Basis für eine konkrete Einsatzplanung. Wir haben daher eine Art Einkaufsliste zusammengestellt. Wenn uns Ihre Quelle diese Ausrüstung liefern kann, gut. Wenn nicht, müssen wir wieder von vorn anfangen. Uns ist klar, dass Sie mit den Abkürzungen nicht viel anfangen können, aber Ihr Auftraggeber wird wissen, was gemeint ist.«

Doktor Vekete nahm die Liste und runzelte die Stirn.

- 4 Stück Steyr AUG A3 SF oder Steyr AUG Z inklusive Kahles K16i-Optik
- 4 Glock 17
- dazu Munition Kaliber 9 x 19 mm und 5,56 × 45 mm NATO
- Polizei-Uniform für einen Oberleutnant oder Hauptmann
- Drei Einsatzoveralls und Einsatzstiefel, jeweils mit dem vollen Equipment wie Pfefferspray, Handschellen und Handschuhe für zwei Revierinspektoren und einen Gruppeninspektor, ebenfalls mit Größenangaben
- Blend-, Tränengas und Splittergranaten, nach Möglichkeit HG-85 Fragmentgranaten
- Abhörsicheres Komm-Set inklusive Scanner für den Polizeifunk

- Zwei Panzerminen mit Zeitzünder
- 4 Stück FFV AT4, zwei mit HEAT- sowie zwei mit HE-Geschossen
- Ein VW-Touareg, neutral mit Polizeikennzeichen, Sirene und Magnetblaulicht
- Ein Skoda-Octavia, neutrale Kennzeichen mit Sirene und Magnetblaulicht
- Gefälschte Lieferaufträge der EBA für die Antikorruptionsabteilung

Ihr Mitarbeiter hatte recht, die meisten Bezeichnungen und Abkürzungen waren ihr ein Rätsel. Sie fotografierte die Liste und schickte sie nach Paris. Kurz darauf meldete sich ihr DGSE-Kontakt.

»Madame, wie ich sehe, waren Ihre Mitarbeiter fleißig. Doch Sie werden verstehen, bevor ich mich zu dieser, nennen wir es Wunschliste, äußern kann, muss ich Näheres über das Einsatzszenario wissen.«

Widerwillig antwortete Dr. Vekete: »Nachdem ich Ihren Namen nicht kenne, nenne ich Sie der Einfachheit halber Paris. Den Plan sollen Ihnen meine Mitarbeiter selbst erklären. Wien 2, Sie sind dran.«

Wie immer auf das Notwendigste beschränkt, erläuterte Wien 2 den Plan.

»Drei Mann verschaffen sich, als Polizisten verkleidet, Zugang zur Antikorruptionsabteilung. Der Auftrag lautet: Übergabe streng vertraulicher Unterlagen. Diese Abteilung des Innenministeriums befindet sich gegenüber dem D-Trakt. Die Mitarbeiter sind Schreibtischtäter und werden mittels Taser ausgeschaltet. Von dort aus nehmen wir die Ziele mit den FFVs unter Beschuss. Ein HEAT-Geschoss gegen den Tresor und zwei HE-Geschosse gegen die weichen Ziele. Zum Abschluss eventuell ein zweites HEAT-Geschoss gegen eine der Limousinen im Innenhof. Rückzug mit den auf der Liste angeführten Zivilfahrzeugen. Als Ablenkung zünden wir die Minen bei Polizeistationen.«

»Interessant. Meines Wissens galt ein direkter Angriff bislang als ausgeschlossen. Was hat Sie zu diesem Meinungsumschwung bewogen?«

»Die geänderten Parameter. Zuerst ging es nur um eine möglichst unauffällige Extraktion von zwei Zielpersonen. Die neuen Vorgaben haben eher den Charakter einer militärischen Kommando-Operation.«

»Verstehe. Bleibt noch die Frage des Rückzuges und der anderen Ausrüstungswünsche.«

»Netter Versuch, aber wie wir uns zurückziehen, geht niemanden etwas an. Die Handfeuerwaffen gehören zur Standardausrüstung der Polizei, sind also Tarnung und Selbstschutz.«

»Ich wusste nicht, dass Handgranaten bei der Wiener Polizei üblich sind.«

»Sehen Sie die als Ultima Ratio. Sollten wir tatsächlich in Bedrängnis geraten, fegen uns die Dinger die Straße leer und sorgen für Chaos.«

»Gut, lassen wir es dabei. Beim Material sehe ich keine gravierenden Probleme. Wie schnell könnten Sie diese Aktion umsetzen?«

»Binnen 36 Stunden nach Lieferung. Den genauen Zeitpunkt behalten wir uns vor.«

»Ich verstehe. Sie vertrauen niemanden. Wie auch immer, ich werde Ihren Vorschlag intern besprechen und melde mich im Laufe des Vormittags.«

Damit war die Verbindung mit Paris grußlos beendet.

Wien 2 machte ungerührt weiter.

»Tamás, bis wann bekommen wir unsere neuen Identitäten?«

»Montag, ihr bekommt deutsche Personalausweise. Die kann ich selbst produzieren und die Daten ins System einspielen. Vernünftige Pässe zu besorgen ist in der kurzen Zeit nicht möglich.«

»Personalausweise genügen vorerst. Wie sieht es mit dem Polizeifunk aus?«

»Die Frequenzen haben wir, ihr könnt alles mithören. Im Notfall kann ich ihn vielleicht auch kurzfristig lahmlegen, aber wie gesagt, nur für ein paar Minuten.«

»Verkehrsleitsysteme?«

»Daran arbeite ich noch. Allerdings sind die besser abgesichert als gedacht, und mir fehlt schlicht die Zeit, neben all den anderen Aufgaben.«

»Verstanden. Der Polizeifunk hat Priorität. Das ist von unserer Seite alles. Frau Dr. Vekete, geben Sie uns Bescheid, sobald wir von Paris grünes Licht bekommen. Wir haben noch einiges vorzubereiten.«

»Natürlich. Aber was ist mit euch anderen? Ihr habt keinen Ton gesagt.«

Wien 1 antwortete mit einem Schulterzucken.

»Es genügt, wenn einer redet.«

»Verstehe, und was ist meine Aufgabe?«

»Nur der Kontakt zu Paris, mehr nicht. Wir haben uns einen kleinen Konferenzraum gemietet und sind bis 12.00 Uhr hier im Hotel.«

»Als Telefonvermittlung habe ich mich noch nie gesehen.«

»Seien Sie froh, naive Helden landen für gewöhnlich schnell auf dem Friedhof. Das wird kein Spaziergang.«

»Eine Frage noch: Warum haben Sie Paris den Zeitpunkt sowie Ihren Rückzugsplan verschwiegen?«

»Lose Enden werden für gewöhnlich abgeschnitten.«

»Sie meinen, Paris würde Sie exekutieren?«

»Sicher, wenn sie es für notwendig erachten. Sie, Frau Doktor, sind zu wichtig, wir hingegen sind in deren Augen nur ehemalige Soldaten, entbehrlich.«

Wien 2 stand auf und gab damit das Zeichen zum Abmarsch. Mit einem Kopfnicken verabschiedeten sich die vier und Dr. Vekete war wieder alleine in ihrer Suite. Seit dem Befehl aus Paris waren ihre Mitarbeiter wie ausgewechselt. Kein Lächeln mehr, keine Scherze. Als hätten sie einen Schalter in ihrem Gehirn umgelegt. Dr. Vekete beglückwünschte sich innerlich dazu, ehemalige Elitesoldaten angeheuert zu haben.

Freitag, 10.30 Uhr, DGSE-Zentrale, Boulevard Mortier, Paris

»Nun, mein junger Freund, Sie kennen den Einsatzplan der Extraktionsexperten und jenen unserer eigenen Leute. Wie lautet Ihre Einschätzung?«

»Monsieur Colonel, erlauben Sie mir zuerst eine Frage?«

»Gewiss doch, mein junger Freund, nur zu.«

»Warum haben Sie sich nicht wie bisher an Lausanne gewandt, sondern wählten den direkten Weg zu Frau Dr. Vekete?«

»Sehr gut beobachtet! Es freut mich, dass Sie schon so viel von mir gelernt haben. Die Antwort liegt in der Natur des Menschen und dessen Hang zur Macht. Hätte ich mich wie gewohnt an unseren verehrten Doktor in Lausanne gewandt, könnte dieser auf die Idee kommen, sich als ebenbürtiger Gesprächspartner zu fühlen. Wende ich mich jedoch durch Sie als Sprachrohr an seinen entzückenden Todesengel, durchbreche ich die bisherigen Gepflogenheiten und zeige ihm, wer tatsächlich das Sagen hat. Lesen Sie Machiavelli, mein junger, ehrgeiziger Freund. Doch nun genug der Lehrstunde, meine Zeit ist begrenzt. Wie lautet Ihre Einschätzung?«

»Monsieur Colonel, meiner bescheidenen Meinung nach würde ich auf das Team der verehrten Frau Doktor setzen. Der Plan ist plausibel, das notwendige Material können wir binnen 48 Stunden spurlos zur Verfügung stellen, und sie hat ihre Mannschaft bereits vor Ort. Auch das Risiko ist bei einem Einsatz Dritter wesentlich geringer. Hier gibt es nicht die kleinste belastbare Spur zu uns. Aber wie gesagt, die Entscheidung liegt in Ihren erfahrenen Händen und in jener des Herrn Minister, nehme ich an.«

Wie immer an seinen Manschetten zupfend, antwortete der Colonel: »Nicht ganz, mein junger Freund. Den Herrn Minister werden wir nicht involvieren. In solch delikaten Fällen muss die hohe Politik immer eine Möglichkeit haben, glaubwürdig zu leugnen, das hat sich hundertfach bewährt. Schließlich ist die Rolle der Politik die der Darstellung und meine die der Entscheidung. Doch vorher gilt es noch ein paar Fragen zu klären. Wie weit sind Sie mit Ihrer Ablenkungsgeschichte?«

»Sehr wohl, Monsieur Colonel. Mit der Reichsbürgerbewegung machen wir rasch Fortschritte. Auf Wikipedia haben wir einen neuen Beitrag über die Verbindung zwischen dem One People's Public Trust, dem Staatenbund Österreich und eben der deutschen Reichsbürgerbewegung eingespielt, verlinkt mit einigen präparierten Quellen. In diesem Zusammenhang habe ich mir erlaubt, zwei Vertreter dieser deutschen Alternativpartei als Sympathisanten anzugeben. Dazu arbeiten wir gerade an Darknet-Beiträgen und an einer Landingpage. Letztere liegt praktischerweise auf einem Server in Russland. Auf dieser Seite werden wir auch ein Bekennerschreiben verlinken. Der Tenor aller Maßnahmen geht eindeutig in Richtung Großdeutsches Reich. Wenn Sie es für zielführend erachten, Monsieur Colonel, können wir auch noch eine Dosis Vatikan und Antisemitismus dazugeben.«

Gönnerhaft lächelnd legte der Colonel die gespreizten Fingerspitzen aneinander, bevor er sich an seinen Assistenten wandte.

»Wie ich sehe, habe ich mich in Ihnen nicht getäuscht, ausgezeichnet. Sowohl der Seitenhieb auf Deutschland als auch jener auf Russland zeugen von Umsicht und Fantasie. Aber wir wollen es nicht übertreiben. Lassen Sie den Vatikan vorerst weg. Ob und welche Komponenten wir in diese Geschichte noch einfügen, entscheide ich zu gegebener Zeit.

Die nächste Frage ist eine grundsätzliche und sollte Ihnen in Fleisch und Blut übergehen. Wie sieht es mit den losen Enden aus?«

»Sehr wohl, Monsieur Colonel. Danke für den Hinweis. Ihr Einverständnis vorausgesetzt, würde ich jenes Team darauf ansetzen, das einen Alternativplan erstellen sollte. Die Lee-Harvey-Oswald-Variante einer raschen Neutralisierung scheidet in diesem Fall leider aus. Doktor Veketes Männer sind zu vorsichtig und lassen sich nicht in die Karten schauen. Sowohl Einsatzzeitpunkt als auch Rückzugsstrategie sind uns nicht bekannt. Wir müssen uns daher ein wenig gedulden. Aber wir haben alle vier in der Datenbank, sie können uns nicht entkommen.«

»Das macht nichts, ganz im Gegenteil. Deren Misstrauen uns gegenüber werte ich als ein Zeichen von Professionalität, und die erhöht meiner Erfahrung nach die Erfolgsaussichten. Außerdem ist mir eine stille Beseitigung zu einem späteren Zeitpunkt außerhalb Österreichs lieber.«

»Sehr wohl, Monsieur Colonel.«

»Gut, mein junger Freund. Bleibt die Frage des Zeitplanes.«

»Das Material können wir, wie gesagt, binnen 48 Stunden liefern. Die beiden Autos besorgt unser Kollege von der Botschaft in Wien. Das heißt, Dienstag, spätestens Mittwoch, falls es Verzögerungen geben sollte, sind die Wiener Organermittlungen Geschichte. Ab dann ist es vorbei mit der Walzerfröhlichkeit auf der Insel der Seligen. Das rechte Gespenst feiert Wiederauferstehung in Form der Reichsbürger.«

Seine Fingernägel betrachtend, widersprach der Colonel: »Vorsicht, mein junger Freund. Zynismus ist mitunter die dunkle Schwester der Überheblichkeit und Letztere können wir uns in unserem sensiblen Metier nicht leisten. Aber lassen wir das. Ich teile Ihre, sagen wir, etwas ungestüme Einschätzung. Bleibt noch die Frage der Tonspur. Haben Sie an diese gedacht?«

»Ja, Monsieur Colonel. Aber Dr. Veketes Männer sind sehr wachsam, um nicht zu sagen, misstrauisch. Es hat nur ein Mann gesprochen, und das Signal war elektronisch verzerrt, wir konnten es nicht zuordnen.«

»Nun, das macht nichts. Sie sind noch nicht über unsere aktuellen technischen Möglichkeiten, die uns freundlicherweise unsere Kollegen aus Crypto City zur Verfügung gestellt haben, informiert. Setzen Sie sich mit Frau Dr. Vekete in Verbindung und sagen Sie ihr, wir müssen mit ihren Mitarbeitern sprechen, bevor wir ihr die Erlaubnis erteilen können.«

Einige Minuten später stand die Verbindung mit Wien und der Colonel übernahm das Gespräch.

»Nun, meine sehr verehrte Frau Doktor, wir halten Ihren Plan durchaus für reizvoll und können uns grundsätzlich vorstellen, dass wir Ihnen das dafür benötigte Material zur Verfügung stellen, allerdings muss ich darauf bestehen, vorher mit Ihren Mitarbeitern zu sprechen. Die Herren hören zu?«

»Ja, sie sind hier. Ich nehme an, Sie sind der Vorgesetzte von jenem unbekannten Mann, mit dem wir es bisher zu tun hatten?«

»Um es mit der gebührenden Bescheidenheit auszudrücken, verehrte Frau Doktor, ich bin derjenige, der die Last der Entscheidung zu tragen hat. Nun zu Ihren Mitarbeitern, ich würde sie gerne sprechen.«

Dr. Vekete zuckte die Schultern und sah zu Wien 2.

»Wir sind hier, aber Sie erwarten doch nicht, dass wir uns mit Name und Adresse melden?«

»Aber nein, meine Herren. Das wäre unprofessionell. Es geht mir einzig darum, einen persönlichen Eindruck zu gewinnen, mehr nicht.«

»Und Sie wollen mit jedem von uns sprechen, korrekt?«

»Richtig. Sofort am Punkt, knapp und präzise. Daran erkennt man den wahren Profi, um nicht zu sagen Militär, oder vielmehr Ex-Militär. Bevor ich unsere kleine Unterhaltung mit Ihren drei Kollegen fortsetze, noch eine Frage: Warum wünschen Sie ausgerechnet HG-85 Fragmentgranaten?«

»Schweizer Präzisionsarbeit, minimale Ausfallsrate, maximale Wirkung.«

»Sehr schön, das habe ich mir fast gedacht. Nun zu Ihren Kollegen. Mit wem habe ich das Vergnügen?«

Nach einem Wink von Wien 2 meldete sich Wien 1.

»Hier Nummer 2.«

»Sehr schön, Nummer 2. Sie haben auf Ihrer Liste zwei Fahrzeuge vermerkt. Warum wünschen Sie sich namentlich diese Fahrzeugtypen in genau dieser Ausstattung?«

»Beide sind bei der österreichischen Polizei im Einsatz und gleichzeitig weitverbreitet. Die fallen nicht auf. Die genaue Spezifikation hat mit unserer Detailplanung zu tun, dazu gibt es keinen Kommentar.«

»Natürlich, Nummer 2. Ihre Vorsicht zeugt von solider Planung, das gefällt mir. Nun zu Ihnen, Nummer 3.«

Widerwillig meldete sich der erste Mann des Deutschen Teams zu Wort.

»Hier Nummer 3.«

»Sehr schön. Angenommen, ich könnte Ihnen das gewünschte Material innerhalb von 96 Stunden liefern, in welchem Zeitfenster könnten Sie die Aktion durchziehen?«

»Binnen 36 Stunden. Sollten Sie mehr als 96 Stunden benötigen, steigt die Wahrscheinlichkeit für notwendige Adaptionen des Planes.«

»Selbstverständlich. Andererseits: angenommen, Sie bekommen Ihr Material bereits binnen 48 Stunden, können Sie Ihr Einsatzzeitfenster einengen?«

»Negativ.«

»Bleibt noch Nummer 4. Könnten Sie sich grundsätzlich vorstellen, nach dem erfolgreichen Abschluss Ihres Abenteuers in Wien, weitere derartige Aufträge auszuführen?«

»Negativ.«

»Ist dieses Nein ein kategorisches?«

»Positiv.«

»Wären Sie so freundlich, mir den Grund dafür zu nennen?«

»Never do business with the government.«

»Das klingt ein wenig verbittert, aber gut. Noch eine letzte Frage: Auf Ihrem Wunschzettel stehen auch zwei

Panzerminen. Warum bauen Sie sich Ihre Sprengsätze nicht selbst?«

»Wozu etwas bauen, wenn es einsatzerprobtes Material gibt?«

»Verstehe. Meine Herren, liebe Frau Dr. Vekete, Sie bekommen die Ausrüstung binnen 48 Stunden, und binnen 84 Stunden erwarte ich mir einen erfolgreichen Abschluss. Das wäre alles.«

Damit war die Verbindung mit Wien grußlos beendet. Zufrieden lächelnd musterte der Colonel seinen Mitarbeiter.

»Mein junger Freund, Sie werden sehen, ob verzerrt oder nicht, bei zumindest zweien reichen uns diese paar Sätze. Sie müssen wissen, unser neues Spielzeug analysiert Sprache nach unglaublich vielen Parametern und filtert so ein unverwechselbares Muster heraus. Wann auch immer diese Männer wieder zum Telefon greifen, unsere Computer werden sie finden. Der Rest ist dann Routine und diese kann ich beruhigt Ihnen überlassen. Meiner Erfahrung nach werden diese vier Männer die nächsten zwei bis drei Monate nicht überleben. Betrachten Sie das als Auftrag. So, Sie haben für heute genug gelernt. In Summe bin ich sowohl von Ihrem Engagement als auch von Ihrer Auffassungsgabe durchaus angetan. Das wäre vorerst alles, Sie können gehen.«

Zurück in seinem Büro ballte der junge Assistent wütend beide Fäuste. Dieser aufgeblasene, selbstgerechte Schreibtisch-007 erdreistete sich, ihm Überheblichkeit vorzuwerfen, ausgerechnet. Er wusste genau, ging bei dieser Aktion etwas schief, würde seine bisher steile Karriere jäh in einen Sturzflug übergehen, während bei einem

Erfolg der Colonel strahlen würde. So weit durfte es nicht kommen. Er musste sich etwas überlegen, rasch.

Im Imperial versuchte sich Dr. Vekete währenddessen auf ihre Arbeit zu konzentrieren. Bis Dienstag würde sie in Wien bleiben, um bei der Bereinigung dieser verdammten Auferstehung dabei zu sein, wenn auch nur als Statistin. Dann würde sie zur nächsten Extraktion aufbrechen. Ärgerlich, ausgerechnet ein Herz für einen Empfänger aus dem Dunstkreis der Pariser Schlapphüte.

In Augenblicken wie diesen fragte sie sich, ob ein weniger aufregender Job, beispielsweise als Landärztin im bezaubernden Tessin, nicht doch die bessere Wahl gewesen wäre. Andererseits, den ganzen Tag mit übergewichtigen Hypertonikern, inkontinenten Geriatrikern, wehleidigen Teenagern und mühsamen Kassenabrechnungen zu verbringen war auch nicht gerade verlockend.

Nein, dieses lästige Intermezzo in Wien war bald überstanden und dann konnte wieder die gewohnte Routine ihren Alltag bestimmen. Ganz abgesehen von dem enormen Potenzial, das ihre Tätigkeit bot. Genüsslich ließ sie ihre Gedanken schweifen. Eine zweite Klinik in Bulgarien oder, noch besser, in der Ukraine und in einem weiteren Schritt eine Art Franchise für das Faktor-95-System. Spätestens ab dann musste sie sich nicht mehr selbst die Hände schmutzig machen, konnte bei ihrem André in Lausanne bleiben, eine Familie gründen und sich voll und ganz auf den wissenschaftlichen Bereich konzentrieren. Selbst eine Mehrfachverwertung von Extraktionsopfern wäre dann auf Basis einer Art Teilebörse möglich.

Samstag, 5.15 Uhr, Wohnung Dr. Lenhart, Wien-Währing

Michael Lenhart stand im Morgenmantel vor dem Plattenregal und überlegte, mit welcher Musik er das Wochenende beginnen wollte. Zuerst griff er nach einer Aufnahme von Ravels Boléro, schob die Platte dann aber doch zurück ins Regal. Beim Gedanken an Ravels Musik tauchte vor seinem inneren Auge Sabine Preiss auf, ihre anmutig elastischen Bewegungen, ihre wachen Augen, ihr Lächeln. Weiße Lilien?, dachte Michael Lenhart. Nein, eher nicht. Oder vielleicht auch nur noch nicht? Die innere Unruhe seines Herzens gedachte er mit ruhigerer Musik zu besänftigen. Seine Wahl fiel schließlich auf Johann Sebastian Bachs Orchestersuite Nr. 3.

Nachdem er dem kurzen Stück Bachs mit geschlossenen Augen gelauscht hatte, griff er zur *Nikomachischen Ethik* des Aristoteles. Eudaimonie, Glückseligkeit. Wie sollte er seinen Weg zur Glückseligkeit finden, angesichts einer Gruppe von Killern, die ihm nach dem Leben trachteten, und einer Kollegin, die ihn weit mehr beschäftigte, als er sich anfangs einzugestehen bereit war? Mal sehen, vielleicht half ihm sein geistiger Ziehvater dabei. Mehr als ein Absatz ging sich jedoch nicht aus. Martina Hairer war am Telefon.

»Servus, Martina, was verschafft mir dieses frühe Vergnügen?«

»Hallo, Michael, tut mir leid, wenn ich dich geweckt habe. Ich muss mit dir und Sabine reden. Wir stecken fest.«

»Du meinst die Suche nach möglichen Empfängern illegal entnommener Organe?«

»Genau. Uns allen hier raucht schon der Kopf, und ich fürchte, wir sehen den Wald vor lauter Bäumen nicht mehr.«

»Gern. Bist du noch im Bunker?«

»Ja. Seitdem wir mit der Jagd begonnen haben, bin ich hier nicht mehr herausgekommen.«

»Ich gebe meinen Beschützern Bescheid und mache mich auf den Weg. Hast du Sabine schon angerufen?«

»Nein, Lenhart kommt im Alphabet vor Preiss.«

»Dann tu das. Ich nehme an, Sabine hat sich für das Wochenende nichts Wichtiges vorgenommen.«

Gut eine Stunde später saßen Sabine Preiss und Michael Lenhart der sichtlich müden Mathematikerin gegenüber. An ihrer Seite, ebenfalls mit erkennbaren Ringen unter den Augen, Rainer Fussenegger.

»Martina, Wald und Bäume hast du am Telefon gesagt. Woran scheitert der Durchblick?«

»An den vielen Bäumen, denke ich. Aber vorerst etwas anderes: Wie seid ihr hergekommen?«

»Mit dem wahrscheinlich sichersten Taxidienst des Landes, warum?«

»Weil wir etwas übersehen haben. Zu eurem Kollegen in Bayern bist du mit einem Dienstwagen gefahren. Ich bin sicher, der wird auf die eine oder andere Art überwacht. Wenn die dein Auto dort bemerkt haben, haben sie auch deine Fahrt hierher verfolgen können.«

»Unser bayerischer Kollege hat dafür gesorgt, dass die Nummerntafeln abmontiert wurden, rechtzeitig, wie ich hoffe.«

»Das genügt nicht. Die haben Zugriff auf die Autobahnüberwachung und die Navi-Daten. Wir müssen damit rechnen, dass die wissen, dass ihr heimlich Unterstützung vom Bundesheer bekommt.«

»Mag sein. Aber das ändert jetzt nichts mehr. Wir sind ohnehin in deren Fadenkreuz. Auf jeden Fall wissen sie nicht, dass wir jetzt hier sind. Bei unseren Diensthandys haben wir die Akkus herausgenommen und die Fahrzeuge des Jagdkommandos passen zu dieser Anlage.«

»Michael hat recht, Martina«, meinte Sabine Preiss. »Lass uns zurück zu den Bäumen kommen. Warum kommt ihr hier nicht weiter?«

»Einverstanden. Wir sind im Grunde so vorgegangen wie unsere Gegner, allerdings mit vertauschtem Vorzeichen. Wir haben also nicht nach potenziellen Spendern gesucht, sondern jene ausgefiltert, deren Daten auf eine notwendige Transplantation hinweisen. Nachdem wir diese Gruppe herausgefiltert haben, sind wir deren Medikamente durchgegangen, um zu sehen, ob uns diese irgendeinen Hinweis geben, ohne Erfolg. Dann haben wir die Parameter immer wieder verändert, aber das Ergebnis war jedes Mal eine Sackgasse. Ich bin sicher, wir stehen kurz vor einem Durchbruch, stellen aber die falschen Fragen. Nicht unsere Programme sind fehlerhaft, es ist unser Denken. Peinlich, aber wahr.«

Michael Lenhart trank sein Glas Wasser aus und stand auf.

»Rainer, wie groß ist das Gelände hier?«

»Rund zwanzig Hektar, warum fragst du?«

»Weil der Herr Professor am liebsten beim Gehen denkt und in diesem Fall gebe ich ihm recht. Ihr beide braucht dringend frische Luft«, erklärte Sabine Preiss.

Ein paar Minuten später schlenderten die vier durch den Wald hinter der Bunkeranlage, bewacht von drei Zweierteams des Jagdkommandos.

»Martina, du bist am Arlberg aufgewachsen. Welche ist deiner Meinung nach die schönste Abfahrt?«

»Wie kommst du jetzt darauf?«

»Ganz einfach. Du kennst dort sicherlich jeden Zentimeter, und wir haben dich direkt von der Skipiste herunter engagiert, also gibt es unter uns niemanden, der berufener wäre, diese Frage zu beantworten.«

»Du willst mich auf andere Gedanken bringen, stimmt's? Also schön. Gutes Wetter vorausgesetzt, gleich in der Früh, wenn die Pisten noch jungfräulich und die Sonntagsfahrer beim Frühstück sind, mit der ersten Gondel auf den Rüfikopf und über die 181er zum Schafalplift. Von dort geht's zum Langen Zug. Der ist knapp neunhundert Meter lang und hat ein Gefälle von achtzig Prozent, herrlich! Und falls ihr euch fragt, wie steil denn achtzig Prozent sind, die Pistenraupen fahren dort am Seil. Aber ich garantiere euch, wenn ihr tatsächlich Ski fahren könnt, ist das eine der schönsten Skirouten der Welt, Adrenalin inklusive. Es fängt ganz harmlos an, bis ihr zur Einfahrt kommt. Da geht es gleich richtig rund, ungefähr so wie bei der Mausefalle in Kitzbühel. Dann kommt der kitzlige Teil mit dem steilsten Stück. Flach wird es auf dem Langen Zug eigentlich nie. Der Schlussteil hat auch noch knapp sechzig Prozent Gefälle.«

Die Müdigkeit in Martinas Augen war wie weggeblasen. Im Gehen zeigte sie mit ihren Händen den Pisten- oder vielmehr Rinnenverlauf und wie man die Skier in einem derart extremen Gelände richtig führt.

»Klingt verlockend. Kann ich dich als Skilehrerin engagieren?«, fragte Rainer Fussenegger.

Lachend erwiderte Martina Hairer: »Nie im Leben! Ich lade euch ein. Wenn wir die Bastarde geschnappt haben, dann kommt ihr zu mir nach Lech. Unser Hotel ist zwar ausgebucht, aber als Miteigentümerin habe ich ein Zimmer das ganze Jahr über für besondere Fälle reserviert.«

»Sehr großzügig von dir, Martina. Vorausgesetzt, ihr beide seid auch dabei, nehme ich deine Einladung gerne an.« Ein kurzer Blick in die Runde genügte. Skiurlaub am Arlberg mit Martina als Guide wollte sich niemand entgehen lassen. Doch nach diesem erfreulichen Intermezzo kehrte wieder eine konzentrierte, nachdenkliche Stimmung zurück. Einige Zeit gingen sie schweigend nebeneinander her, bis Michael Lenhart fragte: »Kennt ihr das Bett des Prokrustes?«

»Wird das jetzt wieder eine Philosophievorlesung, Michael?«, erkundigte sich Sabine Preiss.

»Nein, ich suche nur einen passenden Einstieg für unsere gedankliche Reise. Prokrustes ist ein Riese der griechischen Mythologie. Man nannte ihn auch den Ausstrecker. Der Legende nach lud er Reisende in sein Haus ein, und wenn diese nicht in das Bett passten, machte er sie passend. Den zu großen schnitt er die Gliedmaßen ab, und die zu kleinen bearbeitete er auf einem Amboss, bis sie genau ins Bett passten. Passend waren dann alle, aber auch tot.«

»Du meinst, ich habe die Daten zu sehr durch den digitalen Fleischwolf gedreht?«

»Das kann ich nicht beurteilen, Martina.«

»Aber es scheint so, verdammt! Ich hasse es zu scheitern.«

»Du bist nicht gescheitert, ganz im Gegenteil!«

»Willst du mich aufmuntern, Michael?«

»Auch, aber vor allem möchte ich zurück zum Bett des Prokrustes. Mit anderen Worten, wir müssen die Fragestellung, die Prämisse ändern.«

»Moment.« Sabine Preiss war plötzlich stehen geblieben. »Das ist es! Die Frage ist nicht, wer transplantationsrelevante Medikamente braucht, sondern wer keine mehr braucht, ohne ein legales Organ bekommen zu haben.«

Verblüfft sahen sich die vier an.

»Du hast recht, Sabine! Verdammt, ich hatte die Lösung direkt vor der Nase und habe sie nicht gesehen.«

Rainer Fussenegger klopfte seiner Kollegin freundschaftlich auf die Schulter: »Mach dir nichts draus, Martina. Ich habe es auch nicht erkannt. Lasst uns umdrehen. Das Programm anzupassen schaffe inzwischen sogar ich. Zeit, dass wir wieder auf die Jagd gehen.«

Auf dem Rückweg in den Bunker meinte Michael Lenhart lächelnd: »Gratulation, Artemis!«

»Danke, Sherlock.«

Als Martina Hairer sich frischen Kaffee einschenken wollte, nahm ihr Michael Lenhart mit einem leichten Kopfschütteln die Tasse aus der Hand.

»Nein, Martina. Schlaf statt Kaffee. Ruh dich für ein paar Stunden aus. Lass Rainer die Adaption des Programmes übernehmen, und wenn du wieder zu Kräften gekommen bist, soll er sich hinlegen. Wir brauchen euch beide ausgeschlafen und fit.«

Widerwillig stimmte Martina Hairer ihm zu.

»Du hast recht, lass mich nur noch schnell mit Rainer ein paar Programmschritte klären, dann lege ich mich hin, versprochen.«

Sabine Preiss unterhielt sich währenddessen mit ihren Bewachern und lud mit einem Zeichen Michael Lenhart ein, sich zu ihnen zu gesellen.

»Beim Programmieren können wir den beiden nicht helfen. Hast du für heute schon etwas vor?«

»Nichts Wichtiges. Ein paar Lebensmittel für das Wochenende sollte ich noch einkaufen, warum?«

»Lust, ein paar Löcher zu stanzen?«

»Warum nicht, und wo?«

»Unsere Aufpasser werden mittags abgelöst und fahren zum Training nach Allentsteig. Sie nehmen uns mit.«

»Mit einer 19er-Glock und in Halbschuhen fühle ich mich dafür nicht gerade passend ausgestattet.«

»Es wird sich dort passende Kleidung und Ausrüstung finden, vertraue mir.«

»Na dann!«

Der Ausflug nach Allentsteig war für Michael Lenhart in mehrfacher Hinsicht interessant. Da war einmal die unaufgeregte Selbstverständlichkeit, mit der Sabine von ihren Ex-Kollegen behandelt wurde. Für ihn war ein Besuch am größten Truppenübungsplatz des Landes etwas Besonderes. Für sie schien es ganz normal zu sein, dass Sabine, inzwischen nur noch Reservistin, hier aufkreuzte, sich im Besucherbuch eintrug und mit zwei

Scharfschützengewehren samt Munition und Beobachtungsfernrohr aus der Waffenkammer kam.

Dann die Schießbahnen selbst. Kein Vergleich zu den 100- und 200-Meter-Ständen seiner Bundesheerzeit. Die waren laut Sabine Anfängerspielwiesen. Hier wurde im freien Gelände geschossen. Zuerst mit Kaliber 308 Win. auf 400 und 600 Meter und dann mit Kaliber 338 Lapua Mag. auf 800 und 1200 Meter. Auf der kurzen Distanz war Lenhart mit seinem Trefferbild durchaus zufrieden, bei den langen jedoch musste er froh sein, wenn er wenigstens ab und zu die Scheibe traf.

Trotz aller Konzentration war er unruhig und mitunter ein wenig verkrampft. Ganz anders Sabine. Bei ihr wirkte jede Bewegung, jeder Handgriff fast spielerisch, und während er sich dabei ertappte, wie er auf der Schussmatte immer wieder herumrutschte, um eine vielleicht doch noch ein wenig bessere Position zu finden, lag Sabine ganz ruhig und entspannt. Zuerst beobachtete er durch das Fernrohr, wie sie Treffer um Treffer landete. Dann sah er nur noch sie. Wie sie dalag, einatmete, den Druckpunkt fand, leicht ausatmete, stoppte, schoss, der Rückstoß kurz ihren schlanken Körper erfasste, sie weiter ausatmete, repetierte. Wie sie zu ihm aufsah, ihm in die Augen sah, ein klein wenig zu lange, wie er hoffte. Wie sie lächelte. Eudaimonie? Nun, Aristoteles konnte ihm diese Frage nicht beantworten.

Sonntag, 11.30 Uhr, Bundesheerbunker, Neulengbach

»Könnt ihr eigentlich Überstunden verrechnen, Michael?«

»Ja, theoretisch schon, aber ich habe seit Jahren keine Aufzeichnungen mehr geführt. Ehrlich gesagt, hat mich auch keiner danach gefragt.«

»Vielleicht weil keiner mit dir arbeiten wollte?«, erwiderte lachend Sabine Preiss.

»Dafür habe ich jetzt dich. Aber lassen wir das. Ihr seid also fündig geworden, Martina?«

»Ja, nach der verordneten Schlafpause haben wir uns erneut auf die Suche begeben und drei mögliche Kandidaten gefunden. Das heißt, ursprünglich waren es vier, aber einer ist inzwischen verstorben und seine Leiche wurde eingeäschert. Hier sind die Unterlagen.«

Damit schob Rainer Fussenegger auf ein Zeichen hin mit sichtlichem Stolz einen Stapel Papiere zu Michael Lenhart und Sabine Preiss über den Tisch.

»Respekt! So schnell hatte ich kein Ergebnis erwartet. Wie hoch ist die Wahrscheinlichkeit, dass diese drei tatsächlich ein illegal entnommenes Organ bekommen haben?«

»Laut Carl ist das mit an Sicherheit grenzender Wahrscheinlichkeit so gewesen, Wunder ausgenommen.«

»Ihr habt unseren Doktor gleich hinzugezogen?«

»Sicher. Wir haben ihn gestern am Abend angerufen und eine Stunde später war er da. Euch beiden wollten wir wenigstens einen ruhigen Samstagabend gönnen.«

Während Sabine Preiss und Michael Lenhart begannen, die Unterlagen zu sichten und immer wieder staunend den Kopf schüttelten, sahen sich Martina Hairer und Rainer Fussenegger erwartungsvoll an. Schließlich stand Michael Lenhart schweigend auf und begann im Raum auf und ab zu gehen.

»Was ist mir dir, Michael?«

»Das ist sein Philosophengesicht. Er denkt darüber nach, wie er seinem Gewissen die Verwendung dieser Unterlagen schmackhaft machen kann. Ich kenne das schon, aber keine Sorge, es ist nicht ansteckend«, erklärte Sabine Preiss.

»Nicht ganz, Sabine. Es ist weniger eine Frage des Gewissens als vielmehr eine der Taktik.«

»Warum Taktik?«, wollte Rainer Fussenegger wissen.

Weiter auf und ab gehend, antwortete Michael Lenhart.

»Ihr beide habt Unglaubliches geleistet. Versteht mich bitte richtig. Für derartige Rechercheergebnisse braucht man gewöhnlich Wochen und gefühlte hundert Durchsuchungsbefehle und Vollmachten. Ihr beide habt das in weniger als einem Tag geschafft. Jetzt müssen wir uns überlegen, was wir mit diesem Wissen tun. Genauer gesagt, ob beziehungsweise wie wir dieses Wissen wann, wo und in welcher Dosierung einsetzen.«

Angesichts der fragenden Blicke von Rainer Fussenegger und Martina Hairer erklärte Sabine Preiss: »Jetzt ist er vom Philosophen- in den Sherlock-Modus gewechselt. Es geht um die rechtlichen Probleme. Ihr beide habt ja nicht nur die Daten der Krankenkasse ausgewertet, sondern einen Berg an Unterlagen zutage gefördert. Allerdings illegal, ohne richterlichen Beschluss. Jetzt überlegt er sich, wie er euch schützen kann. Sowohl intern als auch extern.«

Die freudige Erwartung der beiden hatte sich blitzartig in Betroffenheit und Ärger verwandelt.

»Soll das heißen, ihr könnt das Material nicht verwenden, weil irgendein Paragrafenreiter ein Haar in der Suppe finden könnte, und diese Mörderbande macht weiter? Das gibt's doch nicht!«, empörte sich Martina Hairer.

Michael Lenhart musterte seine Mitstreiter und setzte sich wieder an den Tisch.

»Keine Sorge, Martina. Weder Sabine noch ich haben vor, die Mörder davonkommen zu lassen.« Und mit einem spitzbübischen Lächeln erklärte er: »Ich betrachte eure Arbeit, und damit meine ich auch diese faszinierenden Rechercheergebnisse, die ihr von einem unbekannten Whistleblower dankenswerterweise zugespielt bekommen habt, als ein großes Glück. Allerdings sollten wir nun nicht in die Falle tappen und meinen, das Glück gehöre eben den Tüchtigen, sondern bedenken, dass das Glück den Genügsamen gehört.«

Während Rainer Fussenegger und Martina Hairer nicht wussten, was sie von dieser rätselhaften Aussage halten sollten, schüttelte Sabine Preiss nur lachend den Kopf.

»Das war jetzt eine Mischung aus Sherlock und Philosoph. Michael, ich glaube, langsam verlieren die beiden die Geduld mit dir. Zu eurer Beruhigung, wir dürfen Unterlagen, die uns Whistleblower zukommen lassen, verwenden. Für den Glücksteil deiner Gedanken bitte auch ich um eine Dechiffrierung.«

»Da gibt es im Grunde nichts zu dechiffrieren. Mit der Genügsamkeit meint Aristoteles das Maßhalten, die wohlüberlegte Einteilung der Kräfte und der zur Verfügung stehenden Mittel. Wir sollten uns also gut überlegen, wie wir dieses Wissen einsetzen. Sabine, das ist unser Part, im Grunde klassische Polizeiarbeit. Martina, Rainer, bitte nehmt euch den Rest des Sonntags frei, geht raus, macht einen Spaziergang und erholt euch gut, denn ich fürchte, wir werden spätestens morgen wieder auf eure Hilfe zählen müssen.«

Und an Sabine Preiss gewandt: »Lass uns gemeinsam die Akten durchgehen, dann wählen wir den für uns besten Kandidaten aus und nehmen ihn uns vor, einverstanden?«

»Ja, ich hole uns frischen Kaffee, ruf du inzwischen die Ministerin an. Es kann nicht schaden, wenn sie Bescheid weiß.«

Dass die Sonne untergegangen war, hatten die beiden nicht bemerkt. Erst als sich Rainer Fussenegger zu ihnen setzte, merkten sie, wie viel Zeit inzwischen vergangen war.

»Schluss jetzt, ihr beiden. Morgen ist auch noch ein Tag.«

Während Sabine Preiss sich weiter Notizen machte, schloss Michael Lenhart die vor ihm liegende Akte, stand auf und streckte sich ausgiebig.

»Du hast recht, Rainer, du kennst die drei Fälle, angenommen, du hast wenig Zeit, mit welchem würdest du beginnen?«

»Entweder mit diesem Privatbankier oder dem älteren, zurückgezogen lebenden Kunstsammler.«

»Und du, Sabine?«

»Mit dem Teenager mit der neuen Lunge. Deren Datenspur ist so breit wie eine Autobahn und ihr Vater ist ein bekannter Investor.«

»Aber der hat doch sicher eine ganze Division von Anwälten bei der Hand?«, gab Rainer Fussenegger zu bedenken.

»Sicher, Anwälte haben alle drei. Aber ich gehe jede Wette ein, unser Investor wird reden. Ja, er wird sogar froh sein, mit uns reden zu können. So, und jetzt machen wir Schluss, ich habe Hunger. Du auch, Sabine?«

»Ja, und wie! Worauf hast du Lust?«

»Auf ein klassisches Wirtshaus, aber ein richtig gutes. Wie wäre es mit dem Floh in Langenlebarn?«

»Sehr gut. Ich gebe unseren Schutzengeln Bescheid, dann können wir fahren.«

Während Sabine Preiss mit Michael Lenhart beim Abendessen saß, wurden am Parkplatz der Raststätte Sankt Pölten schweigend zwei Autoschlüssel übergeben. Der eine für einen VW-Touareg, der andere für einen Skoda-Octavia.

Montag, 16.45 Uhr, D-Trakt, Herrengasse, Wien

Gedankenverloren stand Michael Lenhart an der Fensterfront im D-Trakt und starrte in den Innenhof des Innenministeriums. Alle drei möglichen Empfänger illegaler Organe waren im Ausland. Der reiche Kunstsammler weilte im Winterhalbjahr immer in der Karibik und der Bankier war in London. Wenigstens der Investor sollte morgen wieder in Wien sein.

Seitens ihrer Gegner tat sich nichts. Sie waren wie vom Erdboden verschluckt. Für Michael Lenhart wirkte es wie die Ruhe vor dem Sturm. Sabine Preiss stellte sich schweigend zu ihm und musterte die Wolken.

»Woran denkst du, Michael?«

»An einen Merksatz von Sunzi. Er geht mir seit gestern Abend nicht mehr aus dem Kopf.«

»Diesmal ausnahmsweise nicht Aristoteles?«

»Nein, derzeit ist mehr kriegerisches denn philosophisches Denken gefragt.«

»Und diese Merksätze, wie du sie nennst, helfen dir beim Denken?«

»Ja, Weisheit inspiriert und macht bescheiden, zumindest ein klein wenig.«

»Verrätst du mir den Satz? Ich würde gerne mitdenken.«

»Sicher! Er lautet: Bestimme ich die Stärken des Feindes, während meine Gestalt nicht wahrnehmbar erscheint, so kann ich meine Stärke konzentrieren, während der Feind unvollständig ist. Der Höhepunkt militärischer Entfaltung findet sich im Formlosen: Weiset keine Form auf und sogar der sinnestiefste Spion suchet Euch vergebens und der Weise kann keine Pläne gegen Euch schmieden.«

»Du willst ihnen zuvorkommen! Ihre Pläne erahnen und ihnen auf diese Weise einen Strich durch die Rechnung machen?«

»Ja, uns bleibt nichts anderes übrig, denn ich teile die Einschätzung unserer Kollegen vom Bundesheer nicht. Laut denen ist ein Anschlag hier im D-Trakt unmöglich. Ich hingegen denke, es ist in Wahrheit der einzig mögliche Ort.«

»Und wie kommst du zu diesem Schluss?«

»Es ist eine Frage der Logik. Um sicherzugehen, müssen unsere Gegner uns und die Unterlagen vernichten. Schalten sie nur dich und mich aus, können andere die Ermittlungen fortführen. Daraus ergibt sich die Frage: Wie ist es möglich, den da hinten zu knacken und die Unterlagen zu vernichten?«

»Du meinst den Tresor? Ja, das ist ihr wunder Punkt. Weiche Ziele kann man verhältnismäßig leicht ausschalten. Aber selbst wenn die direkt vor unserem Haus eine Autobombe zünden und das ganze Gebäude zum Einsturz bringen, der Tresor bekommt höchstens ein paar Kratzer. Bleibt nur die harte Tour. Irgendwie die Überwachungskameras und die Direktleitung zum Verfassungsschutz lahmlegen, die Freunde vom Jagdkommando ausschalten, die Sicherheitsschlösser knacken, uns überwältigen und dann unbemerkt mit einem über 300 Kilo schweren Tresor verschwinden. Unmöglich!«

»Genau das bereitet mir Sorgen.«

»Dass es unmöglich ist?«

»Nein, dass alle meinen, es wäre unmöglich.«

»Michael, glaube mir, es ist unmöglich.«

»Nein, es muss einen Weg geben. Lass uns gehen.«

»Wohin willst du?«

»Schau aus dem Fenster.«

»Du willst in den Innenhof?«

»Nein, ich will genau dorthin.« Er zeigte auf den gegenüberliegenden Gebäudetrakt. »Wenn wir dort waren, schauen wir uns links und rechts um. Und der Vikerl soll gleich mitkommen, ich vermute, der sitzt seit unserer Mittagspause im Unger und Klein.«

»Dem Vikerl gebe ich Bescheid, er soll im Innenhof auf uns warten. Aber für den Trakt dort brauchst du Hilfe von ganz oben. Da kannst du nicht einfach hineinspazieren und dich umsehen.«

»Warum? Wer sitzt dort?«

»Die größte vorstellbare Ansammlung aufgeblasener Egos, die Antikorruptionsabteilung.«

Lachend erwiderte Michael Lenhart: »Tja, jeder bildet Urteile auf den Fundamenten seiner Vorurteile. Aber Spaß beiseite, kennst du die?«

»Ja, ich hatte bei einer früheren Ermittlung das zweifelhafte Vergnügen. Die alte Abteilung hatte etwas auf dem Kasten, aber die neue agiert nur noch als politisches Feigenblatt und versucht, ihre Ohnmacht durch persönliche Arroganz auszugleichen. Da kommst du nur nach vorhergehender Anmeldung durch die Tür.«

»Wenn es weiter nichts ist. Ich schätze, die Frau Ministerin kann hier ein gutes Wort für uns einlegen. Bitte du inzwischen die Wolf um sämtliche Pläne und die Schlüssel für diesen Teil des Gebäudes.«

Minuten später standen die beiden zusammen mit Viktor Dankl vor einer dunklen Rauchglastür im 4. Stock. Als Michael Lenhart den Knopf der Gegensprechanlage drücken wollte, legte ihm Viktor Dankl die Hand auf den Arm.

»Moment, Michael. Damit keine Missverständnisse entstehen. Du glaubst, unsere Gegner werden im D-Trakt zuschlagen und deshalb willst du dir alles in der Umgebung ansehen?«

»Nein und ja. Nein, es ist keine Frage des Glaubens, sondern eine der Logik, und ja, ich will mir zusammen mit euch beiden den D-Trakt aus allen möglichen Blickwinkeln ansehen.«

»Und was ist mit den Gebäuden auf der anderen Seite der Herrengasse? Das sind unzählige Firmen und Wohnungen. Da können wir nicht unauffällig reinspazieren.«

»Das müssen wir auch nicht. Warum, zeige ich dir, wenn wir hier drin sind.« Und damit drückte er den Knopf der Gegensprechanlage, ohne Reaktion.

»Anscheinend hält sich die Freude über unseren Besuch in sehr engen Grenzen und man lässt uns warten. Ärgert euch nicht. Wie man weiß, sind es nicht die Dinge selbst, die uns bewegen, sondern die Ansichten, die wir von ihnen haben.«

Endlich meldete sich eine Stimme durch die Gegensprechanlage.

»Sind Sie Hauptmann Dr. Michael Lenhart, der von der Ministerin angekündigte Besuch?«

»Ja, mit wem habe ich das Vergnügen?«

»Mag. Karoline Takasch MBA, Leitung Prävention, Edukation und internationale Zusammenarbeit. Ich öffne Ihnen gleich.«

Als die Tür aufging, stand ihnen eine adrette Frau Mitte dreißig in einem dunklen Businessoutfit und mit modischer Kurzhaarfrisur gegenüber.

»Sehr erfreut, Takasch. Die Frau Ministerin meinte, Sie müssten sich hier umsehen. Ich habe zwar keine Ahnung, warum, aber wenn es der Wunsch der Ministerin ist, bitte. Es ist allerdings außer mir niemand mehr im Haus.«

»Das trifft sich gut, liebe Frau Magistra. Unser Besuch ist aus Gründen, die ich leider nicht näher erläutern darf, vertraulich. Wir werden Sie auch nicht lange stören.«

»Gut, ich nehme an, Sie legen für Ihren Rundgang keinen Wert auf meine Begleitung. Ab hier stehen alle Türen offen. Wir betrachten es als ein Symbol der Vertrauensbildung und Transparenz, dass es innerhalb unserer Abteilung keine abgesperrten Bürotüren gibt. Melden Sie sich, wenn Sie mit Ihrer Sightseeingtour fertig sind. Ich lasse Sie dann wieder raus.«

Damit machte sie auf dem Absatz kehrt und verschwand in einem der Büros.

»Na, was habe ich dir gesagt, Michael. Arroganz scheint hier das wichtigste Qualifikationsmerkmal zu sein.«

Michael Lenhart ignorierte diese Bemerkung, sah sich um und runzelte die Stirn.

»Ist das alles? Eine Handvoll Büros?«

»Nicht wirklich. Das hier ist in gewisser Weise nur der politische Teil. Die anderen Abteilungen sind meines Wissens am Kärntner Ring. Aber was genau suchst du hier?«

»Ich zeige es euch, kommt mit.« Er ging zu einem der Fenster Richtung Innenhof und zeigte zum gegenüberliegenden D-Trakt. »Seht ihr ihn? Das ist der Schlüssel zu allem.«

»Du meinst den Tresor?«

»Ja, von hier aus ist er wunderbar zu sehen.«

»Michael, Sabine, könntet ihr mir bitte sagen, was genau ihr damit meint?«

»Vikerl, um die Ermittlungen zu sabotieren, müssen unsere Gegner nicht nur uns ausschalten, sondern auch die Unterlagen vernichten, und die sind in genau diesem Tresor.«

»Das weiß ich, aber von hier aus kommt man erst recht nicht an den Tresor heran.«

»Später, sehen wir uns zuerst noch ein wenig um. Ich erkläre euch dann, was ich meine.«

Der Rundgang dauerte nicht lange. Ein Empfang, drei Einzelbüros, ein Besprechungszimmer und zwei größere Büroräume mit jeweils drei Arbeitsplätzen sowie die Sanitärräumlichkeiten, das war's.

Zurück im D-Trakt wartete bereits Frau Wolf auf sie.

»Servus zusammen, i hab die Pläne und die Schlüssel. Wenn's wollt's, können ma gleich gehn.«

»Frau Wolf, Sie sind eine Perle!«

Der Rundgang in den angrenzenden Gebäudeteilen half ihnen nicht weiter. Dafür gab es Neuigkeiten. Frau Wolf war wie immer bestens informiert.

»Habt's scho ghört? Da deutsche Innenminister hat bei der unseren heut wieder angrufen und zwei hohe Herrn vom BND san aus Pullach angreist, zu einem Freundschaftsbesuch beim Verfassungsschutz.«

»Nein, Frau Wolf. Wir verfügen leider nicht über Ihren Informationsstand. Aber wissen Sie, welchen Auftrag die Ministerin dem Brigadier Fritsch erteilt hat?«

»Na, des weiß nicht einmal i. Aber er is im Ausland. Da bin i ma sicher.«

»Was macht Sie so sicher, liebe Frau Wolf?«

»Sei Nicht-Freundin hat angrufen und gfragt, wann der Herr Brigadier wieder im Haus is. Der tut so, als würd er noch imma um seine Ex trauern, dabei wohnt er scho lang bei der Richterin. Es weiß im Grunde eh a jeder. Nur er weiß nicht, dass es eh alle wissen. Übrigens, EUROPOL hat si bei mir gemeldet. I hab's abgwimmelt. Braucht's sonst no was?«

»Nein, vielen Dank, Frau Wolf. Wir schauen uns nochmals die Pläne an und machen dann für heute Schluss.«

»Na dann, i mach a Feierabend, aber sollt was sein, für euch bin i imma erreichbar.«

»Sehr nett, danke. Auch Ihnen einen schönen Abend!«

Zurück im D-Trakt, gingen sie die Pläne nochmals durch, als Sabine plötzlich das Thema wechselte.

»Michael, ich hatte eigentlich erwartet, dass du auch der Frau Wolf das Du anbietest. Warum hast du das nicht getan?«

»Aus Respekt und um, wie soll ich es sagen, die Chemie nicht zu stören.«

»Was meinst du mit Respekt?«

»Die Frau Wolf kommt aus einer anderen Generation. Sie denkt noch in der strikten Aufteilung in A-, B-, C- und D-Beamte. Gleichzeitig hat sie sich über die Jahre eine einflussreiche Position erarbeitet, aber eben keine offiziell-hierarchische. Ihre Macht liegt im Informellen, in ihrem Wissen und in ihrer Persönlichkeit. Das gilt es zu respektieren. Also habe ich ihr die Entscheidung überlassen, und ich muss sagen, die gute Frau Wolf hat eine wahrlich salomonische getroffen.«

»Mir ist keine Wolf'sche Entscheidung aufgefallen. Weder eine salomonische noch eine andere.«

»Sabine, du bist eine brillante Analytikerin, solltest aber öfter innehalten und genau hinhören, auf den Ton, die Wortwahl, die Art und Weise, wie etwas gesagt wird.«

»Er meint die Mischung aus Du und Nachname oder Titel«, schaltete sich Viktor Dankl ein. »Die Wolf duzt euch schon lange, aber eben nicht direkt. Gleichzeitig ist Michael ihr gegenüber ausgesprochen höflich und charmant, interessante Mischung.«

»Danke für die Belehrung. Mir ist das nicht aufgefallen. Können wir uns nach dem Ausflug in die Feinheiten der Semantik nun wieder den Gegnern und unserem Überleben widmen?«

»Du hast recht, Sabine. Allerdings bin ich hier auf eure Expertise angewiesen. Mein militärisches Wissen ist, wie soll ich sagen, enden wollend. Die Frage lautet: Wie kann man aus der Distanz sowohl uns beide als auch den Tresor samt Inhalt vernichten?«

»Du meinst, vom gegenüberliegenden Gebäude aus?«

»Ja, Vikerl, genau das meine ich.«

»Aber woher sollen die wissen, dass der Tresor gerade dort steht? Ich kann mir nicht vorstellen, dass die auch eine Sightseeingtour gemacht haben.«

»Guter Einwand, Vikerl. Aber davon auszugehen, dass sie es nicht wissen, wäre in unserer Situation fahrlässig, zumal unsere eifrigen Verwaltungskollegen ihnen möglicherweise die Arbeit erleichtert haben.«

Die beiden sahen Michael Lenhart ungläubig an, während dieser den Grundriss des D-Traktes ausbreitete und auf sein Büro deutete. Dort war der Tresor fein säuberlich eingezeichnet.

»Wie verrückt muss man sein, um einen Tresor einzuzeichnen? Da könnte man ja gleich die Kombination dazuschreiben!«, ärgerte sich Sabine Preiss.

Michael Lenhart stand auf und fing an, im Raum herumzugehen. »Bleibt die Frage: Wie können sie Tresor samt Inhalt und uns vernichten? Ein Angriff auf den D-Trakt via Herrengasse scheidet aus, er wäre zu kompliziert. Also müssen wir uns gedanklich des Rasiermessers eines gewissen Herrn Wilhelm von Ockham bedienen und uns fragen: Wie ginge es am einfachsten?«

»Die Antwort: ohne schweres Gerät gar nicht.«

Sabine Preiss schlug sich plötzlich lachend auf die Stirn.

»Moment, Vikerl, das stimmt so nicht. Michael hat recht! Wenn unsere Gegner Zugang zu militärischer Ausrüstung haben, und angesichts der Unterstützung durch einen Geheimdienst müssen wir davon ausgehen, reicht ein Büchsenöffner. Wir sind bisher immer von einem kriminellen Szenario ausgegangen, nicht von einem militärischen. Das war unser Fehler.«

»Sabine, was, bitte, muss ich mir unter einem Büchsenöffner vorstellen?«, fragte Michael Lenhart.

»Ein Hohlladungsgeschoss, Standard in der Panzerabwehr. Wenn das Geschoss auftrifft, bohrt sich ein Metallstrahl durch die Panzerung. Dabei entsteht unglaubliche Hitze und nicht nur ein unschönes Loch, sondern auch ein Schrapnellhagel aus glühend heißen Metallsplittern. Bei einem Panzer tötet dieser die Besatzung und bei unserem Tresor vernichtet er alle Unterlagen. Die würden schlicht in Rauch aufgehen.«

»Und gegen euch beide reicht ein Splittergefechtskopf. Selbst zwei alte Carl Gustavs reichen dafür. Die sind auch nicht groß. Ja, so könnte es gehen!«

»Vikerl, für mich als Laie, Splittergefechtskopf verstehe ich, aber was sind Carl Gustavs?«

»Sorry, ich meine ganz allgemein Panzerabwehrrohre. Je nach Typ sind die rund einen Meter lang und sieben bis acht Kilo schwer. Wenn man euch damit unter Beschuss nimmt, habt ihr keine Chance, egal in welchem Zimmer ihr euch gerade aufhaltet.«

»Sehr gut! Gehen wir! Sabine, ruf du Anton an, wir brauchen seine Hilfe. Es gibt viel zu organisieren. Er soll gleich in den Flakturm kommen. Ich rede mit der Ministerin. Vikerl, gib du Rainer Bescheid und sorg dafür, dass wir hier ungesehen rauskönnen.«

Die Besprechung im Flakturm war erstaunlich kurz. Endlich hatte das Jagdkommando ein klares Einsatzszenario, Viktor Dankl eine ausgefallene Idee, und mit der Rückendeckung durch die Ministerin konnte Anton Steinbach sein Organisationstalent voll ausspielen.

Dienstag, 5.30 Uhr, Raststätte Sankt Pölten, A1

Mehrere Hektar groß, anonym und mit einer rund um die Uhr geöffneten Tankstelle ausgestattet; die beiden Teams benutzten gerne große Autobahnraststätten bei ihren Einsätzen. Nun saßen sie wie viele andere Reisende oder Lkw-Fahrer vor ihrem Kaffee und unterhielten sich scheinbar zwanglos. Nur Wien 2 beteiligte sich nicht an der Unterhaltung. Er hatte Kopfhörer auf und einen Laptop vor sich.

»Tamás, wie sieht der Status der Ziele aus?«

»Unverändert. Die beiden waren bis 18.05 Uhr im D-Trakt. Dann verliert sich allerdings ihre Spur für gut eine Stunde. Um 19.26 Uhr habe ich sie wieder am Schirm, diesmal im achten Bezirk.«

»Wieder beide zusammen?«

»Richtig, zusammen. Im Gasthaus Fuhrmann, ich habe es überprüft. Anschließend hat er sie nach Hause gebracht, ist aber selbst gleich weitergefahren.«

»Zielgebäude?«

»Alles normal. Keinerlei Vorkommnisse.«

»Polizei, irgendwelche Aktivitäten?«

»Nichts, es gibt keine Abweichungen von der üblichen Routine. Die einzige Abwechslung in eurem Einsatzgebiet ist der Besuch des albanischen Außenministers im Bundeskanzleramt von 14.00 bis 15.30 Uhr. Zu- und Abfahrt erfolgen über den Heldenplatz.«

»Das stört uns nicht.«

»COBRA, WEGA?«

»Nichts, ich habe alles überprüft. Es ist ein stinknormaler ruhiger Dienstag.«

»Nicht mehr lange. Polizeifunk?«

»Ich kann ihn tatsächlich ausschalten, aber wie gesagt, nur für ein paar Minuten. Mehr war in der kurzen Zeit einfach nicht möglich.«

»Gut. Ich melde mich wieder.« Er nahm seine Kopfhörer ab und wandte sich an die drei anderen.

»Alles ruhig, sowohl im Zielgebiet als auch bei den Zielobjekten. Beziehen der Ausgangsstellungen bis 7.15 Uhr und dann, auf mein Zeichen, legen wir los.«

Damit standen die vier Männer auf, verließen die Raststätte und stiegen in ihre Autos. Ein VW-Touareg oder Skoda-Octavia war nicht dabei.

Dienstag, 6.00 Uhr, Palais Modena, Wien

»Na kommt's, hier entlang. Ka Sorge, bei mir kann Ihna nix passieren. Ich kenn mi da aus.« Siglinde Wolf schien ihre neue Rolle zu genießen, während ihr ein Dutzend Männer sowie zwei Frauen des Jagdkommandos schweigend durch verschiedene Kellergänge folgten und in der Antikorruptionsabteilung Stellung bezogen.

Als um 7.30 Uhr die ersten Mitarbeiter zum Dienst erschienen, wurden sie beim Lift in Empfang genommen und in einen anderen Gebäudetrakt geleitet. Sämtliche Mobiltelefone wurden eingesammelt. Als auch Mag. Karoline Takasch der Zutritt zu ihrem Büro verweigert und sie zur Abgabe ihres Telefons aufgefordert wurde, kam es zu einem kurzen Wortwechsel.

»Was fällt Ihnen ein, ich bin die Leiterin der Abteilung Prävention, Edukation und internationale Zusammenarbeit! Sie haben mir weder etwas zu befehlen noch denke ich daran, Ihnen mein Mobiltelefon zu übergeben.«

Ruhig, aber bestimmt antwortete Josef Holzknecht: »Frau Takasch, ich habe keine Zeit und Sie zwei Optionen. Option eins: Sie geben mir jetzt Ihr Telefon und folgen uns zu Ihren Kollegen in einen gesicherten Gebäudeteil, wo wir Ihnen die Gründe für diese Maßnahme erklären. Option zwei: Wir nehmen es Ihnen ab und liefern Sie ab. Option zwei beinhaltet möglicherweise blaue Flecken. Sie haben die Wahl.«

Bevor Karoline Takasch antworten konnte, meinte Siglinde Wolf: »Da schau her, die Takasch. Mit Ihna gibt's ja imma an Wickl. I werd dem Brigadier sagen müssen, dass Ihna Ihr Ego für die Karriere a bissl im Weg steht, versteh's mi? Wolln's des wirklich? Glauben's, mir san zum Spaß da? So, und jetzt her mit dem Telefon und ab mit Ihna.«

Widerwillig gab die Leiterin der Abteilung Prävention, Edukation und internationale Zusammenarbeit ihr Mobiltelefon ab.

»Aber ich erwarte mir eine ausführliche Erklärung für dieses, gelinde gesagt, unorthodoxe und vorschriftswidrige Vorgehen.«

»Aber sicher, Frau Takasch, und jetzt dalli, dalli, wir haben mit Ihna scho gnug Zeit vertrödelt.«

Um 8.30 Uhr waren sämtliche Antikorruptionsmitarbeiter eingesammelt und das Jagdkommando in Stellung. Jetzt hieß es warten.

Dienstag, 8.00 Uhr, Tuchlauben 3 – 7, Wien

»Rolex, Brioni, Louis Vuitton, Bottega Veneta, Prada, da hat er es nicht weit zum Shoppen.«

»Ja, die Geschäfte sind wirklich sehenswert, Sabine.«

»Du gehst hier einkaufen?«, fragte Sabine Preiss ungläubig.

»Nein, sehen bedeutet nicht kaufen. Es geht mir mehr um die Inszenierung. Die hat schon fast sakralen Charakter, einkaufen als Hochamt.«

Lachend erwiderte Sabine Preiss: »Später, wenn wir überlebt haben, Herr Philosoph!« Und legte ihren Zeigefinger auf den goldfarbenen Klingelknopf der Gegensprechanlage.

Nach wenigen Sekunden meldete sich eine sonore Männerstimme: »Sind Sie der Polizist, den mir die Ministerin angekündigt hat?«

»Ja, Lenhart mein Name, und neben mir steht meine Kollegin, Leutnant Preiss.«

»Kommen Sie rauf. Zweiter Stock.«

Die schwere Metalltür öffnete sich mit einem leisen Klicken. Vor ihnen lag ein Gang mit Marmorfußboden und perfekt ausgeleuchteten Kunstwerken an den Wänden. Auch im Aufzug hing ein Original. Es zeigte einen in sich versunkenen, vielleicht meditierenden Mann. Als sich die Aufzugtüren geräuschlos öffneten, erwartete die beiden Peter Mendel, der Investor.

Michael Lenhart musterte ihn für ein paar Sekunden. Klarer Blick, fester Händedruck, der Mann strahlte das gesunde Selbstbewusstsein eines erfolgreichen Menschen aus.

»Guten Morgen, bitte kommen Sie mit. Meine Mitarbeiter beginnen erst gegen 8.30 Uhr, aber die Kaffeemaschine kann auch ich bedienen.«

Während Herr Mendel sich um den Kaffee kümmerte, sahen sich die beiden im Büro um. Auch hier war alles von erlesener Qualität und gleichzeitig spartanisch streng. Der gläserne Schreibtisch war bis auf eine lederne Schreibunterlage und einen Laptop leer und an der Wand hinter dem Konferenztisch hing ein einzelnes Bild.

Peter Mendel kam mit einem Tablett zurück. Nachdem sich alle bedient hatten, blickte er die beiden Polizisten direkt an und schob zwei Visitenkarten über den Tisch.

»Ich nehme an, damit wären die Formalitäten geklärt. Die doch etwas kryptische Ankündigung Ihres Besuches durch die Ministerin hat mich ein wenig verwundert. Aber gut, ich habe eine knappe halbe Stunde Zeit. Was kann ich für Sie tun?«

Michael Lenhart zog schweigend eine dünne Mappe aus seiner Aktentasche und legte sie vor sich auf den Schreibtisch, bevor er Herrn Mendel freundlich lächelnd ansah.

»Gestatten Sie mir zuerst eine private Frage. Alles hier scheint einer strikten und dabei sehr sparsamen Komposition zu folgen. Nun interessiert mich, warum Sie gerade dieses Bild eines nachdenklichen und bescheiden wirkenden Mannes im Aufzug platziert haben.«

Peter Mendel sah kurz auf seine Uhr und antwortete ebenfalls freundlich: »Genau deshalb. Es stammt von Alfred Kubin und zeigt Papst Leo XIII. Dessen Wirken war geprägt vom Spannungsverhältnis zwischen dem Erhalten des Alten und der Auseinandersetzung mit den Umbrüchen der Moderne. Heute wird meiner Meinung nach zu wenig gedacht und zu schnell gehandelt. Wenn also meine Besucher im Aufzug ein wenig zum Nachdenken angeregt werden, soll mir das recht sein. Doch nun bitte zur Sache, was kann ich für Sie tun?«

Michael Lenhart ließ wieder ein paar Sekunden vergehen, bevor er antwortete. »Angesichts Ihres Werdeganges scheint nicht nur die Glückseligkeit in der Muße zu bestehen, sondern auch der Erfolg. Zumindest sofern man Muße als Studium versteht. Ein schönes Bild. Sowohl im wörtlichen als auch im übertragenen Sinn. Doch um auf Ihre Frage zurückzukommen: Ich fürchte, Sie können nichts für uns tun. Die Frage ist vielmehr, ob wir etwas für Sie tun können.«

Skeptisch musterte Peter Mendel seine beiden Besucher. Gerade als er etwas erwidern wollte, kam ihm Sabine Preiss zuvor.

»Herr Mendel, Sie sprachen vorhin von einer halben Stunde. Ich nehme an, Sie haben einen vollen Terminkalender.«

Widerwillig antwortete der Investor: »Allerdings. Können wir also bitte zur Sache kommen?«

»Selbstverständlich. Aber wir werden Ihnen deutlich mehr als eine halbe Stunde unserer Zeit widmen«, antwortete Sabine Preiss.

Wieder einen Blick auf die Uhr werfend, erwiderte Peter Mendel nun schon etwas ungehalten: »Schluss jetzt, entweder sagen Sie mir, was Sie zu sagen haben, und gehen dann, oder Sie gehen sofort. Sie haben die Wahl. Ich habe keine Zeit, Theater zu spielen.«

Weiterhin vollkommen ruhig fragte Michael Lenhart: »Kennen Sie die Blutgruppe Ihrer Tochter?«

Bei der Erwähnung seiner Tochter blitzten die Augen Peter Mendels kurz auf.

»Sie sind wegen meiner Tochter hier? Ist ihr etwas passiert? Hat sie etwas angestellt?«

»Nein, nicht in letzter Zeit, nicht direkt. Aber Sie wissen ihre Blutgruppe?«

»AB-positiv. Warum?«

»Weil wir einer überaus blutigen Spur folgen, Herr Mendel, und Ihre Tochter und Sie persönlich dabei eine entscheidende Rolle spielen«, antwortete Sabine Preiss.

Peter Mendel musterte die beiden eingehend. Seine Selbstsicherheit hatte Risse bekommen.

»Ich kann mir beim besten Willen nicht vorstellen, inwieweit meine Tochter oder ich eine Rolle bei Ihren Ermittlungen wegen eines Gewaltverbrechens spielen. Das ist absurd!«

Michael Lenhart stand auf und fing an, auf und ab zu gehen.

»Nein, Herr Mendel, es ist nicht absurd. Gerade in Ihrem Fall hat es vielmehr den Charakter einer griechischen Tragödie. Ein erfolgreicher Investor verliert seine Frau bei einem Unfall, heiratet ein zweites Mal, der langersehnte Kinderwunsch geht dank moderner Medizin endlich in Erfüllung, die Tochter entwickelt sich prächtig, und dann, mit zwölf Jahren, erkrankt sie plötzlich an Pulmonaler Hypertonie PAH-1. Es gibt keine Behandlung. Die Krankheit führt unweigerlich zum

Tod. Die einzige Hoffnung besteht in einer Transplantation. Und hier schlägt das Schicksal wieder zu, Ihre Tochter hat AB-positiv, eine sehr seltene Blutgruppe. Die Chance auf eine passende Spenderlunge ist gleich null. Aber Sie geben nicht auf, setzen alle Hebel in Bewegung, und dann kommt der geradezu faustische Moment und Sie schließen einen Pakt mit dem Teufel. Ihre Tochter überlebt, ein anderes Kind stirbt.«

Das Gesicht Peter Mendels hatte jede Farbe verloren. Gedankenverloren drehte er seinen Ehering und erwiderte mit gebrochener Stimme: »Können Sie auch nur erahnen, wie es sich anfühlt, der eigenen Tochter beim Sterben zuzusehen?«

»Nein, Herr Mendel, das kann ich nicht. Genauso wenig wie ich den Schmerz jener Eltern erahnen kann, deren Tochter entführt und ausgeweidet wurde.«

Mit einem Ruck stand Peter Mendel ebenfalls auf. Er hatte seine Selbstsicherheit erstaunlich rasch zurückgewonnen.

»Es war die schwerste Entscheidung meines Lebens, aber ich bereue sie nicht. Ich hatte die Möglichkeit, das Leben meiner Tochter zu retten, und habe sie genützt. Hart, unbarmherzig, animalisch, nennen Sie es, wie Sie wollen. Es gibt dazu keinen Gedanken, den ich mir nicht schon gemacht hätte, und ich weiß um meine Verantwortung.«

»Und Sie haben nicht damit gerechnet, dass man Ihnen auf die Schliche kommt, wenn Ihre todkranke Tochter plötzlich wieder gesund wird?«, fragte Sabine Preiss.

Mit einem zynischen Lächeln antwortete Peter Mendel: »Nein. Mit einem kranken Kind hat jeder Mensch Mitleid. Den Rest erledigt Geld. Ein Wohnsitz im Ausland, die

Geschichte von Konsultationen mit Experten in Übersee, neuen Behandlungsmethoden und schließlich einem glücklicherweise passenden Spenderorgan. Nach einem Jahr hat kein Mensch mehr danach gefragt.«

»Und Ihre Tochter?«

»Meine Tochter hat eine Spenderlunge bekommen und damit überlebt. Ende der Geschichte.«

»Herr Mendel, wir haben nicht vor, die Geschichte so enden zu lassen. Das ist Ihnen doch bewusst?«

»Selbstverständlich, Frau Preiss! Aber Sie sind nicht hier, um mich zu verhaften. Wollten Sie mich verhaften, hätte nicht die Ministerin diesen Termin arrangiert. Also, wie sieht der Deal aus?«

»Sie packen aus, und zwar vollständig, und fallen dafür im Gegenzug unter die Kronzeugenregelung. Sollten wir dabei den Eindruck gewinnen, dass Sie uns auch nur einen Bindestrich verschweigen, platzt der Deal und Sie sind dran wegen Anstiftung zum Mord. Klar?«

Mit einem selbstzufriedenen Lächeln setzte sich Peter Mendel wieder an den Besprechungstisch und musterte Sabine Preiss.

»Nein, Frau Leutnant. Sie mögen eine gute Ermittlerin sein, aber wenn es darum geht, einen Deal abzuschließen, müssen Sie noch viel lernen. Wenn Sie mich verhaften und anklagen, lasse ich die Bombe platzen. Die Medien werden sich regelrecht überschlagen. Es ist ja jetzt bereits jedes Like auf Facebook ein Megaskandal. Wenn das rauskommt, werden die Medien durchdrehen. Die Menschen würden auf die Straße gehen und niemand mehr Organe spenden. Nein, Frau Leutnant, so läuft das nicht.«

»Sabine, du hast recht, genauso wie Sie, Herr Mendel«, erwiderte Michael Lenhart und setzte sich ebenfalls wieder an den Tisch, während ihn beide verdutzt ansahen.

»Was soll das jetzt bedeuten, Herr Lenhart?«

»Im Grunde ist es ganz simpel. Sie kooperieren in der von meiner Kollegin genannten Art und Weise, dafür verzichte ich im Gegenzug auf eine Fahrt zu Ihrer Tochter nach Kitzbühel.«

Bei der Erwähnung seiner Tochter war Peter Mendel schlagartig wieder in sich zusammengesackt.

»Sie wollen meiner Tochter die Wahrheit sagen. Himmel Herrgott, sie ist erst vierzehn! Das verkraftet sie nicht.«

Nüchtern sachlich antwortete Michael Lenhart: »Das wird sich herausstellen. Tatsächlich nicht verkraftet hat es jenes unbekannte Kind, das für Ihre Tochter ermordet wurde. Außerdem, wenn Sie die Bombe platzen ließen, wie würde es dann erst Ihrer Tochter gehen? Deal?«

»Deal!«

Wenig später saß Peter Mendel zusammen mit seinem Rechtsanwalt in einem nüchternen Besprechungszimmer der Landespolizeidirektion am Schottenring. Das Verhör leitete der zwar müde, aber überaus motivierte Oberst Helmut Schober zusammen mit einem jungen Kollegen.

Michael Lenhart und Sabine Preiss waren wieder im D-Trakt und warteten.

»Sabine, wie könnte deiner Meinung nach der Auftrag für den Fritsch lauten?«

Sabine Preiss schob ihren Stuhl zurück, legte die Füße auf den Tisch und verschränkte die Arme hinter dem Kopf. Bei jeder anderen Frau hätte diese Haltung seiner

Meinung nach unweiblich oder unhöflich ausgesehen. Bei ihr jedoch wirkte sie ganz ... ihm wollte das richtige Wort nicht einfallen, ganz natürlich. Nein, nicht nur natürlich, es hatte etwas Intimes. Von einem »Hallo, Sherlock, hörst du mir zu?« wurde er aus seinen Gedanken gerissen.

»Ja, tut mir leid, ich war gerade in Gedanken.«

»Das habe ich gesehen. Die Wolf sagte etwas von Ausland. Mein Tipp lautet Schweiz.«

»Du meinst, der Herr Brigadier pirscht sich bereits an die dortigen Kollegen heran?«

»Ja, das wäre mein logischer Schluss.«

»Den ich teile. Und was sagt uns das über die Ministerin?«, wollte Michael Lenhart wissen.

»Dass sie eine ausnehmend kluge Frau ist. Klappt alles, kann der Fritsch seinen Kollegen die Spinne dieses Verbrechernetzwerkes auf dem Silbertablett servieren. Beißen wir ins Gras und werden die Unterlagen vernichtet, kann er ihnen zumindest Hinweise geben. In beiden Fällen stehen die Schweizer in unserer Schuld.«

Lachend erwiderte Michael Lenhart: »Ja, die Ministerin ist alles andere als eine Dünnbrettbohrerin.« Plötzlich wieder ernst, fuhr er fort: »Na, dann hoffe ich, dass alles klappt.«

»Michael, wir haben alles durchgeplant. Keine Sorge, es wird klappen.«

Wie gewohnt auf und ab gehend, antwortete Michael Lenhart: »Ja, hoffen wir, dass es uns nicht wie dem siegesgewissen Kreisky bei der Atomabstimmung 1978 ergeht.«

Verdutzt erwiderte Sabine Preiss: »An deine Geschichten und Metaphern könnte ich mich gewöhnen. Also, Herr Professor, ich höre.«

»Du weißt, Kreisky, auch der Sonnenkönig genannt, war damals am Zenit seiner Macht, und in einer Diskussion mit Konrad Lorenz sahen alle in ihm den strahlenden Sieger. Bis zum Schlusswort des schlauen Nobelpreisträgers. Ich bin sicher, dieser Satz war der wichtigste in der gesamten Auseinandersetzung und entscheidend für das Nein der Österreicher.«

»Sehr interessant, Michael. Und wie lautet der entscheidende Satz?«

»Das Restrisiko ist das Risiko, das uns den Rest gibt.«

»Na wunderbar! Das nenne ich Galgenhumor«, erwiderte Sabine Preiss. »Willst du noch einen letzten Kaffee? Henkersmahlzeit kann ich dir leider keine anbieten.«

»Nein, danke. Ich vermute, dafür bleibt uns keine Zeit mehr.«

Michael Lenhart sah fasziniert zu, wie sich seine Partnerin bei dieser Bemerkung blitzartig, ihm fehlten kurz die Worte, ja, verwandelte. Der Kontrollgriff zur Glock, die gespannte Geschmeidigkeit ihrer Bewegungen, ihre wachen Augen, ja, für ihn war sie Artemis. Plötzlich hielt Sabine Preiss inne und musterte ihren Partner.

»Michael, hör auf zu träumen. Du meinst den Zeitpunkt. Es ist jetzt 9.15 Uhr, wenn sie innerhalb der nächsten Stunde zuschlagen, wäre das geradezu ideal für die Mittagsnachrichten. Genug Zeit für erste Livebilder, wilde Spekulationen und die unvermeidlichen Wortmeldungen der Experten für alles und nichts, richtig?«

»Ja. Zumindest würde ich es an ihrer Stelle so machen. Entweder jetzt oder am Nachmittag. Bleibt das Restrisiko einer Fehleinschätzung unsererseits.«

Ruhig erwiderte Sabine Preiss: »Dieses Risiko gehe ich ein. Ich kenne meine Kollegen. Eher geht ein Kamel durch ein Nadelöhr, als dass unsere Gegner zum Schuss kommen.«

»Bibelfest, oder doch die Hoffnung auf ein wenig Beistand von oben?«

»Den werden wir nicht brauchen.«

Für einige Sekunden herrschte Schweigen. Sabine Preiss musterte ihren Kollegen. Da war einerseits diese Kombination aus souveräner Ausstrahlung und scharfem Verstand, die auf viele einschüchternd wirkte. Andererseits verbarg sich darunter, gut versteckt, ein einfühlsamer und sensibler Charakter, ein interessanter Mann. Mit einem Ruck löste sie sich von dieser Vorstellung.

»Michael, ein weiser Mann sagte einst: Der Gebildete treibt die Genauigkeit nicht weiter, als es der Natur der Sache entspricht.«

Verblüfft antwortete Michael Lenhart: »Du liest Aristoteles?«

»Ja, ein sehr lieber Freund hat mich auf den Geschmack gebracht.«

War da beim letzten Satz ein leichtes Stocken, ein kurzes Zögern vor dem »sehr lieben Freund« in ihrer Stimme? Eudaimonie? Sein abhörsicheres Mobiltelefon unterbrach diesen Gedanken, Martina Hairer hatte anscheinend Neuigkeiten.

»Martina, was gibt's?«

»Unsere Fleißaufgabe hat sich gelohnt. Ich vermute, wir haben einen der Drahtzieher gefunden. Er, oder vielmehr sie, sitzt keinen Kilometer von euch entfernt im Imperial.«

»Warte, ich schalte auf Lautsprecher, damit Sabine zuhören kann. Wie hast du das geschafft?«

»Mit Rainer und seinen Kollegen. Die haben so etwas schon öfter gemacht. Ich habe im Grunde nur ihre Programme ein wenig auf Vordermann gebracht. Wir haben die Orte der vermuteten Entführungen und Morde in Deutschland sowie bei uns mit den Hotelbuchungen abgeglichen. Eine Frau war unter der Verwendung von drei verschiedenen Namen immer am Ort des Geschehens. Der Rest war einfach.«

»Und diese Frau sitzt jetzt bei uns im Imperial?«, fragte Sabine Preiss.

»Zumindest hat sie dort als Dr. Eva Vekete eine Suite gemietet, ja.«

»Habt ihr eine brauchbare Personenbeschreibung?«

»Besser als das! Wir haben Fotos.«

»Sehr gut«, antwortete Michael Lenhart. »Bitte sende uns die Fotos und setz Anton in cc. Hier soll sich unser Logistiker um eine unsichtbare Überwachung kümmern. Wir müssen vorerst weiter den Köder spielen. Tolle Arbeit, danke!«

Kaum war diese Verbindung beendet, wählte er die Nummer von Anton Steinbach.

»Anton, du bekommst gleich eine Mail von Martina. Darin findest du die Beschreibung einer möglichen Zielperson, die sich wahrscheinlich im Imperial aufhält. Sie dürfte zu den Drahtziehern gehören und darf uns nicht entkommen. Kannst du das übernehmen?«

»Sicher. Finden und unauffällig observieren, richtig?«

»Genau. Die Kollegen dürfen ohne unseren ausdrücklichen Befehl keinesfalls eingreifen und müssen unsichtbar bleiben. Es darf jetzt nichts mehr schiefgehen.«

»Alles klar, wird erledigt. Jetzt geht es ohnehin richtig rund. Vorhin kamen zeitgleich zwei Meldungen über Autobomben oder explodierte Autos herein. Eines ist bei der Kaserne in Meidling in die Luft geflogen, das andere beim Kommissariat in der Lehmanngasse.«

»Die sorgen dafür, dass die Einsatzkräfte an entgegengesetzten Enden der Stadt gebündelt werden. Jede Wette, das ist nur ein Ablenkungsmanöver.«

»Schon klar, Michael. Trotzdem, du bekommst deine Überwachung im Imperial.«

»Danke!«

Um 9.30 Uhr hielt ein weißer VW-Passat Kombi mit vier Insassen am Minoritenplatz im Bereich der Polizeiinspektion 9. Drei schwer bewaffnete Polizisten stiegen aus, luden anonyme Kisten sowie Ordner auf einen Transportwagen und machten sich auf den Weg zum Eingang in der Leopold-Figl-Gasse. Von dort aus gingen sie direkt zur Antikorruptionsabteilung. Der Fahrer wendete und blieb im Wagen sitzen. Der Beobachter des Jagdkommandos im Turm der Minoritenkirche legte die Videokamera beiseite, griff zum SSG-M1 und nahm den Fahrer ins Visier. Seine Kollegen hatten alles mit angesehen und machten sich fertig. Für Michael Lenhart und Sabine Preiss hieß es jetzt Köpfe einziehen.

Eine Minute später fielen kurz hintereinander sechs Schüsse. Es hörte sich an wie zwei Dreiergruppen mit einer kleinen Verzögerung vor dem jeweils dritten Schuss. Michael Lenhart war zusammengezuckt und sah seine Kollegin fragend an.

»Jede Wette, zwei der Attentäter sind tot und die anderen liegen gleich verschnürt am Boden.«

»Was macht dich so sicher?«

»Klassisches Vorgehen bei einer unmittelbaren letalen Bedrohung. Zwei Schuss in den Oberkörper, ein dritter gezielt in den Kopf. Gefahr gebannt.«

»Hoffen wir's! Allerdings sehe ich schon die Schlagzeilen von wegen unnötig massivem Gewalteinsatz vor mir.«

»Die Schreiberlinge haben keine Ahnung. Das war keine Verkehrskontrolle, sondern eine Auseinandersetzung mit militärisch ausgebildeten Auftragsmördern. Wer da zögert, stirbt.« Damit griff sie zu ihrem Mobiltelefon.

»Servus, Josef. Zwei tot, der Rest verschnürt, richtig?«

»Ja, es war allerdings knapp. Die beiden Toten hatten ihre STGs bereits im Anschlag.«

»Suicide by cops?«

»Schwer zu sagen, eher nicht. Die STGs waren durchgeladen und entsichert. Es hat nach einem klassischen Vorrücken ausgesehen.«

»Wie viele waren es?«

»Vier, drei bei uns, einer im Wagen am Minoritenplatz. Den hat sich Vikerl mit seinem Team geschnappt.«

»Auf jeden Fall Gratulation zum Einsatz. Wir machen uns jetzt auf den Weg, ihr könnt dann gleich mit dem Feuerwerk beginnen.« Und an ihren Partner gewandt: »Auf geht's, Sherlock, holen wir uns diese Frau Doktor.«

In der Nähe des Imperial wurden sie bereits von einem Kollegen empfangen.

»Die Zielperson ist in einer der Elisabeth-Suiten. Laut Angabe des Zimmerkellners alleine. Wie gehen wir vor?«

»Mit wie viel Mann sind Sie hier?«, wollte Sabine Preiss wissen.

»Wir sind zu sechst. Einer im Gang vor der Suite, einer bei den Aufzügen in ihrem Stockwerk, zwei in den Stockwerken darüber und darunter, einer in der Lobby und ich hier.«

»Gut, die sollen auf ihren Positionen bleiben. Sie kommen mit, sichern den Bereich und rufen einen Notarztwagen. Der soll ohne Sirene und Blaulicht kommen und sich bereithalten. Lenhart und ich gehen rein.«

»Du rechnest mit Verletzten, Sabine?«, wollte Michael Lenhart wissen.

»Die Frau dürfte kaltblütig zig Menschen umgebracht haben und sitzt in der Falle. Sie hat nichts zu verlieren. Ja, wir müssen mit einem Angriff rechnen. Gehen wir.«

»Noch nicht, Sabine. Sollte jemandem etwas zustoßen, würde ich es vorziehen, wenn der Notarzt bereits vor Ort ist.«

Drei Minuten später parkte der Notarztwagen in der Bösendorferstraße hinter dem Hotel. Lenhart und Preiss standen links und rechts von der Suitetüre, warfen einen Kontrollblick in den Gang und zogen ihre Waffen.

Auf ein Nicken von Sabine Preiss hin klopfte Michael Lenhart. Ohne Reaktion. Nach einem erneuten Klopfen antwortete Dr. Vekete.

»Wer ist da?«

»Zimmerservice, ein Strauß Blumen mit einer Karte aus der Schweiz ist für Sie abgegeben worden, Madame«, antwortete Sabine Preiss. Kurz darauf wurde die Tür geöffnet.

Nach einer Schrecksekunde hob Dr. Vekete langsam die Hände und wich Schritt für Schritt zurück.

»Stopp! Bleiben Sie stehen und legen Sie sich hin, Gesicht zum Boden«, befahl Sabine Preiss.

Aber Dr. Vekete ging mit erhobenen Händen langsam weiter nach hinten, während Michael Lenhart seitlich auswich und ihr so den Weg in das Schlafzimmer versperrte.

»Geben Sie auf, Frau Vekete. Das Spiel ist aus!«

An der Couch angekommen, setzte sich Dr. Vekete langsam hin und musterte die beiden.

»Sie sind von der Abteilung für Sonderfälle, richtig?«

Während sie weiterhin auf sie zielte, antwortete Sabine Preiss: »Ja! Lassen Sie Ihre Hände oben und legen Sie sich auf den Boden, sofort!«

Dr. Vekete blieb sitzen, sah zwischen Michael Lenhart und Sabine Preiss hin und her und erwiderte mit vollkommen ruhiger Stimme: »Sie sind Polizisten. Ich glaube nicht, dass Sie auf eine unbewaffnete Frau schießen werden. Nein, ich bin mir sogar sicher, Sie werden nicht schießen.«

Dann ging alles blitzschnell. Dr. Vekete ließ sich seitlich auf die Couch fallen, ihre rechte Hand verschwand für einen Augenblick zwischen den Sitzpolstern, bevor sie sich abrollte und mit einer Pistole auf Michael Lenhart zielte. Weiter kam sie nicht. Zwei Schüsse in beide Schultern stoppten sie.

Michael Lenhart sah zu Sabine Preiss. Die stand mit ihrer Glock im beidhändigen Anschlag da und behielt weiterhin die Ärztin im Visier. Erst als Michael Lenhart mit dem Fuß deren Waffe beiseiteschob, drehte sich Sabine Preiss zur Tür um und rief ihrem Kollegen zu: »Alles unter Kontrolle! Haltet den Bereich sauber und beruhigt die Leute. Wir brauchen den Notarzt. Verwundete Person. Zwei Schussverletzungen im Oberkörper, möglicherweise hat die Lunge etwas abbekommen. Starker Blutverlust. Sichern Sie alles ab und melden Sie einen Selbstmordversuch. Das gilt auch für Ihre Kollegen und den Notarzt. Haben Sie mich verstanden?«

»Ja, verstanden. Der Steinbach hat uns schon sehr eindringlich klargemacht, dass es hier um eine verdeckte Operation geht. Aber am Ende des Tages muss ich einen Bericht schreiben.«

»Richtig. Wie Sie sagen, am Ende des Tages, und jetzt ist es 10.21 Uhr, Sie haben also noch einen halben Tag Zeit. Sie hören von uns, keine Sorge.«

Sabine Preiss steckte ihre Waffe ein und beobachtete, wie Michael Lenhart Erste Hilfe leistete, ging hinaus und rief Anton Steinbach an.

»Anton, wir haben sie. Gib bitte auch den anderen Bescheid, es ist vorbei.«

Aufgeregt antwortet Anton Steinbach: »Ist etwas passiert? Geht es euch gut?«

»Uns geht es gut, dieser Ärztin weniger. Ich habe sie angeschossen.«

Nachdem der Notarzt die Versorgung übernommen hatte, wusch sich Michael Lenhart die Hände und ging zu seiner Partnerin.

»Zweifach Dank, Artemis.«

»Wofür und warum zweimal, Sherlock?«

»Dank eins: Du hast mir wahrscheinlich das Leben gerettet. Dank zwei: Du hast auf den dritten Schuss verzichtet.«

»Dank eins nehme ich an. Für Dank zwei besteht keine Veranlassung. Hätte ich sie erschießen wollen, hätte ich es gekonnt und getan. Die Frau wird überleben und den Rest ihres Lebens in einer Zelle verbringen.«

»Bist du sicher, dass sie überlebt?«

»Ja, mit Schussverletzungen kenne ich mich aus, und jetzt lass uns gehen.«

»Gern, und wohin?«

»Zuerst einmal raus hier. Ich brauche frische Luft und mir singen noch die Ohren von der Knallerei.«

Am Kärntner Ring setzten sie sich auf eine Bank und sahen schweigend dem Treiben vor dem Hotel zu. Der Notarzt hatte Verstärkung von einem Rettungswagen bekommen, und die eingetroffenen Kollegen in Uniform versuchten geduldig, die nervösen Gäste zu beruhigen. Als die ersten Journalisten einer nahe gelegenen Tageszeitung aufkreuzten, verdrehte Sabine Preiss die Augen und beide machten sich auf den Weg zurück in die Herrengasse.

Auf Höhe der Oper musterte Sabine Preiss ihren Partner.

»Du wirkst fast ein wenig enttäuscht.«

»Nein, ganz im Gegenteil. Ich bin froh, dass uns nichts passiert ist. Vor einer Stunde haben wir noch wartend im D-Trakt gesessen und dann ist alles innerhalb weniger Augenblicke vorbei.«

»Genau so soll es auch sein. Das Ziel jedes Einsatzes ist es, dem Feind keine Chance zu lassen.«

»Logisch, Schadensminimierung durch Überraschung, Geschwindigkeit und Übermacht. Trotzdem hatten wir auch Glück, speziell wir beide.«

Sabine Preiss runzelte fragend die Stirn.

»Ganz ehrlich, ich wüsste nicht wobei.«

»Als sie plötzlich die Waffe hervorzauberte, hast du geschossen, bevor ich auch nur richtig gezielt hatte. Wäre es umgekehrt gewesen und sie hätte es auf dich abgesehen, ich weiß nicht, ob ich schnell genug reagiert hätte.«

»Das war nicht unser Glück, sondern ihr Fehler. Sie hat dich als Mann instinktiv als gefährlicher eingeschätzt. Übrigens, sorry, dass ich im Imperial einfach das Kommando an mich gerissen habe. Das war nicht fair vor den Kollegen.«

Michael Lenhart gab seiner verwunderten Partnerin einen Handkuss.

»Artemis, keine Entschuldigung! In solchen Situationen bist du wesentlich kompetenter als ich. In meinen Augen wäre es geradezu fahrlässig, wollte ich da das Kommando führen, und ob sich die Kollegen wundern, kümmert mich nicht.«

Sabine Preiss schlug kurz die Augen nieder und antwortete dann mit einem Lächeln.

»Danke, Sherlock! Lass uns unterwegs noch etwas zu essen besorgen. Ich fürchte, der Tag ist noch nicht vorbei.«

Erst jetzt ließ sie erschreckt los. Nicht er, sie hatte seine Hand weiterhin gehalten. Ein angenehmes Gefühl, wie sie sich eingestand, es hatte etwas Vertrautes.

Während Sabine Preiss und Michael Lenhart auf dem Weg zurück ins Innenministerium waren, ging beim Colonel der DGSE eine Meldung des stellvertretenden französischen Kulturattachés in Wien ein. »Es sind noch keine Details bekannt, aber anscheinend ist es zu bisher ungeklärten Explosionen im Innenministerium sowie zu zwei Anschlägen auf Polizeidienststellen in Wien gekommen. Nähere Informationen zu Hintergründen und Opfern gibt es noch keine. Die Polizei hat den gesamten Bereich großräumig abgesperrt, eine totale Nachrichtensperre verhängt und verweist nur knapp auf eine Pressekonferenz der Innenministerin um 12.30 Uhr.«

Zufrieden wandte sich der Colonel an seinen Assistenten.

»Nun, mein junger Freund, allem Anschein nach ist unser kleines Abenteuer in Wien erfolgreich verlaufen. Wie sieht es mit der falschen Fährte aus?«

»Sehr wohl, Monsieur Colonel, unsere falsche Fährte ging vor einigen Minuten online. Im Moment ist die Wortwahl der Medien nahezu identisch: Anschlag, Bomben, Terror in Wien. In circa einer halben Stunde dürften die ersten Meldungen über das Bekennerschreiben der Reichbürgerbewegungen den Mainstream erreichen, dann bricht die Hölle los. Die Innenministerin könnte einem fast leidtun.«

Wie gewohnt an seinen Manschetten zupfend, erklärte der Colonel mit gönnerhafter Miene: »Sehr gut, mein junger Freund, aber die Ministerin muss Ihnen nicht leidtun. Sie hat sich für eine Rolle in der Politik entschieden und nun muss sie diese auch spielen. Sie werden sehen, Betroffenheitsmiene, dunkle Kleidung, Trauerminute für die Opfer, Bekenntnis zur Demokratie, Nulltoleranz gegen Rechtsextremisten und Staatsverweigerer, das Versprechen umfassender Aufklärung etc. Mein junger Freund, ich bin überzeugt, eine solche Aneinanderreihung von Phrasen schafft auch eine österreichische Ministerin. Oder wer weiß, vielleicht tritt sie auch zurück? Merken Sie sich, entscheidend ist nur das Ergebnis.«

»Der Zweck heiligt die Mittel, Monsieur Colonel?«

»Sehr richtig, mein junger Freund. Die Mittel waren in diesem Fall ein wenig drastisch, aber sie haben den

Zweck erfüllt. Unsere diskrete medizinische Logistikkette wurde geschützt, und Sie haben nicht nur viel von mir lernen dürfen, sondern auch den Grundstein für Ihre weitere Karriere gelegt.«

»Allerdings haben wir noch keine Bestätigung von Frau Dr. Vekete, Monsieur Colonel. Wir konnten sie nicht erreichen.«

»Mein junger Freund, das habe ich auch nicht erwartet. Der Todesengel ist auf Tauchstation, ebenso wie ihre Mitarbeiter. Mit der Zeit werden Sie lernen, die Situationen und Menschen richtig einzuschätzen.«

Nach einem Blick auf seine Uhr stand der Colonel auf und nahm seinen Mantel.

»Sie können gehen, mein junger Freund. Ich habe einen Termin außer Haus und bin ab 14.00 Uhr wieder erreichbar. Bis dahin erwarte ich einen umfassenden Bericht, eine Zusammenstellung der Pressemeldungen, national und international, sowie einen Plan, wie Sie gedenken, die losen Enden zu beseitigen, guten Tag.«

Dienstag, 11.15 Uhr, Büro der Innenministerin, Herrengasse Wien

Die gesamte Umgebung von der Schauflergasse über den Michaelerplatz bis hin zur Herrengasse glich einer Mischung aus Heerlager und Flohzirkus. Doppelketten aus uniformierten Polizisten hatten den gesamten Bereich abgesperrt und versuchten, der abrückenden Feuerwehr einen Weg Richtung Hof frei zu machen, während unzählige Kamerateams interessante Einstellungen suchten und Reporter hektisch in ihre Mikrofone sprachen.

Im Ministerium war es vergleichsweise ruhig. Die Ministerin telefonierte und gab Michael Lenhart sowie Sabine Preiss ein Zeichen hereinzukommen. So wurden beide unabsichtlich Zeugen dieses Gespräches.

»Nein, Herr Bundespräsident, das war kein Terroranschlag Rechtsextremer.« Sie rollte mit den Augen. »Ja, Herr Bundespräsident, wir sind uns absolut sicher.« … »Nein, Herr Bundespräsident, eine Rede an die Nation ist nicht erforderlich.« … »Ja, es hat Tote gegeben, allerdings nur aufseiten der Verbrecher.« … »Ja, Herr Bundespräsident, wir haben die Täter und deren Hintermänner geschnappt.« … »Ja, Herr Bundespräsident, Sie bekommen einen umfassenden Bericht.« … »Nein, Herr Bundespräsident, eine Presseerklärung Ihrerseits ist nicht notwendig.« … »Herr Bundespräsident, ich muss jetzt auflegen.« … »Ja, Herr Bundespräsident … auf Wiederhören.«

Als die Ministerin erleichtert aufgelegt hatte, stand sie auf, schüttelte beiden herzlich die Hand und klopfte ihnen anerkennend auf die Schulter.

»Großartig! Sie haben es geschafft. Wenn ich bedenke, die Vogel wollte Sie rauswerfen, Lenhart, und der Fritsch meinte, Sie, Frau Preiss, wären eine Nervensäge. Es ist unglaublich!«

»Vielen Dank, Frau Ministerin. Ja, das Gröbste dürften wir hinter uns haben. Aber noch ist die Schlacht nicht abschließend geschlagen.«

Auf die Sitzgruppe gegenüber ihrem Schreibtisch deutend, erwiderte die Ministerin: »Setzen wir uns. Ja, Sie haben recht, Lenhart. Seit ein paar Minuten spielen die Medien verrückt und selbst der Bundespräsident sieht in Gedanken wieder einen Wahnsinnigen am Heldenplatz winken. Sie haben es ja selbst gehört. Aber zurück zu den Verbrechern. Über den Einsatz in der Antikorruptionsabteilung bin ich informiert, aber was ist im Imperial passiert?«

»Bei der gesuchten Person, einer Frau Dr. med. Eva Vekete, handelt es sich wahrscheinlich um eine der Drahtzieherinnen. Ich habe sie angeschossen, nachdem sie sich der Verhaftung widersetzte und mit einer Pistole auf Michael zielte.«

»Gut gemacht. Wissen wir schon mehr zu den Hintergründen und den anderen Drahtziehern?«

»Ich habe vorhin mit Oberst Schober telefoniert. Dieser Herr Mendel ist dabei auszupacken. Das Operationszentrum ist eine Privatklinik in Lausanne unter der

Leitung eines Dr. André Keller. Sie können dem Brigadier Fritsch grünes Licht geben, damit die Kollegen in der Schweiz den Laden hochnehmen.«

»Lenhart, kein Mensch wusste, dass ich den Fritsch nach Bern geschickt habe.«

Lächelnd erwiderte Michael Lenhart: »Das war auch nicht nötig. Sabine hat nur die logischen Schlüsse gezogen. Interessant ist aber nicht nur die Schweiz, sondern die Verbindung nach Paris zur DGSE. Dieser Dienst hat allem Anschein nach nicht nur eine schützende Hand über diese Organmafia gehalten, sondern die Empfänger bei Bedarf auch erpresst. Ich vermute, von der DGSE stammt auch die Ausrüstung für den Anschlag.«

Nachdenklich fuhr sich Ministerin Mannlicher durch die Haare.

»Das ist heikel. Haben wir dafür Beweiseww, Lenhart?«

»Für die Erpressung haben wir zumindest die Aussage von Herrn Mendel. Für die Verwicklung in den Anschlag, nein. Selbst wenn die überlebenden Killer ein Geständnis ablegen und die DGSE beschuldigen, ich bin sicher, die Schlapphüte haben sich abgesichert und werden alles leugnen. Einen rauchenden Colt haben wir in diesem Fall nicht.«

»Das wäre auch zu schön gewesen, schade.«

Während sie noch auf ihr Mobiltelefon blickte, unterbrach Sabine Preiss die Ministerin.

»Verzeihen Sie, eine Nachricht vom Rainer, er ist schon im Haus und auf dem Weg zu uns, es gibt Neuigkeiten.«

»Sehr gut, er soll gleich hereinkommen. Viel Zeit haben wir allerdings nicht mehr, um 12.30 Uhr muss ich vor die Presse.«

Keine Minute später klopfte es an der Tür.

»Grüß Gott, Herr Fussenegger, auch Ihnen herzlichen Dank für Ihren Einsatz und Gratulation! Frau Preiss meinte, es gibt Neuigkeiten, setzen Sie sich.«

»Frau Ministerin, einer der Attentäter hatte einen USB-Stick mit einer Audiodatei bei sich. Anscheinend ein letztes Gespräch mit seinem Auftraggeber. Dabei wurde dezidiert über den Anschlag sowie die eingesetzten Waffen gesprochen. Die Stimme war zwar elektronisch verzerrt, aber wir konnten sie zuordnen.«

»Wie haben Sie das so schnell geschafft?«

»Um ehrlich zu sein, durch Zufall. Die französischen Dienste hatten wir ja schon länger im Visier, und einen Mordauftrag kann nur ein wirklich hochrangiger Mitarbeiter erteilen, also haben wir uns auf die Suche nach Audiodateien für den Abgleich begeben und sind bei einer Konferenz in Straßburg fündig geworden. Frau Ministerin, ich bin mir sicher, es handelt sich um Nicolas la Baume, Colonel bei der französischen DGSE.«

Die Ministerin atmete tief durch, bevor sie antwortete. Das war nicht nur ein rauchender Colt, das war ein größerer Skandal als die Versenkung der Rainbow Warrior in den Achtzigerjahren.

»Gut gemacht! Suchen Sie nach weiteren Mitschnitten dieses Colonels und gehen Sie alles nochmals durch, wir müssen absolut sicher sein, und jetzt muss ich mich auf die Pressekonferenz vorbereiten. Ob Sie es glauben oder nicht, diesmal freue ich mich auf die Meute und werde es kurz machen. Preiss, Lenhart, wollen Sie mitkommen?«

Während Michael Lenhart die Ministerin nur ungläubig ansah, erwiderte Sabine Preiss lachend: »Nein, ein Presseauftritt unsererseits widerspricht dem ersten

Lenhart'schen Menschenrecht.«

»Ich weiß, ich weiß, das Recht, in Ruhe gelassen zu werden. Sie sehen, seine Sprüche machen schon die Runde. Keine Sorge, ich respektiere das.«

Die Pressekonferenz

Die Pressekonferenz begann tumultartig. Unzählige Journalisten und Kamerateams bestürmten die Ministerin, die schweigend am Podium stand. Als sich die Situation ein wenig beruhigt hatte, ergriff sie das Wort.

»Meine Damen und Herren, heute ist in zweifacher Hinsicht ein denkwürdiger Tag. Ein Tag, an dem ich stolz darauf bin, Ministerin sein zu dürfen, und ein Tag, an den Sie, als Vertreter der vierten Macht im Staat, sich ein Leben lang mit Entsetzen und Scham erinnern werden.«

Weiter kam die Ministerin nicht. Ein Sturm der Entrüstung brach los. Erst nach rund einer Minute beruhigte sich die Situation. Die Medienvertreter verstanden, dass hier etwas Großes im Busch war.

»Ja, Entsetzen und Scham, meine Damen und Herren. Ihre Headlines mögen unterschiedlich sein, aber fast jeder von Ihnen hat in der letzten Stunde von einem rechtsextremen oder reichsbürgerlichen, staatsverweigernden Terroranschlag, wenn nicht gar von einem versuchten Staatsstreich gesprochen oder zumindest darüber spekuliert.

Welchen Schaden Sie dem Ruf Österreichs damit zugefügt haben, kann ich nicht ermessen. Aber ich bin mir sicher, im Vergleich zum Glaubwürdigkeitsverlust, den Sie sich selbst zugefügt haben, ist er nicht der Rede wert.«

Mit den letzten Sätzen der Ministerin war es schlagartig still geworden. Es gab keine Zwischenrufe mehr.

»Meine Damen und Herren, Sie konnten einer billigen, aber sensationell wirkenden Spur im Internet nicht widerstehen und haben sich allesamt bis auf die Knochen blamiert! Und damit komme ich zum eigentlichen Grund der heutigen Pressekonferenz: Es ist uns gelungen, einen international tätigen Verbrecherring, auf dessen Konto zahlreiche Entführungen und Morde gehen, zu zerschlagen. Ich kann Ihnen aus ermittlungstechnischen Gründen noch keine Details nennen, aber alle Vorkommnisse des heutigen Vormittages stehen damit im Zusammenhang. Die beiden Autobomben, bei denen wie durch ein Wunder niemand getötet wurde, waren ebenso ein Ablenkungsmanöver dieser Verbrechen wie die falsche Fährte zu den Reichsbürgern. Deren eigentliches Ziel war ein Anschlag auf jene Polizisten, die ihnen auf die Spur gekommen waren. Und zu Ihrer Beruhigung: Die vermeintlichen Explosionen hier im Innenministerium waren nichts als Theaterdonner unsererseits, um auch die Hintermänner und -frauen dieses Verbrechersyndikates zu erwischen.

Im Anschluss wird Ihnen die Presseabteilung gerne weitere Informationen zur Verfügung stellen und Ihre Fragen, soweit es ermittlungstechnisch möglich ist, beantworten.

Ich möchte mich an dieser Stelle von ganzem Herzen bei jenen Kolleginnen und Kollegen im Innen- und Verteidigungsministerium bedanken, die teilweise unter Gefährdung ihres eigenen Lebens mitgeholfen haben, diesen Verbrechern das Handwerk zu legen. Sie haben Großartiges geleistet, und ich bin stolz und dankbar, mit ihnen zusammenarbeiten zu dürfen, danke!«

Während die meisten Medienvertreter diszipliniert und sichtlich betroffen den Ausführungen der Ministerin folgten, rief der für seine Schlagfertigkeit und Anpassungsfähigkeit bekannte Herausgeber einer Wiener Tageszeitung dazwischen: »Frau Ministerin Mannlicher, wo sind diese Superpolizisten? Stellen Sie sie uns vor. Die Öffentlichkeit hat ein Recht, die Helden dieser Megastory kennenzulernen!«

Trocken erwiderte die Ministerin: »Und die Polizisten haben das Recht, in Ruhe gelassen zu werden. Das war es meinerseits. Alles Nähere erfahren Sie von der Presseabteilung.«

Bevor die Ministerin das Podium verlassen konnte, stand der Chefredakteur einer als kritisch bekannten Wochenzeitung auf und rief dazwischen: »Frau Ministerin, wie rechtfertigen Sie den massiven Gewalteinsatz der Sicherheitskräfte? Anscheinend wurden zwei Verdächtige gezielt erschossen.« Noch bevor die Ministerin antworten konnte, kam der nächste Zwischenruf, diesmal von einem bekannten Fernsehjournalisten: »Sie haben dem Bundesheer gedankt. Seit wann wird das Bundesheer im Inland und zur Verbrechensbekämpfung eingesetzt? Haben Sie damit nicht sehenden Auges die Verfassung gebrochen? Und warum ist der Herr Verteidigungsminister nicht mit auf dem Podium und stellt sich der Öffentlichkeit?«

Kurz überlegte die Ministerin, ob sie diese Fragen beantworten sollte. Sie kannte die beiden Fragesteller und deren Haltung nur zu gut.

»Zur angesprochenen Gewaltanwendung: Ja, zwei der Verdächtigen sind tot. Sie starben, als sie sich der Verhaftung widersetzten und mit illegalen automatischen

Waffen auf die Einsatzkräfte zielten.« Und mit einem gewissen Zynismus in der Stimme ergänzte sie: »Sollten Sie, Herr Chefredakteur, der Meinung sein, in so einer Situation einen herrschaftsfreien Diskus pflegen zu können, bitte.« An den bekannten Fernsehjournalisten wandte sie sich mit den Worten: »Herr Lamm, es freut mich, dass Sie den weiten Weg ins Ministerium nicht gescheut haben. Offensichtlich ist Ihnen entgangen, dass wir im Rahmen der zivil-militärischen Zusammenarbeit seit Jahren mit dem Bundesheer kooperieren. Ich habe das Bundesheer in diesem Fall um Hilfe gebeten, und diese Hilfe ist rechtlich vollkommen gedeckt, auch das können Sie nachlesen, wenn auch nicht auf Twitter. Nun zu Ihrer Frage nach meinem Kollegen: Der Herr Minister ist, aufgrund einer dringenden Verpflichtung in Vorarlberg, leider verhindert.«

»Und was für eine dringende Verpflichtung ist das?«, wollte der Journalist wissen.

Diesmal antwortete die Ministerin mit sichtlicher Genugtuung: »Meines Wissens nach eröffnet der verehrte Herr Kollege in seine Funktion als Sportminister in Feldkirch die diesjährige Agility-Meisterschaft.«

Das allgemeine Gelächter nützte die Ministerin, um das Podium zu verlassen.

Epilog

Noch während der Pressekonferenz änderten sich die Schlagzeilen. Die einen jubelten über Österreichs Superpolizisten, während andere die Frage stellten, ob denn der Rechtsstaat langfristig den Kampf gegen das organisierte Verbrechen überhaupt würde gewinnen können. Nur vereinzelt entschuldigten sich die Medien für ihre Weiterverbreitung der Fehlinformationen, meist mit dem Hinweis, im Vergleich zu den anderen ohnehin gut recherchiert zu haben. Außerdem wurde die mangelnde Information zu den Themen Rechtsextremismus und Reichsbürger seitens des Verfassungsschutzes und des Innenministeriums bemängelt.

Bis zum Abend waren die Meldungen von der Aufmacherseite meist in den hinteren Teil gewandert. Offensichtlich wollten die Medien ihren peinlichen Fehler so schnell wie möglich vergessen machen.

So wurde aus einem politisch motivierten Terroranschlag oder gar einem Umsturzversuch eine erfolgreiche Verbrecherjagd, ein simpler Kriminalfall. Kein Thema für Leitartikel, Sondersendungen und Seite-Eins-Meldungen.

Für das Team rund um Michael Lenhart und Sabine Preiss ging die Arbeit weiter, allerdings in deutlich entspannterer Atmosphäre, trotz all der zu schreibenden Berichte.

In Lausanne kam es zu mehreren Verhaftungen in einer Privatklinik, offiziell wegen illegaler Medikamente und Steuerhinterziehung. Die dort gefundenen Unterlagen führten in den folgenden Tagen zur Festnahme zahlreicher Personen aus Politik, Wirtschaft und Kunst in ganz Europa. Doch das ging im allgemeinen Rummel um neue Twitter-Meldungen des US-Präsidenten sowie angeblich sexistischer Kommentare auf der Facebook-Seite eines EU-Kommissars unter.

In Budapest musste ein bekannter IT-Dienstleister überraschend Konkurs anmelden und dessen Geschäftsführer wurde aus nicht näher genannten Gründen am Flughafen verhaftet.

In Paris hatte sich laut einer Meldung des französischen Innenministeriums ein hochrangiger Mitarbeiter einer nicht näher genannten Abteilung aus persönlichen Gründen das Leben genommen.

In Deutschland wurde die Gründung einer Kommission zur Evaluierung ungeklärter Fälle beschlossen. Allerdings konnte man sich aufgrund von Quotenfragen vorerst nicht auf deren Zusammensetzung einigen.

Die Einbestellung des französischen Botschafters in Wien sowie die überraschende Ablösung des stellvertretenden Kulturattachés wurde seitens des Außenministeriums als Routine beziehungsweise rein französische Angelegenheit bezeichnet und war für die Medien ebenfalls nicht weiter beachtenswert.

Wie es auch sei, das Wetter am Wochenende versprach prachtvoll zu werden, ideale Bedingungen für den Langen Zug. Michael Lenharts Vorfreude aufs Skifahren war jedoch getrübt, ihn quälte die Frage nach den richtigen Blumen – Flieder, Gerbera oder vielleicht doch Hortensien?

Selbst Aristoteles hatte nicht auf alles eine Antwort.

Dank

Schreiben braucht Zeit, viel Zeit. Für dieses Zeitlassen sowie die moralische Unterstützung möchte ich mich bei meiner Familie, Gudi und Max bedanken.

Danke auch an meine Zwischendurchleser Gudi, Edith und Wolfgang für eure Anregungen, euer Lob und eure stets konstruktive Kritik.

Danke auch an den Benevento Verlag und seine buchbegeisterten Mitarbeiter für die unkomplizierte und professionelle Zusammenarbeit: Antje Steinhäuser (Lektorat), Dirk Rumberg (Verleger), Stefan Mayr (Programmleitung) und Christoph Loidl (Herstellung).

zurück in die richtige Spur

Kriminalroman

Mafiöse Schutzgelderpressungen, die in Brandanschlägen gipfeln, versetzen die Berliner in Angst und Schrecken. Ein harter Fall für die Gesellschaft für unkonventionelle Maßnahmen – die diesen auf bewährte Weise löst: unblutig, aber nachhaltig.

»Ein außergewöhnlicher Krimispaß.«
Brigitte über *Schmerzensgeld*,
den ersten Fall für die Ermittlergruppe

MICHAEL OPOCZYNSKI
GEISTERFAHRER

ca. 280 Seiten · Hardcover mit Schutzumschlag
14,5 × 21,0 cm · ISBN: 978-3-7109-0065-5
€ 20,00 / CHF 28,90 (UVP)